Susan Andersen
Cálido amor de verano

Editado por Harlequin Ibérica.
Una división de HarperCollins Ibérica, S.A.
Núñez de Balboa, 56
28001 Madrid

© 2013 Susan Andersen
© 2014 Harlequin Ibérica, S.A.
Cálido amor de verano, n.º 57 - 1.5.14
Título original: Some Like It Hot
Publicada originalmente por HQN™ Books

Todos los derechos están reservados incluidos los de reproducción, total o parcial. Esta edición ha sido publicada con autorización de Harlequin Books S.A.
Esta es una obra de ficción. Nombres, caracteres, lugares, y situaciones son producto de la imaginación del autor o son utilizados ficticiamente, y cualquier parecido con personas, vivas o muertas, establecimientos de negocios (comerciales), hechos o situaciones son pura coincidencia.
® Harlequin, HQN y logotipo Harlequin son marcas registradas por Harlequin Enterprises Limited.
® y ™ son marcas registradas por Harlequin Enterprises Limited y sus filiales, utilizadas con licencia. Las marcas que lleven ® están registradas en la Oficina Española de Patentes y Marcas y en otros países.
Imagen de cubierta utilizada con permiso de Harlequin Enterprises Limited. Todos los derechos están reservados.

I.S.B.N.: 978-84-687-4157-4
Depósito legal: M-1096-2014

Querida lectora:

Estoy entusiasma con este segundo libro de la nueva serie Razor Bay. Conociste a Max Bradshaw en *Eso que llaman amor,* donde su fama de hombre de pocas palabras alcanzaba nuevas cotas al ver a Harper Summerville. Quizá se quede mudo frente a la sofisticada recién llegada, pero en un pueblo tan pequeño como Razor Bay, no podrá evitarla.

Muchas de vosotras sabéis que el ficticio pueblo de Razor Bay tiene para mí un significado especial. Lo situé en un lugar muy concreto del canal Hood, un fiordo de agua salada de más de cien kilómetros de longitud, donde mis padres se hicieron una pequeña cabaña cuando yo tenía nueve años. Mucho antes de eso, yo solía pasar allí dos semanas en verano, corriendo libremente con mis hermanos y mis primos, bañándonos en las frías aguas del canal hasta que se nos ponían los dedos morados, jugando hasta que el sol se escondía tras las Montañas Olímpicas y haciendo perritos calientes al fuego de la hoguera. Para mí es el lugar más maravilloso del mundo.

Le di a Max el amor que siento por este rincón del mundo. Después de los años que ha pasado en países destrozados por la guerra, Max no tiene ninguna intención de volver a marcharse de Razor Bay, pero tiene una dura tarea por delante para convencer a Harper de que se quede allí con él...

Susan

Este libro está dedicado con todo mi amor a Jen y a Margo, por hacer que siempre tenga mucho mejor aspecto de lo que tendría sin vuestra valiosa ayuda, y a la gente de Mazama: Ken, Sue, Ron, Steve, Doug, Mimi, Martha y Gary, por la estupenda comida, la música, el esquí, las raquetas de nieve y las compras. Y sobre todo por tantas risas que inundan todo lo demás.

Os quiero a todos,
Susie.

Capítulo 1

«Ay, Dios. ¿Viene hacia aquí?».

Antes de mirar por la ventana y ver a Max Bradshaw caminando entre los frondosos árboles del hotel, Harper Summerville había estado disfrutando de su día libre. Le encantaba pasar el rato en aquella pequeña casita de campo que le habían ofrecido como alojamiento por trabajar como coordinadora de las actividades de verano del hotel The Brothers Inn. Lo que más disfrutaba eran las vistas del Hood Canal, un fiordo que se abría paso entre las Montañas Olímpicas, un paisaje espectacular que era lo que atraía a tanta gente a la pequeña población de Razor Bay, Washington.

Pero la diversión llegó a su fin con el gesto serio de aquel hombre corpulento que, por algún inexplicable motivo, le aceleró el pulso.

Estaba distinto a las otras veces. Quizá porque siempre que lo había visto llevaba el uniforme de ayudante del sheriff. Pero, aunque llevara otra ropa, un hombre tan grande y de aspecto tan duro, tan intenso y contenido era completamente inconfundible.

Harper parpadeó al ver de repente que se salía del camino que conducía hasta su casita y desaparecía de su vista. La suya era la última casita antes de que el sendero se adentrara en el bosque, pero parecía que Bradshaw no había ido hasta allí para verla a ella. Harper respiró aliviada, ¿o no?

Solo tardó unos segundos en recuperar la placidez de la que había estado disfrutando antes de verlo. Le encantaba ver sitios nuevos, conocer gente y empezar un trabajo que nunca era exactamente igual a ningún otro. Había organizado su vida para hacer precisamente eso, por lo que en general era una persona feliz.

Harper siguió cantando las canciones de Maroon 5 que estaba escuchando con los auriculares mientras sacaba cosas de las cajas que su madre se había empeñado en enviarle. Empezó a menear las caderas al ritmo de la música, pero dejó de hacerlo al pensar en las expectativas que se había hecho su madre sobre ella y sobre su vida.

Gina Summerville-Hardin se negaba a creer que Harper pudiera vivir satisfecha y feliz sin domicilio fijo, ni demasiadas pertenencias porque ella había optado por crear un hogar allá donde fueran para poder soportar las continuas mudanzas a las que había tenido que someterse por culpa del trabajo de su esposo. Gina y Kai, el hermano de Harper, no sentían ninguna atracción por la aventura de conocer otros países como les ocurría a Harper y a su padre.

No obstante, tenía que admitir que le encantaban los almohadones y las velas que le había mandando su madre; le daban un toque hogareño y acogedor a aquella minúscula cabaña. Pero eso no significaba que no estuviese segura del estilo de vida que había elegido, con el que al mismo tiempo honraba el recuerdo de su padre.

Buscó entre las canciones que llevaba grabadas en el mp3 hasta que encontró la preferida de su padre y la cantó con ganas.

–«Papa was a rolling stone» –entonó al ritmo de The Temptations mientras buscaba un lugar para cada una de las cosas que le había enviado su madre.

De pronto notó que algo le rozaba el brazo. El corazón se le subió a la garganta como un mono subido a un cohete. Giró el cuello, vio la enorme mano que la había tocado y pegó un grito que hizo temblar la casa.

–¡Mierda! –exclamó Max Bradshaw al mismo tiempo que ella se quitaba los auriculares y levantaba la mirada hasta él.

Levantó las manos y dio un paso atrás como si ella estuviese apuntándole con un arma.

–Lo siento, señorita Summerville... Harper –dijo con voz grave–. He llamado a la puerta, pero no has abierto y, como estaba oyéndote cantar, sabía que estabas. De todas maneras, no debería haber entrado –se metió las manos en los bolsillos–. No pretendía asustarte.

A pesar de la vergüenza que le daba pensar que la

había visto meneando el trasero y la había oído desafinar, se dio cuenta de que nunca le había oído decir tantas palabras seguidas. Respiró hondo y bajó las manos, que se había llevado al pecho, como una heroína de película antigua que se hubiera visto sorprendida por un malvado villano.

–Ya, señor Bradshaw, pero aunque no lo pretendiera...

–Llámeme Max –la interrumpió él.

–Max –repitió Harper, arrepintiéndose de no haberlo llamado así desde el principio, puesto que, no solo los habían presentado oficialmente el día que él la había entrevistado para trabajar en el hotel, también habían estado juntos en una barbacoa un par de semanas antes–. Como iba diciendo...

La puerta, que Max había dejado abierta, golpeó contra la pared, los dos se volvieron a mirar y se encontraron con un hombre en el umbral. Harper vio de reojo que Max se llevaba la mano a la cadera, seguramente donde normalmente llevaba el arma.

El desconocido entró al salón y, al apartarse de la luz que entraba por la puerta, pudieron ver que era un tipo alto y desgarbado de unos treinta y tantos años.

Pero entonces dejó de verlo porque Max se colocó delante de ella.

–¿Está usted bien, señorita? –le preguntó aquel hombre.

Harper se asomó por detrás de Max justo a tiempo de ver como el desconocido abría los ojos de par en par. No había duda de que acababa de ver bien a

Max. No era de extrañar que tragara saliva y respirara hondo.

Max medía por lo menos un metro noventa y cinco de estatura y era tan corpulento como alto.

No obstante, había que decir que al otro hombre no le faltaba valor porque dio un paso más hacia ella y habló con voz firme:

–Apártese de ella.

–Por el amor de Dios –murmuró Max, pero hizo lo que le pedían.

Harper no pudo evitar echarse a reír con nerviosismo al verlo obedecer.

–Estoy bien –le dijo al otro huésped del hotel–. No pasa nada –le aseguró–. Usted es el señor Wells, ¿verdad? Creo que su mujer está en mi clase de yoga.

–Sean Wells –confirmó él, soltando parte de la tensión.

–Este es Max Bradshaw, ayudante del sheriff –le explicó Harper–. He gritado porque tenía los auriculares puestos y me he asustado.

Sean parecía algo más relajado, pero seguía mirando a Max con escepticismo, quizá por los pantalones cortos, la camiseta negra sin mangas o los tatuajes tribales que lucía en el brazo derecho, desde el hombro hasta la parte inferior del impresionante bíceps.

–No tiene usted aspecto de ayudante del sheriff.

La mirada de los oscuros ojos de Max dejó helado al otro hombre.

–Es mi día libre –se limitó a decir–. Solo venía a invitar a cenar a la señorita Summerville –añadió.

Esas últimas palabras hicieron que Harper girara la cabeza bruscamente y lo mirara boquiabierta.

–¿A mí? –vaya, le había salido una voz chillona y aguda que no era propia de ella.

Harper rara vez perdía la compostura, pero en su defensa debía decir que las otras veces que había visto a Max le había dado la impresión de que no había sentido demasiada simpatía por ella y mucho menos atracción.

–Sí –en su rostro apareció un ligero destello de color–. Vengo de parte de Jake. Jenny va a hacer una cena y quiere que vengas –apartó la mirada de ella para dirigirla a Sean Wells, con un gesto con el que parecía preguntarle qué hacía allí todavía.

El hombre buscó una excusa rápidamente y salió de allí.

–Gracias –le dijo Harper antes de que se alejara. Después volvió a mirar a Max enarcando una ceja–. Tú sí que sabes cómo echar a alguien.

–Sí, es un don –respondió él, encogiéndose de hombros y luego la miró a los ojos–. Bueno, ¿qué quieres que le diga a Jenny? ¿Vas a venir esta noche, o no?

–Sí. ¿Qué tengo que llevar?

–¿Me lo preguntas a mí? Yo suelo aparecer con unas cuantas cervezas.

Harper sonrió.

–Llamaré a Jenny.

Él no le devolvió la sonrisa, pero algo cambió en la expresión de su rostro, quizá fuera su manera de sonreír. Resultaba difícil saberlo, especialmente cuando, al volver a hablar, su voz sonó tan tensa como siempre.

–Buena idea. Entonces te dejo para que puedas hacerlo –asintió del mismo modo que lo había hecho las otras veces que se habían encontrado–. Siento haberte asustado. Bueno, supongo que te veré esta noche.

–Supongo que sí –murmuró ella al tiempo que lo seguía hasta la puerta, donde se quedó mirándolo hasta verlo desaparecer por el sendero.

Vaya. Absolutamente nada, ni siquiera la foto que incluía el dosier que le había enviado el investigador de Sunday's Child, podría haberla preparado para el impacto que suponía ver a aquel hombre en carne y hueso.

Harper esbozó una sonrisa y meneó la cabeza.

–Al menos esta vez no me ha llamado señora.

Max subió corriendo a la habitación que su hermanastro, Jake, utilizaba como despacho y, una vez allí, se apoyó en la mesa en la que Jake estaba trabajando.

–Ha dicho que sí, que vendrá –anunció al tiempo que trataba de no pensar en que aún tenía el pulso acelerado por haber estado con Harper esos minutos–. Todavía no comprendo por qué demonios no podías invitarla tú directamente... es la cena de tu prometida.

–Ya te lo he dicho, hermano –Jake apartó la mirada de la pantalla del ordenador que tenía delante–. Llevo cuatro días encerrado en casa para poder entregar un trabajo para el que no me han dado tiempo suficiente.

—¿A qué viene tanta prisa? —le preguntó, dispuesto a pagar el mal humor con su hermano menor, como había hecho siempre hasta hacía solo unos meses—. Se suponía que ibas a estar fuera tres semanas y solo tardaste diez días en volver. ¿Eso no debería haberles dado más tiempo? —Max se cruzó de brazos y observó atentamente a su hermano—. Con las ganas que tenías de huir de Razor Bay, parece que le has tomado mucho cariño últimamente.

—Sí —admitió Jake con una sonrisa en los labios—. La culpa la tienen Jenny y Austin.

—No hace falta que lo jures.

Su hermano había vuelto esa primavera para hacerse cargo de su hijo de trece años después de que este perdiera a su madre, a la que Jake había abandonado cuando era apenas un adolescente. Había llegado con la intención de llevarse a Austin a Nueva York, sin imaginar que acabaría enamorándose de Jenny Salazar, la directora del hotel, que era como una hermana para su hijo.

Al pensar en la relación de Jake y Jenny, Max tuvo la sensación de que algo no encajaba y su intención no solía fallarle.

—¿Cómo es que Jenny ha organizado una cena sabiendo que estás tan apurado de tiempo con el trabajo?

—No tengo ni idea.

Jake se movió con nerviosismo al decir aquellas palabras.

—Está bien –dijo entonces, con la mirada clavada en la pantalla de un modo muy sospechoso–. Es posible que no sepa que tengo tan poco tiempo.

—¿Es posible?

—No lo sabe –reconoció su hermano, encogiéndose de hombros, pero inmediatamente dejó de fingir que seguía trabajando–. Escucha, si Jenny quiere hacer una cena, que la haga.

Se le puso tal cara de bobo, que Max sintió vergüenza ajena.

—Bueno, pero, ¿por qué tienen tanta prisa los del *National Explorer*?

—Porque, al contrario que tú, ellos no pensaron que fuera a necesitar las tres semanas para hacer el trabajo y siempre se da por hecho que la primera semana tengo que mandarles una selección de fotos para que elijan.

—¿Entonces no es que te hayan dado poco tiempo?

Jake lo miró, frunciendo el ceño.

—¿Puedes ya dejar el interrogatorio, Max?

—Solo quiero comprender que pasa. Si sabías que tenías una semana, ¿por qué no vas más adelantado?

—Pues, porque he pasado casi todo el tiempo en la cama con Jenny.

—¡No me cuentes eso! –protestó Max, horrorizado–. ¡Ahora no puedo quitarme la imagen de la cabeza, maldita sea! –antes de que su hermano volviera, jamás habría pensado que Jenny pudiese tener vida sexual.

–Vamos. Lo que pasa es que te da envidia porque tú no tienes a nadie con quien darte un revolcón.

Max pensó de inmediato en la mujer que se alojaba en la cabaña del bosque. Harper. La de la piel bronceada, la de los enormes ojos verdes y los rizos oscuros. La de la voz sexy. Daría un brazo por poder darse un revolcón...

Meneó la cabeza para olvidarse de la idea.

–Podría conseguir una así de fácil –aseguró, chasqueando los dedos frente al rostro de Jake. El problema era que las mujeres que podía conseguir no le interesaban. Harper Summerville lo tenía fascinado desde la primera vez que la había visto, cuando había aparecido con Jenny en el concurso de fotografía del pueblo. Volvió a clavar la mirada en su hermano–. La próxima vez, pídele a otro que te haga los recados. Tienes un hijo, ¿por qué no se lo has mandado a él?

–Lo habría hecho encantado, pero resulta que es verano y Austin tiene catorce años, así que ha salido en el barco con Nolan y Bailey y van a pasar todo el día fuera. Además... –Jake lo miró de reojo–, te recuerdo que esta mañana he hecho un hueco en mi apretada agenda para prepararte el café.

–Menuda hazaña.

–Oye, te he enseñado mi trabajo y eso no lo hago con cualquiera, ya lo sabes.

–Sí, ha sido un momento muy especial –dijo Max con sarcasmo, aunque lo cierto era que había sido un honor ser testigo del talento de su hermano. No todos los días podía ver uno cientos de fotografías recién tomadas en África por un conocido fotógrafo de la revista *National Explorer*.

Se acercó a la ventana del bungaló de lujo de The Brothers Inn en el que se alojaba su hermano desde que había vuelto al pueblo. Se fijó en el movimiento de las ramas de los árboles.

Después se metió las manos en los bolsillos y giró la cabeza para mirar a Jake.

Aun trabajando bajo presión, seguía estando impecable con su carísimo corte de pelo y la camisa de cien dólares del mismo color verde que sus ojos.

A Max seguía pareciéndole increíble que Jake y él hubieran empezado a tener una relación sincera y amistosa después de llevar toda la vida odiándose. Jamás habría podido imaginarlo. Sin embargo no le costó darse la vuelta para admitir:

—La verdad es que me ha encantado ver todo el proceso que hay detrás de tus fotografías —enseguida juntó las cejas—. Pero eso no significa que no me debas una.

—Claro —respondió Jake con sequedad—. Ha debido de ser una tortura tener que hablar con una chica tan atractiva.

—No es atractiva, idiota, es hermosa. ¿Se te ha olvidado lo que pasó las otras dos veces que he hablado con ella? —se había quedado mudo y había sido muy humillante. ¿Cómo era posible? Era todo un ayudante del sheriff y exmarine, por el amor de Dios. Normalmente podía hablar con cualquiera.

Excepto con chicas de buena familia.

—Sí, la verdad es que fue un espectáculo muy lastimoso –Jake asintió con decisión–. Está bien. Te debo una.

–Desde luego que sí –murmuró Max–. Aunque debo admitir que hoy no se me ha dado tan mal. Lo cual está muy bien –reconoció–. Prefiero no pensar en el ridículo que hice las otras dos veces. Sobre todo sabiendo que tengo acceso a todo un arsenal de información que podría servirme para evitar el mal trago.

Jake lo miró con escepticismo.

–Seamos realistas, hermano. Los dos sabemos que tú jamás harías algo tan definitivo para solucionar un problema temporal –después le dedicó una alegre sonrisa–. Mira el lado positivo... las cosas solo pueden ir a mejor.

–Sí, claro –murmuró Max, al tiempo que se dirigía a la puerta–. Con los ánimos que me das, no podría hacer otra cosa –dijo, irónicamente–. Ponte a trabajar. Yo tengo cosas que hacer. Te veré a las siete en casa de Jenny.

Mientras bajaba la escalera no pudo evitar desear que se cumpliera lo que había predicho Jake, porque necesitaba urgentemente que las cosas fueran a mejor.

Estaba harto de comportarse como un tímido adolescente con su primer amor cada vez que se encontraba con Harper Summerville.

Capítulo 2

Max cerró la puerta del coche y fue corriendo hasta la puerta trasera de la casa de Jenny.

No llegaba tarde deliberadamente. Después de dejar a Jake había ido a Cedar Village, el hogar para adolescentes en riesgo de exclusión, situado a varios kilómetros del pueblo y, una vez allí, se había entretenido más de lo previsto.

En realidad no debería sorprenderle porque era lo que le ocurría siempre que iba. También él había sido un joven lleno de rabia en otro tiempo; sabía perfectamente lo que era meterse en líos y no saber qué hacer con el odio que se sentía. Por eso le gustaba dedicar a aquellos chicos parte de su tiempo libre. Porque entendía la situación en la que estaban.

Pero ese día había perdido la noción del tiempo. No había podido resistirse a jugar con los chicos al baloncesto cuando lo habían invitado a hacerlo porque era el primer gesto de aceptación que mostraban dos de ellos. Si hubiera rechazado la oportunidad, quizá no habrían vuelto a darle otra.

Ya había salido tarde, pero no había tenido otra opción que pasar por casa a darse una ducha y a cambiarse. Las cenas de Jenny siempre eran bastante informales, pero seguramente la anfitriona esperaría que apareciera afeitado y con otra ropa que no fuera la que había llevado todo el día. Especialmente cuando Jake, el amor de su vida, parecía un modelo siempre elegante. No quería ni pensar en lo que habría dicho si se hubiera presentado oliendo como solo podía oler alguien después de estar jugando al baloncesto con unos adolescentes.

Se pasó la mano por la camiseta azul que llevaba metida por los vaqueros para disimular un poco las arrugas que tenía de estar doblada en el cajón, se colocó el cuello de la camisa verde de manga corta que se había puesto encima para estar un poco más arreglado y llamó a la puerta con la mano en la que no llevaba las cervezas. Había comprado cerveza Fat Tire, que era la que le gustaba a Jake, aunque él habría preferido Budweiser.

Cuando la puerta se abrió, oyó ruido de platos y risas de mujer.

—Menos mal —dijo Austin, su sobrino, al verlo—. Necesitamos más tíos —le explicó, con una enorme sonrisa—. Jenny ha invitado a demasiadas tías.

—De eso nada —protestó Jenny, detrás de él—. Solo he invitado a un par de compañeras de trabajo que no tenían ningún plan. Hola, Max —le dijo cuando ya estuvo dentro.

Como la conocía bien, Max se inclinó para dejarse abrazar, algo tan nuevo para él, que no podía evitar ponerse en tensión. Jenny seguía haciéndolo siempre que lo saludaba o que se despedía de él, así que no debía de importarle.

Y Max tenía que admitir que tenía algo de agradable, aunque le resultara incómodo.

Jenny era una mujer diminuta, pero con una gran fuerza, así que le dio un impetuoso apretón antes de soltarlo.

–Los hombres están en el porche de delante, preparando la barbacoa. ¿Por qué no llevas esas cervezas que traes a la nevera que tienen allí? –le sugirió y luego se dirigió a Austin–. ¿Y tú qué haces tan cerca de la cocina si estás tan incómodo con tantas mujeres?

–No estoy incómodo –protestó el muchacho–. Solo digo que sois demasiadas y estamos en minoría. Además, venía a buscar las cosas para jugar al croquet. Papá dice que podríamos echar un partidito después de la cena.

–Tomo nota de la aclaración –dijo Jenny, pasándole la mano por la cabeza–. Las cosas del croquet están en el cobertizo.

Austin sonrió y salió por la puerta.

–Entonces voy directamente al porche –anunció Max, pues no estaba seguro de estar preparado para enfrentarse a tantas mujeres.

Jenny era tan buena que se mostró dispuesta a dejarlo escapar. En ese momento asomó la cabeza su mejor amiga.

–Jen, ¿dónde está... ? Ah, hola, Max.
–Hola, Tasha. ¿Qué tal?
–Bastante bien –se fijó en que tenía un pie dentro y otro fuera–. ¿No vas a entrar?
–Iba a ir directamente al porche.
Tasha enarcó una ceja.
–Intimidado por la presencia de tantas mujeres, ¿eh?
–Desde luego... y eso que ni siquiera sé cuántas hay exactamente –al darse cuenta de lo ridículo que era, Max sonrió.
–¡Vaya! –exclamó Tasha–. Tienes que hacerlo más a menudo.
–¿El qué?
–Sonreír –respondió Jenny por su amiga–. Tienes una sonrisa preciosa, pero apenas la utilizas.
–Porque la reservo para las chicas guapas –respondió con una coquetería poco habitual en él–. Y ahora me voy al porche.
Las oyó reír a su espalda.
Al llegar a la parte delantera de la casa, solo vio a Jake y a Mark, el padre del mejor amigo de Austin.
–Austin tenía razón al decir que estamos en minoría ante las chicas –comentó.
–Wendy Chapman ha venido con su nuevo novio –le explicó Mark y luego se encogió de hombros–. Pero aún está en la fase tonta del amor y se ha quedado con ellas en la cocina.
Todos menearon la cabeza ante semejante misterio.

Jake se echó a reír al ver las cervezas que tenía en la mano.

–Veo que has traído calidad. He puesto unas cuantas Budweiser para ti en la nevera.

Max fue directo a la nevera, sin querer reconocer la ternura que le provocaba el detalle de su hermano.

Se abrió una Budweiser, tomó un trago y luego cayó en el vicio de dar su opinión sobre cómo se hacía una buena barbacoa. ¿Qué hombre podría no opinar ante un fuego y un buen trozo de carne roja?

Jenny interrumpió la animada conversación para pedir que alguien la ayudara a colocar la mesa y, al ver que Jake no estaba dispuesto a abandonar la parrilla, Max se ofreció voluntario. Después las mujeres pusieron el mantel, los platos y cubiertos de plástico. Incluso adornaron la mesa con unas flores frescas.

Fue entonces cuando salió Harper con la ensalada y Max tuvo que hacer un esfuerzo para no seguir todos sus movimientos con la mirada.

Había algo en su porte que la hacía parecer una reina. Quizá fuera su aspecto exótico, su figura alta y esbelta y su buena constitución. O la solemnidad de sus labios carnosos o esos ojos que le daban un aire distante. Fuera lo que fuera, encajaba con esa imagen de chica rica y bien educada que siempre lo dejaba sin habla.

Max no sabía por qué se sentía tan incómodo con las chicas de buena familia. No podía ser que el origen se remontara a sexto, cuando se había enamorado de Heather Phillips y su madre le había dicho, con su habitual hosquedad, que era demasiado rica para alguien como él. No le había molestado que su madre le advirtiera de que esa chica jamás lo invitaría a sus fiestas. De hecho, no se había equivocado. Al margen de lo relacionado con su padre, nunca había hecho caso de la negatividad de Angie Bradshaw. Si hubiese dejado que eso le impidiera hacer cosas o tratar de cumplir sus sueños, se habría quedado paralizado por completo.

Lo cierto era que su madre se quejaba por todo, llevaba haciéndolo desde que su padre los había dejado por la madre de Jake.

Volviendo a Harper, al menos debía reconocer que esa tarde no lo había hecho tan mal. Y ella no se había mostrado tan distante cuando la había sorprendido moviendo su bonito trasero y cantando al ritmo de una música que solo ella había podido oír. En aquellos momentos, mientras se reía y charlaba con Tasha, tampoco parecía distante. Cuando estaba así, irradiaba una simpatía prácticamente magnética.

—La carne está lista —anunció Jake.

Jenny apareció con una jarra de sangría casi tan grande como ella y Mark fue a buscar a los niños mientras los demás tomaban asiento alrededor de la mesa.

Max aprovechó para fijarse en todos los asistentes. Estaban Austin, Nolan y la novia de Austin, Baile, además del hermano pequeño de Nolan. Había tres mujeres sin pareja: Tasha, Harper y Sharon, de la que solo sabía que se había divorciado hacía dos años de un hombre del pueblo que se había trasladado a Tacoma, mientras que ella se había quedado y seguía trabajando en el hotel. Después estaban Jake, Jenny, Mark y su esposa, Rebecca, y Wendy, propietaria de un salón de belleza del pueblo, con su nuevo novio, Keith algo.

Cuando todo el mundo estuvo sentado y servido, las risas y la conversación bajaron de volumen.

Un buen rato después, Tasha se inclinó hacia delante para dirigirse a Harper:

—He visto el anuncio de tus clases de yoga al atardecer en los folletos nuevos. A mí me vendría muy bien algo así porque está claro que me falta flexibilidad.

Harper esbozó una sonrisa que le cambió por completo el rostro. Una enorme sonrisa con la que mostró unos dientes perfectos y unas encías sanas.

—Pásate algún día —le dijo a Tasha—. No creo que a Jenny le importe que no seas huésped del hotel siendo su mejor amiga.

—Vamos —intervino Jenny, que estaba sentada junto a Tasha—. Puedes ir cuando quieras.

Tasha sonrió a su amiga para después seguir dirigiéndose a Harper.

—Lo haría, si no coincidiese de lleno con nuestra hora punta.

—Claro. Eres la propietaria de la pizzería del pueblo, ¿verdad?

—Sí. Bella T's.

—Aún no he tenido oportunidad de ir, pero he oído que se come muy bien.

—Es la mejor pizza del mundo —aseguró Nolan, el amigo de Austin, con la boca llena de maíz.

Mark le pasó la mano por el pelo a su hijo, pero sonrió a Harper.

—Los modales podrían mejorar, pero el mensaje es sincero.

—Entonces está claro que tengo que encontrar un rato para ir por allí —Harper miró a Tasha—. Después de la cena hablamos. Seguro que hay alguna hora que nos venga bien a las dos.

—¿En qué trabajabas antes de venir aquí? —le preguntó la mujer de Mark, Rebecca.

—Un poco de todo, para consternación de mi madre. Desde que volvimos a Estados Unidos he tenido muchos trabajos temporales. Trabajé en los grandes almacenes Nordstrom's, después en una pequeña editorial universitaria, también he trabajado para una empresa de reformas y en una constructora...

Max no tenía pensado interrumpirla, pero no pudo contenerse.

—¿Por qué estuviste fuera de Estados Unidos? —¿y por qué lo había dicho en plural?

Harper inclinó la cabeza y lo miró directamente a los ojos.

—¿Quieres la versión larga o la corta?

—La larga —dijeron todas las mujeres casi al unísono.

—Está bien —las largas pestañas casi ocultaban los ojos verdes, que se le iluminaban cada vez que se reía—. Mis padres se conocieron cuando estaban en la universidad y se casaron dos meses después. Mi madre tiene sangre cubana, afroamericana y galesa. Mi padre era el único hijo de una vieja familia de Winston-Salem. Aunque el sur ya había cambiado mucho, a los padres de mi padre no les hizo mucha gracia el matrimonio y llegaron incluso a pedirle que lo anulara.

Meneó la cabeza y a sus labios asomó una pequeña sonrisa.

–Tendrías que haber conocido a mi padre para daros cuenta del error que cometieron mis abuelos al hacer tal cosa. Supongo que les dio miedo lo que pudieran decir sus amigos –se encogió de hombros antes de continuar–. El caso es que la respuesta de mi padre fue hacer el equipaje y marcharse a Europa con mi madre y con su flamante título de ingeniería civil. Vivimos por todas partes del mundo. Yo nací en Ámsterdam y mi hermano, Kai, en Dubai.

–Supongo que sería duro tener que trasladarse continuamente –comentó Jenny.

–No, la verdad es que no. Siempre fui igual que mi padre, así que a los dos nos encantaba llegar a un sitio nuevo y conocer gente. A Kai y a mi madre no les hacía tanta gracia –se le ensombreció ligeramente el rostro–. Me imagino que por eso a mi madre le cuesta tanto aceptar que yo siga viajando. Mi hermano y ella se instalaron de inmediato en cuanto volvimos al país y le preocupa que yo no haga lo mismo.

Tasha la miraba con la cara apoyada en las manos y los codos en la mesa.

–¿Tus padres llegaron a reconciliarse con tus abuelos?
–Sí. En realidad no tardaron mucho en hacerlo. Yo ni siquiera recuerdo el tiempo en el que estuvieron separados, salvo por lo que ellos nos contaron. Lo que recuerdo era que querían a mi madre casi tanto como la quería mi padre y que eran unos abuelos maravillosos –su sonrisa iluminó el lugar de tal modo que Max sintió una extraña presión en el pecho.

Acostumbrado a recorrer el mundo por trabajo, Jake preguntó a Harper por algunos de los lugares en los que había vivido y estuvieron intercambiando pareceres sobre ellos. Max escuchó en silencio... esforzándose por no dejarse llevar por los celos. Solo Dios sabía todo el tiempo que había perdido poniéndose celoso y teniendo envidia a su hermano.

Pero el pasado cosmopolita de Harper despertó en él viejas inseguridades. Era una educación completamente ajena a la que había recibido él y, al ver la facilidad con la que Jake charlaba con ella, era muy difícil no volver a caer en esos sentimientos que creía haber superado por fin. Los echó a un lado, porque no estaba dispuesto a dejar que estropearan la buena relación que tenía ahora con Jake.

Su padre había abandonado a Max y a su madre cuando Max aún no caminaba. Quizá todo hubiera sido distinto si Charlie Bradshaw se hubiese limitado a marcharse del pueblo, como había hecho cuando había abandonado también a Jake y a su madre. O si la madre de Max hubiese sido de otra manera...

Se sentía frustrado, porque no había sido así y no se podía cambiar el pasado. Charlie era uno de esos hombres que solo se preocupaban por la familia que tenía en aquel momento, por lo que Max lo había visto a menudo por el pueblo con su nueva mujer y su nuevo hijo. Había sido muy duro verlo actuar como padre con Jake, como si él fuera el niño invisible, a juzgar por cómo se había portado con Max.

A pesar de estar inmerso en todos esos recuerdos, Max se dio cuenta de que Harper se disponía a agarrar la jarra de sangría. Estaba todavía muy llena y, al intentar levantarla, el peso hizo que se le inclinara hacia delante. Max se puso en pie de un salto y alargó el brazo para sujetar la jarra y ponerla recta.

Al poner la mano sobre la de ella fue como si tocara un cable pelado. Sintió un calor tan intenso que no le habría extrañado que alguien le dijera que se le había prendido fuego el pelo. No sabía si ella lo había sentido también o había sido solo cosa suya. El caso era que se había quedado muy quieta y tenía los ojos abiertos de par en par, clavados en él, pero también podía ser simplemente porque le había sorprendido su reacción.

Apenas quedó la jarra de nuevo en la mesa, Max retiró las manos y volvió a sentarse. Hizo todo lo que pudo para olvidarse de la sensación de electricidad que aún tenía en la piel, decidió no volver a mirarla y se esforzó en seguir pensando en sus viejos resentimientos por Jake.

Su madre no había contribuido en absoluto a mejorar la situación. En aquella época, Max no se había dado cuenta de ello, pero con la perspectiva que le habían dado los años y la madurez, había entendido que si Angie Bradshaw hubiera sido de otra manera, seguramente él no habría sufrido tanto aquel abandono. Aún no había cumplido los dos años cuando Charlie se había ido, así que no tenía recuerdos reales de su padre. Pero su madre no era de las que olvidaban y no había habido prácticamente un día en que no le hubiese recordado a su hijo todo lo que habían perdido. Max había crecido escuchándola hablar constantemente de la furcia que le había robado a su padre y de ese malcriado que disfrutaba de todo lo que debería haber sido suyo.

Para empeorar aún más las cosas, Jake siempre había sido buen estudiante y había ido con los chicos más populares del pueblo, mientras que él no había destacado especialmente en los estudios y a menudo sus amigos lo habían metido en líos.

No era de extrañar que tuviese tantos problemas para relacionarse con las chicas de buena familia. Sencillamente, Harper era la versión femenina de Jake.

—¿Max?

La voz de Harper lo arrancó inmediatamente de las garras del pasado y algo le hizo darse cuenta de que no era esa la primera palabra que le había dirigido. En cuanto la miró sintió esa absurda tensión que le oprimía el pecho cada vez que clavaba los ojos en ella.

—Perdona —le dijo después de aclararse la garganta y se dispuso a mentir—: Estaba pensando en una cosa del trabajo. ¿Qué decías?

–Solo te había preguntado qué habías hecho con tu día libre después de que nos viéramos.

Bien, eso era algo de lo que sí le gustaba hablar.

–Estuve en Cedar Village –le sorprendió ver que Harper reconocía el nombre–. ¿Lo conoces?

–He oído el nombre, pero no recuerdo bien qué es exactamente. ¿Un campamento para chicos?

Jake se echó a reír y Max le hizo una mueca.

–No le hagas caso. Jake piensa que es una especie de reformatorio, pero en realidad es una residencia para chicos con problemas. Es cierto que la mayoría de ellos se han metido en líos. Lo mismo que yo a su edad...

–Y mira lo bien que te va ahora –comentó Jake con frío sentido del humor.

Max se rio del sarcasmo de su hermano... hermanastro.

–Bueno, yo tengo un trabajo de verdad, en lugar de pasarme el día jugando con cámaras de fotos –respondió en el mismo tono sarcástico.

La mirada de Harper hizo que a Max se le borrara la sonrisa de la cara y volviera a sentirse inseguro, pero echó los hombros hacia atrás y cumplió con lo que consideraba su responsabilidad hacia los chicos de Cedar Village.

–El caso es que muchos de ellos proceden de hogares rotos o son hijos de drogadictos. Ninguno de ellos ha sufrido abusos físicos, pero sí mucho abandono, otros han tenido que trabajar como esclavos para llevar comida a sus casas. Unos cuantos proceden de familias cariñosas e implicadas, pero simplemente perdieron el rumbo durante un tiempo o se codearon con quien no debían. Todos ellos necesitan la atención y la estabilidad que les proporcionan los terapeutas.

–¿Y tú eres uno de esos terapeutas?

–¿Yo? –preguntó, sorprendido–. No, yo soy de la junta directiva, pero en realidad lo que más hago es estar allí con los chicos. Pero, hablando de la junta...

Todos los presentes excepto Sharon y el hijo pequeño de Mark gruñeron, Max se limitó a sonreír.

–Así es, chicos. Es el momento de hacer algo. El próximo domingo hacemos el desayuno para recaudar fondos. Sé que la mayoría ya tenéis las entradas, pero también necesitamos voluntarios para ayudar a organizarlo.

–¿Podemos levantarnos, Jenny? –preguntó Austin–. Tenemos que terminar de preparar el partido de croquet.

–Me lo tomo como un sí –dijo Max–. ¿Qué preferís hacer, ser camareros o trabajar en la cocina?

–¿En serio tenemos que hacerlo?

Max miró a su sobrino a los ojos.

–Esos chicos no han tenido tanta suerte como tú. Es por una buena causa.

Austin suspiró, pero asintió, igual que Nolan y Bailey. Entonces Max miró a los adultos.

–A mí no me mires –dijo Sharon–. Esos chicos me dan miedo.

–Vamos, si casi son unos niños.

Pero Sharon se encogió de hombros.

–No importa, siguen dándome miedo. Pero te compraré una entrada.

Sabía que no debía juzgar a nadie, pero lo cierto era que tuvo que hacer un esfuerzo.

–Gracias. ¿Prefieres a las ocho o a las nueve y media?

–Mejor a las ocho.

–Cuenta conmigo para ayudar –anunció Harper.

Max se volvió hacia ella, diciéndole a su libido que no era el momento.

–¿De verdad?

–Sí, claro. El domingo estoy libre y es una buena ocasión para ver al pueblo en acción. Prefiero hacer de camarera, así podré conocer a más gente.

–Genial. Gracias –Max volvió a mirar a su alrededor–. Vamos, amigos. Aprended de Harper y de los chicos. ¿Qué me decís? –preguntó con un gesto teatral muy poco habitual en él–. Hagan cola, señoras y caballeros.

Capítulo 3

Una risa profunda y masculina procedente de la cocina del centro comunitario llegó hasta la barra donde esperaba Harper. Se quedó inmóvil durante un instante, olvidándose por completo de las mesas llenas de comensales que esperaban su desayuno y rodeó la barra que separaba el salón de la cocina, en busca del origen de aquella risa.

Sabía perfectamente de qué pecho había salido. Solo la había oído una vez y tampoco entonces había ido dirigida a ella, pero nadie que hubiera escuchado la risa de Max Bradshaw podría confundirla jamás con ninguna otra. A pesar del poco tiempo que llevaba en Razor Bay, sabía que era algo muy poco frecuente. Hasta una simple sonrisa suya había conseguido dejarla sin habla durante la cena en casa de Jenny. Su risa provocó en ella un efecto mucho más intenso.

Tenía que recordar que el interés no era mutuo. Bastaba con acordarse de lo que había ocurrido en casa de Jenny, cuando se había lanzado a ayudarla para que no derramara toda la jarra de sangría sobre la mesa. El roce de su mano había sido para ella como una descarga eléctrica, exactamente igual que la primera vez que lo había visto y le había tocado el brazo. Sin embargo, él se había quedado como si nada. No era posible que tuviera la piel más caliente que el resto del mundo, así que, ¿por qué se había empeñado en pensar que sí?

Meneó la cabeza suavemente. No tenía sentido buscar una respuesta, lo único que importaba era que Max había apartado la mano tan rápido que cualquiera habría pensado que le daba asco. Ella siempre se había sentido segura de sus encantos, pero, o los había perdido, o el ayudante del sheriff era completamente inmune a ellos. En cualquier caso, era evidente que no tenía nada que hacer con él.

Lo encontró en la cocina, frente a los fogones, rodeado de muchachos. Parecía un Ángel del infierno con todos esos tatuajes tribales, los vaqueros rotos y una camisa blanca que se le ajustaba a los hombros y el pecho. El pañuelo azul con el que se había tapado el pelo encajaba a la perfección con su imagen de tipo duro.

Sin embargo, la expresión de su rostro era relajada y feliz; sonreía de un modo que sus dientes parecían rivalizar en blancura con la camiseta. Los chicos lo miraban con la boca abierta, como si fuese una estrella de rock, y Harper, que también se había quedado absorta observándolo, los entendía perfectamente. Seguramente, ellos también estaban acostumbrados a verlo mucho más serio.

Se obligó a sí misma a seguir adelante con la tarea de servir las tortitas a todos los que ocupaban las mesas que le correspondían.

—¿Quién quiere más tortitas?

Miró atrás solo una vez, pero únicamente para comprobar que desde allí no veía a Max.

Los asistentes al desayuno benéfico recibieron su pregunta con un entusiasmo que la hizo echarse a reír. Mientras servía, charló con todos los que se mostraron con ganas de hacerlo.

—¿Todavía queda caramelo por ahí? —preguntó en una de las mesas y, cuando le dijeron que quedaba poco, pidió a uno de los muchachos que cambiara el bote vacío por uno lleno y le llevara más zumo—. ¡Megan, Joe! —saludó a dos de los huéspedes del hotel, que habían ido a la excursión en canoa que ella había organizado el día anterior—. Me alegro de que hayáis podido venir.

—Estas tortitas están de muerte —respondió Joe, con una enorme sonrisa—. Nosotros sí que nos alegramos de haber venido.

Harper se rio también. Las tortitas no estaban mal, pero ni mucho menos estaban de muerte. Lo bueno era que el ambiente era muy animado, lo que seguramente hacía que supieran mejor.

Cuando se dirigía a la cocina en busca de más tortitas, a punto estuvo de chocarse con Tasha.

—Perdona —se disculpó, al tiempo que agarraba la bandeja de la otra chica, que sí que estaba llena—.

No miraba por dónde iba. Estaba fascinada viendo cómo come esta gente.

–Sí, es como ver a los leones devorando una gacela. Dan ganas de apartar la vista, pero resulta imposible.

–¿Entonces siempre es así?

–Todos los años –admitió Tasha y le señaló con la mirada a un tipo enjuto y fuerte que comía a gran velocidad–. Casi siempre gana Greg Larson, aunque de vez en cuando le aparece un competidor para darle algo de emoción al concurso –volvió a mirar a Harper–. ¿Qué tal vas?

–Muy bien. Este ambiente me da mucha energía.

–Me alegro por ti –ella, sin embargo, parecía cansada–. Anoche trabajé hasta tarde en la pizzería y la verdad es que empiezo a desfallecer. Me gustaría saber cómo demonios ha conseguido escaquearse Jenny.

Harper se encogió de hombros.

–Dijo que tenía muchas cosas que hacer en el hotel.

–Sí, es lo mismo que me dijo a mí, pero no me lo he tragado. ¿Tú?

–Tampoco. No digo que no haya mucho trabajo en el hotel porque es verdad que está lleno, pero Jake tampoco ha venido, así que me inclino a pensar que han aprovechado para estar juntos y recuperar el tiempo perdido mientras Jake estaba fuera.

–Sí, yo también lo creo –Tasha volvió a mirar a Harper, pero esa vez fijamente–. ¿Sabes una cosa? Deberíamos salir una noche de estas. Podemos de-

círselo a Jenny, pero aún está en esa fase en la que no quiere separarse de su amorcito, así que no tengo muchas esperanzas. ¿Qué te parece la idea?
–Magnífica.
Una de las desventajas de haber pasado la adolescencia viajando de un lado a otro era que había pasado mucho más tiempo con adultos que con gente de su edad. La ventaja, por supuesto, era que había vivido muchas más experiencias que las que habría podido vivir de otra manera, pero lo cierto era que no tenía ninguna gran amiga, como la mayoría de las chicas y, cuando veía juntas a Jenny y a Tasha, sentía que se había perdido algo.
–Estupendo –dijo Tasha antes de mirar la bandeja que tenía en la mano–. Será mejor que reparta esto antes de que se enfríe del todo. Te llamaré, ¿de acuerdo? Y esto no es como lo de la clase de yoga, de verdad voy a hacerlo.
–No te preocupes –respondió Harper con un movimiento de hombros que se le había pegado de los franceses durante los dieciocho meses que había vivido en Clermont-Ferrand–. Esas cosas nos pasan a todos.
Mientras le llenaban la bandeja de nuevo, Harper charló un rato con uno de los muchachos de la cocina, hasta que de pronto se oyó un terrible estruendo que los obligó a mirar a un rincón de la cocina. Junto al lavavajillas, de cuyo interior salía una nube de vapor, había dos muchachos frente a frente, como si estuvieran a punto de batirse en duelo. Uno de ellos le dio un empujón al otro.

—¡Mira lo que me has hecho hacer, imbécil! –dijo el que había empujado, que era bastante más bajito que el otro.

—¿A quién has llamado imbécil? –respondió el otro con un empujón que desplazó de su sitio al más bajo. El grandullón lo siguió y volvió a empujarlo–. Eres tú el que se me ha echado encima, maldito hijo de...

—Ya está bien –intervino Max con firmeza y se situó entre los dos jóvenes para separarlos–. Ha sido un accidente. Jeremy, trae la escoba.

—¿Por qué tengo que limpiarlo yo? –protestó el grandullón.

—Porque trabajamos en equipo y yo te he pedido que lo hagas –respondió Max con voz tranquila, pero mirándolo fijamente.

Jeremy enseguida bajó la mirada y fue a buscar la escoba. El otro intentó escabullirse, pero la voz de Max lo frenó en seco.

—Tú trae el recogedor y el cubo con la fregona –le ordenó–. Cuando recojas los cristales que va a barrer Jeremy, puedes fregar el suelo.

—¿Y por qué tengo que hacer dos cosas y él solo una? –protestó el chico con actitud beligerante.

—Así son las reglas, Owen –Max habló con firmeza, pero también con calma–. Jeremy tenía parte de razón. Has agarrado la bandeja llena de vasos y te has echado hacia atrás sin mirar si venía alguien. El que va marcha atrás siempre tiene la culpa.

—¡Vaya mierda!

Max le dio una palmadita en el hombro.

–Puede que tengas razón. Pero las reglas son las reglas. Ahora ve a buscar esas cosas.

El muchacho farfulló algo, pero obedeció. Harper agarró su bandeja con la intención de darse media vuelta.

Genial. Por si no le bastaba con sentir fascinación por él, ahora resultaba que también era bueno con los chicos.

Harper no comprendía por qué se sentía tan atraída por él. Nunca le habían gustado los tipos altos y fuertes; normalmente se inclinaba más por hombres mayores y sofisticados. Pero Max Bradshaw... Dios, cada vez que lo tenía cerca se sentía como un vampiro que no pudiese morder el cuello de su víctima.

Pero sí sentir el aroma de su sangre.

Ya tenía suficientes complicaciones teniendo que ocultar que no había ido a Razor Bay solo para trabajar en el hotel, ahora además tenía que controlar la atracción que sentía por Max.

–Creo que debería apartarse, señorita –le dijo una voz.

–¿Qué? –Harper se volvió a mirar y se dio cuenta de que se estaba formando cola a su espalda–. Claro, claro. Perdón –dijo con la mejor de sus sonrisas.

Cuando se marchó el último de los invitados al desayuno, Harper también estaba lista para irse. Había limpiado sus mesas y colocado las sillas, además, ni siquiera había llevado bolso, llevaba el dinero y el carné de conducir en los bolsillos del pantalón, así que no tenía más que hacer allí.

Pero entonces miró a la cocina y vio a Max y a sus chicos limpiando. No había más que mirar a los muchachos para darse cuenta de que la mayoría estaban ya hartos de su labor de voluntarios, por lo que Harper respiró hondo y pasó al otro lado de la barra.

–Déjame que te eche una mano –le dijo al grandullón de los dos que se habían enfrentado antes, que estaba sacando vasos del lavavajillas.

–Muchas gracias.

–Me llamo Harper.

–Yo Jeremy –respondió él con un tono que no daba pie a la conversación.

–Encantada –agarró una pila de vasos y estiró el brazo para colocarlos en el armario de la pared, pero la pila era demasiado alta y, antes de poder dejarlos, el de más arriba se inclinó peligrosamente hacia ella.

En ese momento sintió algo cálido a su espalda, aunque nada la rozó y, al mismo tiempo, vio un brazo bronceado y oyó la voz profunda de Max Bradshaw.

–Déjame que te quite un par de vasos.

Solo fueron un par de segundos, pero para ella fue una eternidad durante la que se le aceleró el pulso y se vio invadida por su aroma masculino, mezclado con el de la masa de las tortitas y el jabón de su ropa. Primero se fijó en el trazo de sus tatuajes y luego en los músculos de su brazo, que siguió hasta la mano que agarró los últimos vasos de la torre que ella aún sujetaba.

—Ya está —dijo él al tiempo que daba un paso atrás.

—Gracias —respondió Harper después de dejar por fin los vasos—. Es la segunda vez que evitas un accidente.

Él se quedó inmóvil y, por un momento, Harper creyó ver un brillo ardiente en sus ojos, pero quizá lo imaginó porque un segundo después esbozó una tenue sonrisa, asintió y murmuró:

—Es un placer.

«Para mí también», pensó.

Seguramente no era buena idea relacionar la palabra placer con él, así que Harper se puso recta, respiró hondo y, como la timidez no solía frenarla, aprovechó la oportunidad.

—Escucha, no hago la jornada completa en el hotel y la verdad es que me gustaría ayudar en Cedar Village.

—¿En serio? —la observó atentamente—. ¿Qué sabes hacer?

—No sé. ¿Qué suelen hacer los voluntarios? Yo sé hacer un poco de todo, pero lo que mejor se me da es organizar actividades. Y recaudar fondos —al ver que él seguía mirándola sin reaccionar, Harper empezó a impacientarse. Normalmente no le costaba tanto impresionar a la gente—. Si no necesitáis nada de eso, también podría ofrecer un toque femenino.

—A mí me iría de maravilla un toque femenino —intervino un muchacho rubio que estaba limpiando cerca de ellos y lo hizo en un tono que no hacía pensar precisamente en la decoración.

–Brandon –se limitó a decir Max en tono de advertencia.
Pero fue la mirada de Harper lo que hizo encogerse al muchacho. Era una mirada pacífica, pero contundente, que había aprendido a los doce años y que siempre le servía para que la persona que la recibía se replantease lo que acababa de decir.
–Perdón –murmuró Brandon.
–No pasa nada –respondió ella con una ligera sonrisa antes de volver a dirigirse a Max–. Se me ocurren unas cuantas ideas para que el próximo desayuno dé más beneficios. No puedo prometerte nada hasta que hable con Jenny, pero quizá no le importe que utilicemos de vez en cuando los recursos del hotel.
Max se sacó la cartera del bolsillo trasero del pantalón y le dio una tarjeta.
–Llámame y hablaremos de ello. Ahora deberías irte a disfrutar de tu día libre.
Harper se guardó la tarjeta.
–Buena idea –convino, consciente de que Max no quería que se quedara–. Encantada de conocerte, Jeremy –le dijo al muchacho que seguía sacando cosas del lavavajillas y luego se despidió de los demás con un gesto, pues todos ellos habían dejado de trabajar para mirarla.
Después salió a la calle por la puerta de la cocina.
–Tío, está muy buena –oyó decir a uno de los chicos antes de que se cerrara la puerta–. ¿Por qué has dejado que se fuera? –hubo un momento de silencio–. No será porque es negra, ¿verdad?

Harper se quedó helada. Dios. ¿Sería por eso? Ni se le había pasado la idea por la cabeza, quizá porque había pasado la mayor parte de su vida en Europa, donde el ser negro no tenía tantas connotaciones como allí, o al menos no había detrás una historia tan traumática como la de los Estados Unidos y el racismo.

–Por el amor de Dios, no –oyó asegurar a Max–. Escucha, muchacho, los adultos no tratamos de ligar con todas las mujeres guapas que se cruzan en nuestro camino –se quedó callado un segundo antes de decir en voz más baja–: Además, ¿te parece el tipo de mujer que querría que yo intentase ligármela?

¡Sí! Pensó Harper, claro que lo era.

–No, supongo que no –respondió el muchacho.

«Bueno, ya está bien», se dijo Harper antes de resoplar y alejarse de allí.

Llegó a su cabaña con un tremendo dolor de pies que le había provocado el estar toda la mañana de pie y haberse puesto unas sandalias de tacón muy poco adecuadas. Apenas abrió la puerta, oyó sonar el teléfono móvil, que había dejado allí a propósito.

Agarró el teléfono y se dirigió a la cocina en busca de un té bien frío.

–Hola, mamá –respondió mientras se quitaba los zapatos.

–¿Qué tal, pequeña?

Desde la muerte de su padre hacía algunos años, su madre y ella tenían una relación algo difícil, por lo que le gustó mucho que se dirigiera a ella con ese apelativo tan cariñoso.

Abrió la botella de té y se bebió casi la mitad de un trago.

−Por el amor de Dios, ¿qué estás engullendo? ¿Es que la abuela y yo no te hemos enseñado mejores modales?

Harper intentó no tomárselo a mal. Tenía treinta años, así que no tenía lógica que su madre la regañase como si fuera una niña, ni que ella reaccionara como si lo fuera.

Así pues, respiró hondo y soltó el aire lentamente antes de responder.

−Perdona. Vengo de estar tres horas de pie, sirviendo tortitas en un desayuno para recaudar fondos para Cedar Village. Estoy cansada y tengo sed.

Hubo un momento de silencio.

−¿Cómo lo has conseguido? −le preguntó por fin Gina Summerville-Hardin.

Había sido tan fácil que todavía le costaba creerlo. Harper había estado a punto de caerse de la silla cuando Max le había ofrecido semejante oportunidad durante la cena en casa de Jenny.

−El novio de mi jefa es hermano de Max Bradshaw −hubo una pausa tan larga, que Harper pensó que se había cortado la línea−. ¿Mamá?

−Sigo aquí. ¿ Max Bradshaw el de la junta directiva de Cedar Village?

−El mismo.

−Recuerdo su expediente porque me impresionó que fuera ayudante del sheriff y veterano. Parece una persona muy responsable. Aun así, me sorprende la coincidencia.

Harper se acordó un instante del roce de su mano cuando la había ayudado con la jarra de sangría, pero enseguida se obligó a olvidarse de ello.

—Bueno, Razor Bay es bastante pequeño. Resulta difícil mantener el anonimato, pero por contra es más fácil conocer a la gente. Sabía que había tenido suerte de conseguir el trabajo en el hotel —dijo riéndose—, pero no me imaginaba cuánta.

Había escogido el empleo del hotel porque era algo parecido a lo que había hecho antes de que la muerte de su padre la llevase a trabajar para la organización sin ánimo de lucro que había creado su padre después de jubilarse. Pero lo había elegido sobre todo porque su misión en la fundación de la familia era evaluar a pequeñas organizaciones benéficas y decidir si merecían alguna de las ayudas que concedía Sunday's Child. Cedar Village había solicitado una ayuda que les permitiría contratar otro terapeuta y arreglar el tejado del edificio en el que los chicos seguían estudiando y aprendían todo lo necesario para volver a la sociedad.

Había sido su padre el que había ideado aquellas evaluaciones anónimas después de darse cuenta de que, de otro modo, muchas organizaciones hacían cualquier cosa para impresionarlos y así era muy difícil saber realmente cómo funcionaban en el día a día.

—Aún no entiendo por qué aceptaste ese trabajo —le dijo su madre, sacándola de sus ensoñaciones—. No se tarda trece semanas en hacer una evaluación.

—Ya te lo he dicho, mamá... Aquí solo viene gente a trabajar o de vacaciones y resultaría muy poco creíble que alguien que viene de vacaciones, quisiera trabajar como voluntario en una residencia para delincuentes juveniles. Además, la verdad es que necesitaba unas vacaciones.

—¿Y por eso te pusiste a trabajar?

Harper intentó no resoplar porque no era la primera vez que tenían esa conversación.

—Sí, mamá. Escogí un trabajo divertido en el que no tengo que mentir a nadie. Eso para mí son vacaciones.

—Pero sí que estás mintiendo.

Harper empezaba a hartarse. ¿Por qué les costaba tanto entenderse últimamente?

—Sí, madre. Tienes toda la razón. Soy una mentirosa.

—Yo no quería decir eso, querida. Lo que digo es que, si no te gusta lo que haces, deberías dejar que lo hiciera otro y volver a casa.

—Sí que me gusta lo que hago —sí, a veces se cansaba de tener que fingir que era lo que no era, pero le encantaba poder ayudar a organizaciones que hacían tanto por los niños. El problema era que su madre estaba deseando que dejara de viajar y por eso nunca la creería. Además, estaba harta de tener que justificarse—. Están llamando a la puerta, mamá. Tengo que dejarte.

—Harper, espera...

—Luego te llamo. Adiós —y colgó.

Tuvo que recordarse que lo que estaba haciendo

no estaba mal. Se le había ocurrido a su padre y ella seguía confiando ciegamente en su criterio. Pero, ¿y las dudas que había despertado su madre?

Harper respiró hondo lentamente y se olvidó de ellas.

Capítulo 4

Al día siguiente, Max iba de camino a la cabaña de Harper cuando sintió un movimiento que le hizo girar la cabeza. Miró al jacuzzi que tenía a la izquierda, seguro de que encontraría allí a alguien, pero lo vio vacío. Entonces se movió el agua de nuevo y vio un cuerpo de mujer. Solo tenía la cabeza por encima de la superficie, pero a través del agua se veía el color cálido de su piel.

Max supo inmediatamente quién era gracias a la deliciosa descarga eléctrica que invadió su cuerpo. Se salió del camino y fue directo al pequeño oasis en el que se encontraba el jacuzzi.

Ahora las cosas serían más fáciles y más difíciles al mismo tiempo. Más fáciles porque no tendría que estar a solas con Harper en su diminuto bungaló y más difíciles porque... bueno, solo había que mirarla. Más de cerca, podía ver el pronunciado escote del traje de baño blanco y negro, la curva de sus muslos y las uñas de los pies, pintadas de naranja.

Meneó la cabeza con impaciencia. Se había prometido a sí mismo que esa noche no pensaría siquiera en el sexo. Ahora se daba cuenta de lo estúpido que había sido, pero de todos modos tendría que cumplir con su palabra.

—¿Cómo podrías haber hecho que el desayuno diera más beneficios? —le preguntó cuando estuvo cerca de la enorme bañera.

Su voz la sobresaltó y a punto estuvo de hacer que se hundiera. Fue entonces cuando Max se dio cuenta de que no solo estaba relajada.

—Mierda. ¿Te he despertado?

—¿Qué? No, no, claro que no —dijo ella, pero no pudo contener un enorme bostezo que la contradecía, tras el cual esbozó una sonrisa—. Bueno, es posible. ¿Qué hora es?

—Casi las ocho.

—Me he metido aquí a menos cuarto, así que supongo que sí que he dado una cabezadita.

Max no pudo evitarlo; su deber era cuidar y proteger a la gente.

—Supongo que sabes que es peligroso quedarse dormida en un jacuzzi.

—Sí, papá —parecía estar a punto de menear la cabeza, pero debió de cambiar de opinión porque lo que hizo fue asentir con falsa solemnidad y esbozar una correcta sonrisa—. ¿Puedo hacer algo por ti?

A Max se le pasaron por la cabeza unas cuantas ideas muy sugerentes, pero como no era un adolescente, aunque fuera así como se sentía siempre que veía a Harper, decidió tragárselas. De pronto no comprendía cómo se le había ocurrido ir a verla. Se suponía que le había dado la tarjeta para que fuera ella la que lo llamara.

En cualquier caso, ya estaba allí, así que lo mejor sería aprovechar el tiempo. Se apoyó en el borde de la enorme bañera y volvió a mirarla.

—Ayer dijiste que podrías hacer que el próximo desayuno diera más beneficios. ¿Cómo?

Harper se quedó mirándolo, con la cara mojada, el pelo recogido en una coleta y algunos rizos pegados al cuello.

—Invítame a una Coca-Cola y te lo diré.

Buena idea. A él también le haría bien beber algo frío, quizá así pudiera dejar de pensar en quitarle el agua a lametazos.

—Enseguida vuelvo —dijo, poniéndose en pie de un salto.

Fue hasta la máquina de bebidas que había en la puerta de la piscina cubierta del hotel y, unos segundos más tarde, volvió con dos latas de refresco.

Harper tomó un largo trago de la suya y luego se pasó la lengua por los labios antes de dejar la bebida en la repisa que unía la bañera con la pared exterior de la piscina cubierta. Entonces lo miró fijamente.

—Para empezar, podríais organizar una subasta —anunció—. Puedes hacerla más o menos complicada, pero tienes un buen público y a todo el mundo le gusta conseguir algo a precio de ganga.

—¿Qué tendría que hacer? —le preguntó con verdadero interés.

—Puede que lleve tiempo, pero para eso están los

voluntarios, como yo. Tendríamos que convencer a los comercios del pueblo para que donaran objetos que estarían expuestos en el desayuno. También podríamos ayudarte a fijar los precios de salida de cada artículo, a decidir qué porcentaje aumentar y hacer las hojas que...

—Espera un momento. Explícamelo como si no tuviera ni idea de lo que hablas.

Harper se echó a reír.

—Porque no la tienes, ¿verdad?

—Exacto —él también sonrió—. Soy policía y antes era marine, así que todo esto me es muy ajeno.

—De acuerdo —se sentó al borde del asiento de la bañera—. Imagínate que Wendy, la de la peluquería, dona un corte de pelo que normalmente vale treinta y ocho dólares, habría que hacer un papel que dijera «Corte de pelo en Wacka Do, precio habitual: treinta y ocho dólares». Como es un servicio en lugar de un objeto cuya imagen bastaría para atraer la atención, podríamos incluir una foto de Wendy cortándole el pelo a algún cliente. ¿Me sigues?

—Sí.

—En la tarjeta tendría que aparecer el precio de salida, que podría ser, por ejemplo, de un diez por ciento del valor; es decir, tres dólares con cincuenta, para redondear. Si tu hermano donara una de sus fotos, habría que poner un precio mucho mayor porque es muy conocido en su campo. ¿Comprendes?

—Sí —le gustaba mucho la idea porque nunca había habido nada parecido en el pueblo—. Entonces ¿solo hay que dejarlo todo sobre una mesa y esperar?

–¡Madre mía, cómo sois los hombres! –dijo con media sonrisa–. La idea es que las tarjetas sean lo más atrayentes que se pueda para que la gente puje lo más posible. También hay que asegurarse de que tienen tiempo de ver las cosas y las pujas que hay para cada artículo, de manera que puedas subir la oferta si alguien los supera. Cuando llegue el momento en que ya no se acepten más ofertas, necesitarías a alguien de confianza que recolectara el dinero. El ganador solo tendría que tomar la tarjeta y llevársela a esa persona junto con el dinero. Como es un acto benéfico, no habría que pagar impuestos por los beneficios, aunque tendría que asegurarme de que es así también en el estado de Washington.

–Está muy bien. ¿Qué más?

Ella lo miró y parpadeó varias veces.

–¿Cómo que qué más?

–Antes has dicho: «Para empezar», así que deduzco que tienes más ideas.

–Cariño –Harper estiró los brazos por el borde de la bañera, echó la cabeza hacia atrás y dejó que las piernas le subieran a la superficie, con lo que todo su cuerpo se estiró ante la fascinada mirada de Max–. Tengo millones de ideas –añadió, mirándolo a los ojos y sorprendiéndolo mientras él admiraba su cuerpo de arriba abajo.

–Genial –Max sonrió. Por primera vez se sentía a gusto con ella. Ella misma lo había dicho, así eran los hombres: cuando tenían delante unos pechos como aquellos, no podían evitar mirar–. Soy todo oídos.

—¿Tuvisteis que pagar algo por el local?

—No, solo una fianza por si se rompía algo, pero la recuperamos casi por completo, no del todo porque hubo que pagar unos cuantos vasos.

—Lo sé, estaba en la barra cuando se cayeron. ¿Y qué me dices de la comida?

—Eso sí que lo pagamos —respondió—. ¿Cómo íbamos a conseguirla gratis?

—Como donación. El próximo año, haz una lista de todo lo que se necesita y trata de conseguir todo lo que puedas en concepto de donación. Supongo que no todos los chicos serán de aquí, ¿verdad?

—En realidad no tenemos ninguno de Razor Bay. ¿Por?

—Por lo que dijiste el otro día, me imagino que no muchas familias se implicarían en nada de esto, pero los padres que sí estén interesados en que mejore la situación de su hijo podrían hablar con los comerciantes de sus respectivos pueblos y conseguir cosas que de otro modo tendrías que comprar. La idea es conseguir la mayor cantidad de dinero posible para el proyecto, ¿no?

—Por supuesto —de pronto se paró el motor del jacuzzi, pero, por una vez, Max no se fijó en su cuerpo, mucho más visible, sino que la miró a la cara con curiosidad—. ¿Cómo es que sabes tanto de todo esto?

—He tenido millones de trabajos y uno de ellos fue organizar una subasta en un colegio privado cuando la encargada de organizarla se vio obligada a hacer reposo.

—¿Y lo hiciste, así de simple?
—No —sonrió con humildad—. Yo no tenía ni idea, pero los padres que habían participado otros años en la subasta me ayudaron mucho. La mayoría de los centros privados esperan que los padres de los alumnos dediquen algunas horas a ayudar al colegio en cualquier actividad —dijo justo antes de ponerse en pie—. ¿Podrías acercarme la toalla?

«Madre de Dios». El propósito de no pensar en el sexo se hizo de pronto inalcanzable. Le dio la toalla y luego la observó mientras se secaba. Había dado por hecho que llevaría un biquini, que siempre había sido para él el traje de baño más sexy, pero acababa de descubrir que un bañador de una pieza también podía ser peligrosamente atractivo. Aquel se le ajustaba como un guante, era completamente abierto por detrás y tenía una cinta bajo el pecho que le levantaba los senos de un modo espectacular. Max se aclaró la garganta mientras hacía un verdadero esfuerzo por no tocarla y trataba de recordar de qué estaban hablando. La mismísima Venus había hecho que olvidara hasta su nombre.

—¿Y por qué no lo organizó todo directamente uno de esos padres?

Harper levantó la mirada.

—Te gusta la lógica, ¿verdad? No lo hizo ningún padre porque es una actividad que lleva mucho tiempo y todos ellos trabajaban a tiempo completo.

—Pensé que habías dicho que no era difícil.

—Lo que te propongo para Cedar Village no lo es, pero esta subasta se celebró en un hotel de Atlanta y había cientos de artículos –terminó de secarse las piernas y lo miró, cruzando los brazos sobre el pecho–. Bueno, ¿te he convencido de que tengo la experiencia necesaria para trabajar como voluntaria en vuestra organización?

Por suerte para él, no había demasiada luz, así que, seguramente, ella no se dio cuenta de la sangre que le había subido al rostro. El día anterior había llegado a la conclusión de que era muy posible que Harper no tuviera nada que pudiera serle útil al hogar de Cedar Village, o que los chicos se la comerían viva, pero seguramente había sido solo porque aún estaba muy afectado por la décima de segundo que había estado pegado a ella cuando se había acercado para ayudarla con la torre de vasos. Afectado y ansioso por evitar tener que verla en el lugar donde se sentía más libre.

Pero al verla dejar paralizado a Brandon con una simple mirada se había dado cuenta de que era más que capaz de hacer frente a los chicos de Cedar Village.

–Sí –respondió con absoluta sinceridad–. Me has convencido por completo. ¿Quieres que fijemos un horario fijo... –él lo prefería, así podría evitarla, por el bien de ambos–, o...?

–Prefiero ir cuando pueda, si te parece bien. Mi horario de trabajo en el hotel varía de una semana a otra y, a veces, de un día para otro.

–Claro, no hay problema –sacó de nuevo la cartera para darle una tarjeta del hogar–. Está un poco vieja, pero ahí tienes el nombre y el número de Mary

Margaret, la directora del centro, que es con quien tienes que hablar. Yo le contaré lo que hemos hablado cuando vaya por allí el jueves, así sabrá quién eres cuando la llames.

—Muchas gracias, Max —se puso un albornoz rojo y se guardó la tarjeta en el bolsillo, del que también sacó la llave de su bungaló—. El viernes la llamo.

—¿Vas a tu cabaña?

—Sí. He tenido un día muy ajetreado y estoy cansada —lo miró de arriba abajo—. Tú también debes de estarlo después de pasar ayer horas haciendo tortitas y controlando a los chicos y de trabajar hoy —dijo, señalando el uniforme que aún llevaba.

Max se encogió de hombros.

—Soy un tipo duro, no puedo evitarlo —le hizo un gesto para que echara a andar—. Vamos, te acompaño a la cabaña y luego me voy a casa. Tengo una cerveza esperándome.

—No hace falta que me acompañes —le dijo ella, sonriendo—. Pero vas a hacerlo de todos modos, supongo, porque eres Don Responsable —echó a andar por el sendero que conducía a su cabaña.

—Ese soy yo y, para ser una mujer tan independiente, te has puesto en camino muy rápido.

—Jamás me interpondría entre un hombre y su cerveza.

—¿En serio? —siguió andando detrás de ella, con las manos metidas en los bolsillos—. Puede que tenga que casarme contigo.

A Max le pareció que le fallaba el paso, pero quizá no fuera cierto y simplemente fuera el contoneo de sus caderas. Lo que sí vio con claridad fue la sonrisa que le dedicó al girarse a mirarlo.

–¿No te parece que le exiges muy poco a tu futura esposa? –le preguntó.

–La cerveza es muy importante para mí –bromeó, sorprendido de lo cómodo que se encontraba con ella.

–Entonces, de acuerdo.

Una vez frente a la puerta de la cabaña, Harper se giró hacia él.

–Gracias, Max. Eres un buen tipo.

–¡No!

Ella frunció el ceño.

–No es ningún insulto.

Quizá no lo fuera, pero era lo que solían decir las mujeres a los hombres con los que no tenían intención de acostarse. Claro que, qué importaba. Una mujer como Harper no iba a acostarse con alguien como él, dijese lo que dijese.

–Tienes razón –respondió con una tensa sonrisa y volviendo a la actitud profesional que utilizaba para protegerse de la atracción que sentía hacia ella–. Es un comentario muy amable. Supongo que estoy cansado. Pero me alegro de poder ayudarte –le quitó la tarjeta de la puerta y la introdujo en la ranura antes de apartarse para que ella marcara la clave. La puerta se abrió de inmediato–. Que disfrutes del resto de la noche.

–Eh... gracias –respondió ella con un murmullo.

Pero él ya había bajado los escalones del porche y había echado a andar por el sendero.

Capítulo 5

—Me alegro mucho de que por fin hayamos podido quedar —dijo Harper el viernes por la tarde, al tiempo que se sentaba frente a Tasha en un bar del pueblo.

—Y yo de que hayas podido escaparte durante el día —respondió la guapa rubia—. Lo peor de tener una pizzería es que, cuando todo el mundo sale del trabajo es cuando para mí empieza el mayor ajetreo.

—Yo cada día tengo un horario, así que bien por nosotras, ¿no?

—¿Por qué bien por vosotras? —el bolso que aterrizó en la mesa junto a Harper anunció la llegada de Jenny—. Decidme que no me he perdido nada interesante.

—No —Tasha meneó la cabeza—. Solo nos estábamos felicitando por haber conseguido encontrar un momento en el que las dos estuviéramos libres.

—Sí, es una lástima que no podáis ser jefas como yo —bromeó, haciéndose la interesante.

—Oye, yo soy mi propia jefa —matizó Tasha.
—Sí, pero estás tan atada a Bella's que apenas te deja tiempo libre —le recordó su amiga.
—Tienes razón. Quizá debería contratar a alguien que me ayudara —entonces esbozó una sonrisa y las miró a ambas—. Pero podría ser peor, podría ser una simple empleada, como Harper.
—¡Qué cruel! —exclamó la aludida, pero se echó a reír con ganas.

Llevaba menos de cinco minutos con ellas y ya se había dado cuenta del error que había cometido por no haber tenido más amigas en su vida.

Tasha le dedicó una sonrisa y, en ese mismo instante, Harper decidió que iba a intentar tener una relación estrecha con Jenny y con ella. Por una vez en su vida no iba a permitir que el hecho de vivir en un sitio de manera temporal le impidiera hacer verdadera amistad con la gente que conocía. Esa vez iba a profundizar en sus relaciones, en lugar de limitarse a disfrutar mientras durasen, pero sin implicarse, que era lo que hacía normalmente.

—Me sorprende que hayas conseguido despegarte de tu amado —le dijo Tasha a Jenny al tiempo que le hacía un gesto a la camarera para que las atendiera.
—No ha sido fácil —reconoció la joven castaña—. Pero necesitaba una sesión de chicas. Quiero mucho a Jake, pero la falta de estrógenos estaba empezando a afectarme.
—Lo comprendo perfectamente —asintió Tasha con solemnidad—. Los hombres pueden ser encantadores, pero existe algo llamado saturación de testosterona.

–Ay, pero a veces es tan increíble... –murmuró Jenny con gesto pícaro.

Las tres se echaron a reír.

–Eso, restriéganoslo a las que no tenemos tanta suerte como tú –dijo Harper, pero luego miró a Tasha con gesto de pregunta–. A lo mejor soy solo yo.

–No, me temo que yo también estoy atravesando una temporada de celibato involuntario.

La conversación se vio interrumpida por la llegada de la camarera, que tomó nota de sus bebidas y volvió a marcharse.

–No te pega beber cerveza –le dijo Jenny a Harper.

–¿Y qué es lo que me pega?

–Un martini –aseguró Tasha y Jenny asintió.

–¿Por qué? –les preguntó Harper a una y a otra.

–Probablemente por ese aire de sofisticación que tienes.

Esa vez era Tasha la que asentía.

–No importa –dijo entonces Jenny y centró toda su atención en Harper–. ¿Qué te parecería tener más responsabilidad en el hotel?

–Pues, no lo sé –a Harper le emocionó la idea, pero también la inquietó porque el propósito que la había llevado a Razor Bay no tenía nada que ver con el hotel–. Como ya sabes, no tenía intención de trabajar a tiempo completo, cuarenta horas a la semana.

–Ahora mismo ni siquiera llegas a las treinta –le recordó Jenny–. Yo te propongo hacer unas cinco horas más a la semana. Creo que sería un trabajo que te gustaría y que harías muy bien.

—Has conseguido despertar mi curiosidad.
—Y la mía –añadió Tasha.
—Todos los años por estas fechas, el pueblo celebra los Días de Razor Bay. Max le contó a Jake, y él me lo contó a mí, todo lo que le habías sugerido para mejorar el desayuno para recaudar fondos para Cedar Village. Necesitamos a alguien creativo que prepare la participación del hotel en los días del pueblo –Jenny debió de verla menear la cabeza porque se apresuró a decir–: No tiene que ser nada complicado, querida. En realidad se trata básicamente de gestionar las actividades que ya tenemos en marcha. Podrías, por ejemplo, encargarte de informar a los clientes de que tenemos entradas especiales para ver el desfile y los fuegos artificiales. Habría que organizar la fiesta de adultos y coordinar la noche de juegos para los niños. Tienes mucha inventiva, así que seguro que lo haces de maravilla.
—Me sorprende que no lo hagas tú personalmente –reconoció Harper.
—Ahí está el problema. Yo llevo haciéndolo muchos años y no quiero que la gente se encuentre con lo mismo de siempre. Tenemos muchos clientes que vienen todos los años exprofeso para la fiesta; son las fechas en las que siempre tenemos el hotel a pleno rendimiento. Me parece que debemos ofrecerles algo nuevo.

A Harper ya habían empezado a ocurrírsele ideas y la había invadido la impaciencia. Le encantaba hacer esas cosas.
—Está bien, lo haré. Parece divertido.

–¡Estupendo! –exclamó Jenny con una enorme sonrisa–. Ven mañana por la mañana a mi despacho y hablaremos...

–Todo iba bien hasta que apareciste tú –dijo una voz con tono violento y con tal volumen que interrumpió todas las conversaciones del bar.

Harper se dio media vuelta para ver de quién era la voz. En la barra había un hombre con un vaso en la mano que estaba dirigiéndose a otro que estaba sentado con una mujer. El que estaba solo tiró el vaso y derramó el contenido sobre la barra.

La mujer se apartó de un salto, sacudiéndose la falda.

–Parece que Wade está haciendo de las suyas otra vez –comentó Jenny.

–¿Quién es?

–Wade Nelson –le explicó Tasha y luego miró a la mujer–. Y esa es Mindy, con la que estuvo casado hace tiempo.

–Wade es una persona problemática –prosiguió Jenny–. Un día Mindy se hartó y le pidió el divorcio. Un tiempo después empezó a salir con Curt Neff y se casaron, pero Wade se niega a aceptar que lo suyo con su exmujer se haya acabado para siempre.

El tal Wade seguía increpando al marido de Mindy.

–Ellos dos parecen muy tranquilos, aunque supongo que estarán furiosos –señaló Harper.

–Con el tiempo se han dado cuenta de que lo mejor es no hacerle caso –le dijo Jenny–. Yo no sé si podría contenerme de ese modo.

–¿Cuánto tiempo llevan así?

–Siete años.

Harper soltó una carcajada de incredulidad.

–¿En serio? ¿Llevan siete años separados y él sigue comportándose así? ¿Qué piensa, que va a conseguir que vuelva con él con esa actitud?

–No, Curt y ella llevan siete años casados –la corrigió Jenny–. Pero ellos se separaron hace casi nueve.

En ese momento se abrió la puerta del local y se oyó una voz firme que Harper reconoció de inmediato.

–Vamos, Wade.

Como una brújula que no tenía más remedio que señalar el Norte, Harper se giró para ver a Max Bradshaw. Llevaba la camisa caqui del uniforme, la corbata negra y la placa de la oficina del sheriff de Razor Bay en el pecho y la pistola a la cintura. Con eso bastaba para darle una imagen imponente a la que no restaba el menor poder los vaqueros gastados que llevaba de cintura para abajo. O quizá habría bastado con su actitud para que cualquiera se diera cuenta de que era mejor no bromear con él, por mucho que fuera en vaqueros.

Harper lo vio ponerle una mano en el hombro a Wade y sintió un escalofrío al acordarse de lo que había sentido la otra noche cuando había estado a punto de ponerle la mano en la espalda antes de acompañarla a la cabaña.

–Vamos –le dijo de nuevo.

Wade trató de apartarlo, pero solo consiguió tambalearse, y entonces lo miró como si hubiera sido culpa de Max.

–¿Por qué demonios no te lo llevas a él? –protestó, señalando al tal Curt.

Max lo agarró de los hombros para ayudarlo a recuperar el equilibrio.

–Porque el que me ha llamado me ha dicho que Curt y Mindy estaban aquí tranquilamente hasta que has aparecido tú y has hecho una escena y, como no es la primera vez que me cuentan exactamente lo mismo, no tengo motivos para dudar de que sea cierto –lo miró fijamente–. Puedes venir conmigo voluntariamente, o puedo sacarte de aquí esposado. Tú eliges, Wade.

–Está bien –murmuró el otro antes de dejarse guiar hasta la puerta.

Max la abrió y el sol inundó el local durante unos segundos antes de que volviera a cerrarse la puerta tras ellos.

Una vez hubieron desaparecido, Harper soltó el aire que había estado conteniendo sin siquiera darse cuenta y miró a sus acompañantes.

–No comprendo cómo es posible que aún no le haya echado el lazo ninguna chica.

–¿A quién? –preguntó Jenny. Luego parpadeó y la miró fijamente–. ¿A Max?

–Sí. Sé que no es la persona más sociable del mundo, pero es alto, fuerte y da la impresión de que todo lo hiciera bien. A mí todo eso me parece muy sexy –al ver el modo en que la miraban las dos, se quedó inmóvil unos segundos–. Vamos, no es posible que sea la única que lo encuentre atractivo.

–Pues... sí, eso parece –dijo Tasha, pero enseguida meneó la cabeza–. Es cierto que es atractivo y que tiene un cuerpazo.

–Y una bonita sonrisa –añadió Jenny–. Pero la utiliza tan poco.

–Es que es tan serio y tan intenso –siguió Tasha–, que yo creo que asusta a las chicas. Además, jamás muestra el menor interés por ninguna. De hecho, creo que no lo he visto con ninguna en particular desde que volvió al pueblo.

–¿Desde que volvió de dónde? Habría dado por hecho que llevaba aquí toda su vida –mintió. En realidad había leído el historial de Max mientras estudiaba toda la documentación relacionada con la solicitud de Cedar Village.

No le gustaba tener que engañar a sus nuevas amigas, pero sabía que les habría resultado extraño que no les preguntase y debía hacer bien su trabajo.

–Fue marine durante años. Pasó la mayor parte del tiempo en países en guerra, pero ya lleva aquí años –insistió Tasha–. Y no recuerdo ninguna mujer a la que haya prestado especial atención. ¿Y tú?

–Tampoco –confirmó Jenny–. Lo cual es muy extraño porque, aunque sea un lobo solitario, no es una persona asexual ni mucho menos.

–Una mierda va a ser asexual –murmuró Harper.

Jenny la miró, sonriendo.

–Vaya, me alegra oírte hablar mal por una vez.

–¿Y eso?

–Porque desde que nos conocemos siempre pareces tan... perfecta.
–¡Eso no es cierto!
–Un poco sí –opinó Tasha–. Eres educada, elegante... ¿es que te pasaste la adolescencia con un montón de libros en la cabeza, para andar recta? Y hablas como... como una chica rica.
–Es verdad –confirmó Jenny–. Y tu acento es muy distinto a lo que solemos escuchar por aquí.
–Eso es porque he vivido en muchos países –explicó ella con sencillez–. Pero no soy rica –aseguró después de tomar un trago de cerveza–. Mis abuelos paternos tenían bastante dinero y a mi padre no le fue mal, aunque no llegó a tener tantos ingresos como ellos. Pero, ¿yo? No soy rica en absoluto.
–Te recuerdo que estás hablando con dos chicas de los bajos fondos –le dijo Tasha alegremente–. Bueno, en realidad, Jenny empezó bien, pero las circunstancias la llevaron a los bajos fondos cuando tenía dieciséis años, donde yo llevaba toda la vida –se encogió de hombros con alegre resignación–. Así que, ya ves, somos muy impresionables.
Harper no se tomó sus palabras como una ofensa; no tenía la impresión de que no fueran a aceptarla por ser diferente, simplemente le estaban contando la idea que tenían de ella.
–Siempre he pasado más tiempo con adultos que con gente de mi edad, así que supongo que no hablo como suelen hablar las estadounidenses de treinta años. Pero, si queréis, puedo empezar a decir palabrotas y a maldecir a diestro y siniestro.

Las dos se echaron a reír y ella lo hizo también. Después volvió a ponerse seria y las miró con curiosidad.

–Razor Bay es un pueblo pequeño y, en el tiempo que llevo aquí, no he visto demasiados chicos guapos. ¿Cómo es que ninguna de vosotras se ha sentido nunca tentada por Max? Pensaba que a las adolescentes les gustaban los tipos misteriosos al estilo de Heathcliff y Edward el vampiro.

–Max no estaba en el pueblo cuando Tash y yo estábamos en el instituto y, cuando volvió, las dos estábamos ocupadas tratando de labrarnos un buen futuro. Además, a mí concretamente, me gustan los chicos que me hacen reír.

–A mí también –dijo Tasha–. Max no es mi tipo.

–¿Y cuál es tu tipo?

La simpática rubia sonrió con picardía.

–Me gustan altos, encantadores y divertidos –apenas había dicho aquellas palabras, meneó la cabeza y se ensombreció la expresión de su rostro–. No, lo retiro... En realidad tengo muy mal gusto con los hombres

–No es cierto –aseguró Jenny con firmeza–. Tuviste mal gusto una vez, Tash. Nada más.

–Sí, pero esa vez hizo que acabara en una cárcel de las Bahamas –replicó Tasha–. Así que vale por unas cuantas, ¿no crees?

Harper se puso recta, intrigada por lo que acababa de escuchar, pero se dio cuenta de que no era buena idea hacer preguntas porque tenía la impresión de que Tasha lo había dicho sin pensar y no parecía tener muchas ganas de hablar de ello.

Así pues, Harper se limitó a dedicarle una sonrisa y a tratar de animarla.

–Eso significa que el macizo ayudante del sheriff es todo mío, con esposas y todo, ¿verdad?

Sus nuevas amigas se echaron a reír de nuevo y la tensión se disipó.

–Desde luego –respondió Tasha–. Pero te deseamos mucha suerte.

–Exacto –confirmó Jenny–. Y, si llegara a pasar algo, queremos todos los detalles.

–Hasta los más íntimos –bromeó Tasha–. Jenny tiene razón, Max no es en absoluto asexual, así que me encantaría saber si es de esos que les dice a las chicas lo que quieren en la cama.

Harper se quedó helada. Dios. Por si no tenía ya una imaginación demasiado activa.

Era lo último en lo que necesitaba pensar.

Capítulo 6

El sábado por la mañana, Max abrió el frigorífico y observó el interior mientras se rascaba el estómago. No había mucho donde elegir para prepararse el desayuno. Unas latas de Coca-Cola, unas cuantas cervezas, un solitario cartón de leche empezado y quizá ya estropeado y algunos frascos de salsa.

También podía vestirse y acercarse al Sunset Café a tomarse un buen plato de huevos revueltos con bacon y tostadas. La idea le pareció muy apetitosa.

Pero si se quedaba allí y comía cualquier cosa, podría empezar temprano a arreglar el tejado, labor a la que había decidido dedicar el próximo día libre que tuviese, que era precisamente ese.

–Al demonio con el desayuno –agarró el cartón de leche, lo olió y se quedó pensando unos segundos antes de volver a olerlo. No, no parecía que se hubiese estropeado. Agarró un cuenco, una cuchara y una caja de cereales. Se lo llevó todo a la mesa, junto con un montón de cartas sin abrir. Se volvió a mirar la cafetera con gesto pensativo, se encogió de hombros y sacó una Coca-Cola del frigorífico–. El desayuno de los campeones.

Después de tomar un buen trago de refresco, se sentó a la mesa y desayunó sin entretenerse demasiado.

Una vez alimentado, se puso unas viejas zapatillas de deporte y salió al garaje a buscar la escalera y las herramientas. No quería pasarse el día entero trabajando, así que cuanto antes empezara, antes podría marcharse a la playa.

Estaba subido a la escalera, terminando de extender el anti óxido en las juntas metálicas del tejado cuando oyó un coche que se acercaba. Se bajó de la escalera con curiosidad y fue hasta la parte delantera de la casa. No recibía muchas visitas.

En realidad, ninguna.

Le sorprendió ver a Jake bajándose del coche, pero más le sorprendió aún la alegría que le hizo sentir el verlo allí. Era lógico que todavía no se hubiera acostumbrado a llevarse bien con él. Habían pasado mucho más tiempo como enemigos que como hermanos.

–No esperaba verte –le dijo.

–He pensado que si quería ver tu casa, tendría que invitarme yo solo –Jake se quitó las gafas de sol y lo miró fijamente–. Porque, desde luego, tú nunca lo has hecho.

–Tienes razón –reconoció Max, con gesto culpable–. Lo siento. Cuando volví al pueblo, la mayoría de mis amigos se habían marchado o estaban en la cárcel, así que he perdido la costumbre de invitar a gente a casa.

–¿Es que no tienes ningún amigo, tío?

–Claro que tengo amigos –se defendió–. Lo que ocurre es que casi todos son marines y están repartidos por el mundo. Hay un par de tipos con los que juego al billar y me tomo una cerveza de vez en cuando –y a eso se reducía su relación con ellos, la verdad. Siguió atacando porque, como todo el mundo sabía, era la mejor defensa–. Pero, mira quién habla, Jake. Tampoco he visto que tú tengas muchos amigos precisamente.

Jake gruñó antes de reconocerlo.

–En eso tienes cierta razón –entonces se acercó a la casa y empezó a examinarla.

Lo hizo con tanta atención que Max empezó a impacientarse.

–Está bastante bien –dijo, con gesto imperturbable, cuando por fin terminó.

–Está mucho mejor que eso –protestó Max, pero sonrió porque sabía que, viniendo de Jake, «bastante bien» era algo muy positivo.

Seguramente era absurdo que la aprobación de su hermanastro le alegrara tanto, pero nunca le había gustado mentirse a sí mismo, ni siquiera cuando iba por ahí de tipo duro y peligroso. Por lo tanto tenía que reconocer que sí, le alegraba mucho que a Jake le pareciese bien su casa.

De pronto se dio cuenta de que había dejado de

pensar en él como su medio hermano. Ahora era simplemente su hermano.

Preferiría clavarse una aguja en el ojo que confesárselo a Jake, pero lo cierto era que hacía mucho tiempo que lo que más deseaba en el mundo era el cuento de hadas de la familia feliz. Una mujer para la que él fuese lo más importante... Pero eso era algo que solo podía imaginar.

Él nunca sería lo más importante para nadie.

También le gustaría tener hijos algún día. Pero nunca haría lo que había hecho su padre. Sería capaz de renunciar a uno de sus testículos antes que engañar a su mujer o abandonar a sus hijos.

Pero ninguno de esos principios tan elevados importaban por el momento porque no tenía pinta de que su fantasía fuera a hacerse realidad pronto. Y quizá nunca lo hiciera. Para conocer a alguien primero tendría que salir un poco. Pero bueno, al menos, tenía la casa. Era un primer paso. Quién sabía, quizá un día de esos decidiera dar el segundo paso y salir a bailar al Voodoo Lounge, que era un buen lugar para conocer a alguna mujer afín a él.

Aunque no conociera al amor de su vida, al menos podría acostarse con alguien, si había suerte. Cosa que no le importaría porque hacía tiempo que no estaba con ninguna mujer.

Meneó la cabeza y volvió a la conversación sobre su casa, no sobre su triste vida sexual.

–Estoy trabajando en ella –le explicó a Jake–. Cuando la compré estaba hecha un desastre, pero la estructura es buena y creo que podría quedar bonita.

—Ya me la puedo imaginar. ¿Cuánto terreno tienes?

—Casi dos mil metros cuadrados.

Jake miró a su alrededor.

—La próxima barbacoa tenemos que hacerla aquí.

La idea de organizar cualquier tipo de actividad social en su casa le provocó una repentina sensación de pánico. Eso no significaba que no le gustara y lo cierto era que había acudido a muchas reuniones organizadas por Jenny y por Jake, así que seguramente era hora de hacer algo. Simplemente le costaba imaginarlo.

—Es posible —se limitó a decir, ocultando su inquietud.

Jake le dio un golpecito en el brazo y le sonrió como si supiera lo que estaba pensando, pero antes de que Max pudiera decir nada, su hermano se dio la vuelta y volvió a mirar hacia la casa.

—¿Qué estabas haciendo cuando he llegado?

La incomodidad de Max desapareció de golpe porque le gustaba tanto su casa, que no le suponía ningún esfuerzo hablar de ella, lo cual no le ocurría con muchos otros temas de conversación.

—Estaba limpiando el tejado de óxido y humedad —le explicó.

—¿Quieres que te eche una mano?

Max miró a su hermano de arriba abajo, con su camiseta de diseño, sus bermudas de marca y su aspecto de modelo, y se echó a reír.

—Esa ropa debe de costar más que lo que yo pago de hipoteca.

–Es fácil de arreglar –replicó Jake y, en un abrir y cerrar de ojos, se quitó la camiseta y las bermudas y se quedó en chanclas y calzoncillos–. Listo.

–Madre mía –Max meneó la cabeza–. Sí que debes de estar aburrido.

–Sí –reconoció Jake–. Jenny está en el trabajo y Austin ha salido en el barco con Nolan y con Bailey. Estaba en casa y me sentía como un león enjaulado. Necesito un trabajo para hombres.

Con una sonrisa en los labios, Max se llevó a su hermano a la parte trasera de la casa y le enseñó a lijar los tablones de madera del tejado antes de ir a buscar una segunda espátula al garaje.

Siendo dos no tardaron en terminar la cara norte del tejado y Max descubrió que era muy agradable trabajar codo a codo con alguien, así que cuando guardaron todas las herramientas, invitó a Jake a pasar a la casa para poder lavarse. Le mostró el interior de la casa mientras le explicaba todas las mejoras que había llevado a cabo en los últimos dos años.

–Va a quedar increíble –aseguró Jake con admiración cuando volvieron al piso de abajo, después de ver los dormitorios, aún sin acabar–. Jenny y yo tenemos que empezar a buscar una casa en la que podamos vivir los tres, con despacho y cuarto oscuro. Estoy harto de vivir en casas separadas.

–Me lo imagino. ¿Habéis hecho planes más concretos para la boda?

En ese momento sonó el teléfono y la pregunta de Max quedó sin respuesta. Al agarrar el teléfono y ver quién era, Max sintió la habitual mezcla de alegría y tensión.

–Tengo que responder –le dijo a Jake–. Hay cerveza en el frigorífico y patatas fritas en el armario que hay encima.

Su hermano se dirigió a la cocina y él apretó el botón verde.

–Hola, mamá. ¿Qué tal por Londres?

–Mucha lluvia –respondió ella.

Max suspiró y siguió hablando como si no hubiese notado su desánimo.

–Aquí lleva unos días haciendo muy buen tiempo, supongo que será para compensar por la primavera tan lluviosa que tuvimos.

–En realidad aquí tuvimos una primavera bastante agradable –reconoció su madre.

–¿Lo ves? ¿Qué tal está Nigel?

–Muy bien –su madre se animó ostensiblemente al hablar de su nuevo marido.

Había sido toda una sorpresa para Max volver a casa de su último destino en los marines y descubrir que su madre se había mudado a Londres para casarse con aquel tipo.

Nigel Shevington había resultado ser lo mejor que le había pasado nunca a Angie Bradshaw. Se habían conocido cuando ella trabajaba de camarera en el restaurante del hotel The Brothers Inn y, en poco tiempo, él había conseguido conquistarla y convencerla para mudarse al otro extremo del mundo. Nigel la adoraba y, desde que estaba con él, Angie parecía más feliz de lo que había sido nunca.

Mucho más de lo que Max recordaba haberla visto en toda su vida.

No obstante, era difícil abandonar las viejas costumbres y a veces su madre caía en la negatividad de siempre.

—Cuéntame, ¿qué estabas haciendo? —le preguntó Angie—. ¿Estás trabajando?

—No, hoy tengo el día libre. He estado arreglando un poco el tejado y ahora pensaba ir a la playa un rato.

—Nunca he conocido a nadie al que le guste tanto la playa y el agua como a ti —comentó ella con una mezcla de resignación y exasperación—. No sé cómo no te compraste una casa más cerca de la playa.

—Porque el sueldo de ayudante del sheriff no da para tanto.

—Seguro que ese cretino de Jake...

—Mamá —la interrumpió de inmediato.

—Está bien —hizo una breve pausa—. ¿De qué color vas a pintarla?

—Todavía no lo sé. Pensaba preguntárselo a... —mierda, había estado a punto de decir «a Jake» y seguramente habría sido un desastre—, a un amigo que sabe de estas cosas.

—Seguro que queda muy bien. Nos encantaron las fotos que nos mandaste. Has adelantado mucho.

—Sí —intentó no pensar en todas las veces que su madre le había preguntado por qué tiraba el dinero en aquel agujero.

—Pero bueno, hermanito —gritó Jake desde la cocina—, tienes la dieta de un niño de doce años —entró al salón con una cerveza y una bolsa de patatas–. Ay, perdona, pensé que ya habías colgado.

–¿Quién es? –preguntó Angie–. ¿Hermanito? ¿Quién demonios te llama...? ¡Por el amor de Dios! –exclamó con voz aguda–. ¿Es Jake Bradshaw?

Max habría querido decir que no para evitar el estallido de ira de su madre, pero, además de no mentirse a sí mismo, intentaba no mentir tampoco a los demás. A menos que una mujer le preguntara si una prenda le hacía gorda, por supuesto; en ese caso mentía como un bellaco. No era tan idiota.

O quizá sí lo fuera porque, dado el historial de conflictos entre la primera y la segunda familia de Charlie Bradshaw, alguien más listo habría soltado la primera mentira que se le ocurriera. Pero él no.

–Sí –respondió y respiró hondo.

Su madre no se hizo esperar.

–¿Qué demonios está haciendo en tu casa? ¿Y cómo es que te llama «hermanito»? ¿Tan bien te llevas con el enemigo?

–No es mi enemigo, mamá, es mi medio hermano. Estamos intentando olvidarnos de todo y tener una buena relación. Como hacen los adultos.

Max vio que Jake esbozaba una ligera sonrisa antes de volver a la cocina y, un segundo después, oyó que la puerta de atrás se abría y volvía a cerrarse. No sabía si se habría ido para que pudiera hablar tranquilo o si de pronto se había acordado de lo mal que lo había tratado en el pasado y había salido huyendo.

–¿Cómo puedes decir eso? –la furia de su madre

reclamó toda su atención–. Ese Jake te quitó todo lo que te correspondía.

Llevaba toda la vida oyendo esas cosas, pero de pronto la duda de que su hermano pudiera haberse enfadado despertó también su furia.

–No, mamá. Él no me quitó nada –espetó con firmeza–. El único culpable fue papá y seguramente tu actitud no ayudó mucho. Jake no fue el que decidió que las cosas fueran como fueron, ni yo tampoco. Solo éramos dos niños en medio de una guerra de adultos. Pero yo ya no soy ese adolescente que se enfadaba solo porque mi madre creía que debía enfadarme. Quiero conocer bien a mi hermano y tener buena relación con él. Vete haciendo a la idea.

–¡No pienso hacerlo!

–Ese es el problema. Nunca me has dejado olvidar el mal que nos hicieron. Nunca me permitiste ser un niño más y disfrutar.

«Por Dios, Bradshaw». No tenía intención de rendirse, pero había visto demasiados casos y sabía que nunca servía de nada culpar a los demás, así que hizo un tremendo esfuerzo y adoptó un tono más conciliador.

–Escucha, mamá... No pretendía echarte la culpa de nada. Pero así son las cosas, tengo un hermano al que quiero conocer mejor. Párate a pensarlo y llámame cuando estés dispuesta a aceptarlo.

–Ya puedes esperar sentado –replicó ella.

–Tú verás, pero quiero que sepas que no voy a cambiar de opinión. Si quieres que tú y yo sigamos en contacto, esta vez tendrás que ser tú la que se adapte a la situación.

Se despidieron el uno del otro bruscamente. Después de colgar, Max fue a la cocina a por una cerveza y salió al jardín.

Jake estaba apoyado en el tronco de un árbol, mirando al paisaje con toda tranquilidad. Max respiró aliviado.

–Veo que tu madre sigue odiándome.

–Sí, pero yo no –al oírselo decir, se dio cuenta de que por fin se había liberado de la carga que había supuesto para él ese odio.

Jake sonrió de nuevo.

–Me ha encantado eso de: «Como hacen los adultos».

–Claro, porque fuiste tú el que empezaste a comportarte como un adulto primero.

–Es verdad –reconoció, riéndose–. ¿A que soy un puto genio?

–Un puto algo sí que eres –bromeó Max.

–Oye, puede que muchos de tus problemas se deban a lo que comes. En esos armarios no hay más que comida basura, Max.

–No es verdad. Esta mañana he desayunado cereales.

–Con Coca-Cola. No intentes negarlo, la lata estaba en el fregadero al lado del cuenco de los cereales. Además, la avena es un cereal, las cajas que he visto en el armario no son de cereales, lo que comes prácticamente son caramelos. Yo no dejaría que mi hijo desayunara eso.

Max se encogió de hombros. Era con lo que había crecido.

—Oye, a cada uno nos gustan unas cosas.

—Si quieres comer cereales dulces, puedo recomendarte otros más sanos, que tienen azúcar, pero al menos también tomarás una buena cantidad de fibra.

Max se quedó mirándolo.

—Sí que debes de estar aburrido si te dedicas a leer los ingredientes de los cereales.

A Jake se le sonrojaron ligeramente las mejillas, pero se limitó a decir:

—Jenny me enseñó muchas cosas cuando volví a formar parte de la vida de Austin y espero haber conseguido que mi hijo coma mejor que tú. Aunque tampoco es decir mucho —lo miró unos segundos más antes de sonreír—. Está bien, ya cambio de tema. Pero hazme el favor de pensar en lo que te he dicho, ¿de acuerdo?

—Sí, papá —bajó la mirada hasta la bolsa de patatas fritas que tenía en la mano—. Haré lo que dices, no lo que haces.

—Mierda —protestó Jake, meneando la cabeza, y luego agarró un puñado de patatas fritas—. Cierra la boca y tómate la cerveza.

Max se echó a reír.

—Por fin una orden que puedo cumplir. ¿Qué te parece si después vamos al embarcadero a ver cómo manejan los barcos esos tontos?

—Buena idea —Jake lo miró de reojo—. Vamos en el coche patrulla y así puedo poner la sirena.

Capítulo 7

El martes siguiente, Harper aparcó el coche que acababa de alquilar en el aparcamiento de Cedar Village.

Era la primera oportunidad que tenía de ver el centro desde que estaba en el pueblo y estaba impaciente por hacer por fin la primera evaluación del hogar para adolescentes. Cerró el coche y fue hasta la puerta de la valla de madera ennegrecida que recorría el perímetro del edificio.

Al otro lado de esa puerta había tres senderos distintos con letreros que indicaban adónde se dirigía cada uno de ellos. Eligió el que señalaba hacia «Administración» y miró a su alrededor.

Le sorprendió que el centro estuviera formado por un conjunto de edificios de una sola planta de color crema y ventanas negras. Por algún motivo, había imaginado un lugar más formal y no unos cuantos edificios que, si bien tenían un aspecto impecable, parecían haber sido lanzados al azar. Era un paisaje acogedor que hacía que Cedar Village realmente pareciera un pueblito.

Entre el edificio al que se dirigía y el siguiente había una cancha de baloncesto en la que había jugando un grupo de adolescentes con unos cuantos hombres que debían de ser monitores o profesores.

Intentó no mirar con demasiado descaro, pero el chico que llevaba la pelota en esos momentos, un atractivo joven negro con largas rastas atadas en una coleta, se detuvo en seco de repente y clavó la mirada en ella. Otro intentó quitarle el balón, a lo que el muchacho respondió con un codazo.

El que lo recibió lanzó un sonoro juramento.

Pero el muchacho negro no apartó la mirada de ella.

–Tío, que tenemos visita –explicó apuntándola con la barbilla–. Y está buena.

Dios. Todos los hombres eran iguales tuvieran la edad que tuvieran. Al darse cuenta de que los dos equipos al completo la tenían de pronto en su punto de mira, Harper les lanzó una mirada de tranquilidad y echó a andar de nuevo hacia el edificio de administración.

Hasta que oyó una voz conocida que decía.

–Ya está bien, Malcolm.

–¿Te acuerdas lo que hablamos sobre cómo había que dirigirse a los demás? –le preguntó otro adulto al mismo tiempo.

Harper se dio media vuelta y clavó la mirada en Max, que, cómo no, formaba parte del equipo que jugaba sin camiseta. ¿Cómo era posible que no lo hubiera visto antes? Les sacaba casi una cabeza a todos los demás.

Vestido ya le parecía increíblemente sexy, pero con el pecho cubierto tan solo por una fina capa de sudor, los tatuajes y el bello oscuro que le salpicaba los pectorales y bajaba en línea por sus abdominales hasta desaparecer bajo la cinturilla del pantalón... consiguió que se le hiciera la boca agua. Y, ay Dios. ¿Eso que tenía en el pezón era un piercing?

Tenía la sensación de llevar una hora mirándolo, pero seguramente no habían pasado más que un par de segundos cuando Malcolm fue tan amable de sacarla de su ensimismamiento.

—¿Tan mal está decir eso, aunque sea verdad? Porque no creo que nadie se atreva a negar que está buena, ¿a que no? —el muchacho esbozó una sonrisa—. Y encima es una hermana, al menos en parte, lo que es muy poco habitual en este burgo de blancos. Oye, guapa, ¿quieres salir conmigo una noche de estas? —le dijo y luego se volvió hacia los dos adultos que le habían llamado la atención—. Eso sí que no está bien. Solo quería demostraros la diferencia.

Harper tuvo que morderse los labios para no sonreír ante la astucia del joven, pero volvió a darse media vuelta y echó a andar otra vez con más determinación para no dar alas a Malcolm... y no seguir mirando con la boca abierta a Bradshaw. A su espalda, oyó que se reanudaba el partido.

Nada más entrar al edificio había una pequeña zona de recepción en la que no había nadie, a un lado del vestíbulo había dos puertas, una cerrada y la otra casi. La sala estaba pintada en tonos vivos y decorada con pósteres de coches. A Harper le gustó que hasta la zona de administración estuviese pensada para gustar a los chavales.

–¿Señora Schultz? –dijo con timidez.

–Hola. Ahora mismo salgo –respondió una voz de mujer, al otro lado de la puerta entreabierta, por la que enseguida salió una mujer de mediana edad.

A diferencia de la alegre decoración, ella tenía un aspecto muy serio, vestida de negro y gris y con unos labios finos que se curvaban ligeramente hacia abajo.

–Llámame Mary-Margaret –le ordenó bruscamente al tiempo que le tendía la mano–. Tú debes de ser Harper.

–Así es –le estrechó la mano y sonrió al sentir la firmeza con que respondía Mary-Margaret–. Gracias por hacer un hueco para recibirme. Supongo que estará muy ocupada.

–Gracias por querer trabajar en Cedar Village como voluntaria –respondió la otra mujer con algo más de dulzura y luego la condujo hasta un despacho inundado de papeles.

Sobre la silla que había frente a su escritorio había una enorme caja llena de objetos que debían de pertenecer a los chicos porque había una gorra de béisbol, una mochila e incluso una enorme zapatilla de deporte. Mary-Margaret puso la caja en el suelo para ofrecerle asiento a Harper.

–No sabía si aceptarían voluntarios sin formación. Supongo que aquí vienen chicos con todo tipo de problemas, con muchos de los cuales yo no tendré experiencia alguna. Me gusta mucho trabajar con niños y adolescentes y sé que Max Bradshaw dedica mucho tiempo al centro, así que pensé que quizá hubiera algo que pudiera hacer yo también.

Mary-Margaret esbozó una sonrisa que llenó su duro rostro de una sorprendente dulzura.

—Max trabaja de maravilla con los chicos. Se entiende muy bien con ellos porque también él tuvo una infancia difícil —la sonrisa desapareció casi por completo—. Los chicos notan esas cosas y responden de otro modo.

¿Max había tenido una infancia difícil? A Harper le habría encantado profundizar más en el tema y recabar todos los detalles posibles, pero decidió que ya averiguaría más cosas en otro momento porque la directora seguía hablando.

—Lo que más necesitan estos muchachos es algo tan sencillo y a la vez tan escaso para ellos como una atención dedicada y sincera. Y eso Max se lo da generosamente.

Harper asintió.

—Eso me pareció en el desayuno para recaudar fondos. Tiene un don.

Mary-Margaret observó detenidamente a Harper.

—Tendré que verte con ellos antes de dejarte a solas con los chicos, pero me gusta que te hayas ofrecido voluntaria y Max me dijo que tuviste una reacción muy eficaz, sin siquiera abrir la boca, al oír un comentario inapropiado de uno de nuestros chicos.

Cuando la vio sonreír de nuevo, Harper empezó a sospechar que esa era en realidad la verdadera Mary-Margaret y que lo de que tuviera los labios hacia abajo no era más que una casualidad.

–También me contó las ideas que le diste para poder recaudar más fondos –siguió diciendo la directora–. Espero que podamos hablar de ello en profundidad. Quizá sea esa la mejor labor que puedas hacer, trabajar aquí conmigo.

Harper sabía que no debía sentirse decepcionada, pues era lógico que Mary-Margaret hubiera pensado eso y podría hacer su trabajo. Quizá hubiera albergado la esperanza de poder trabajar directamente con los chicos, pero posiblemente no fuera buena idea. Ya había comprobado dos veces lo revolucionadas que tenían las hormonas y no eran esas las circunstancias en las que ella estaba acostumbrada a trabajar.

–Por otra parte –apuntó entonces Mary-Margaret–, Max mencionó algo de que quizá pudiéramos utilizar los recursos del hotel. ¿Es cierto?

–Sí, hablé con Jenny Zalazar y se nos han ocurrido unas cuantas cosas que podríamos hacer con los chicos sin molestar a los huéspedes del hotel.

–Les haría bien disfrutar un poco del agua –comentó la directora animada–. Eso es algo que nosotros no podemos ofrecerles, al margen de las ocasionales visitas a la playa. Pero tenemos un seguro que cubre cualquier excursión fuera del centro.

–Si vamos en un horario en el que no haya muchos huéspedes, podríamos hacer alguna excursión en canoa y quizá que se tiraran desde el muelle y nadaran por allí, pero eso depende de lo que usted piense porque en esa zona sería más difícil separarlos de los huéspedes. Comprendo que quiera asegurarse de mi capacidad para manejarlos. En circunstancias normales, le diría que me siento perfectamente capaz porque estoy acostumbrada a trabajar con grupos, pero sé que algunos de esos chicos no son fáciles. No suelo meterme en situaciones que no pueda controlar y, sin saber en detalle qué problemas tienen, no puedo decirle si podré hacerme con ellos.

Mary-Margaret se inclinó hacia ella y sonrió de nuevo.

–Me gustas. No eres una de esas idealistas fantasiosas... está claro que lo has pensado a fondo. Así que, adelante. Empezarás con los chicos en alguna actividad en la que haya otro monitor que pueda evaluarte. Si todo va bien, podremos dejarte sola con un grupo que nosotros escojamos. Las actividades que nos ofreces hacer en el hotel solemos ofrecérselas como recompensa a los muchachos que han hecho progresos. Pero nunca los dejamos salir con trabajadores no cualificados, así que siempre irías acompañada de algún profesional que ofreciera su experiencia, sus músculos y su apoyo.

Harper asintió, satisfecha.

–Suena bien. Me gustaría poder venir en un horario fijo, pero mis horas de trabajo varían según el grado de ocupación del hotel y de la gente que se apunte a las actividades. Pero supongo que podría avisar de cuándo vengo con veinticuatro horas de antelación.

—¿Estarías dispuesta a asistir a una clase de primeros auxilios?

—Por supuesto.

—Es más o menos lo mismo que hace Max, así que no creo que haya ningún problema. Bueno, él sabe su horario con una semana de antelación, pero siempre surgen cosas que reclaman su atención —Mary-Margaret se puso en pie—. ¿Puedes dedicarnos una hora más ahora?

—Claro —Harper se levantó también.

—Estupendo. Vamos a la sala de juegos y veremos qué tal te manejas con los chicos.

Unos días después, Max fue a ver a Mary-Margaret a su despacho. Quitó la caja de objetos perdidos de la silla y se sentó frente a la directora.

—¡Hola! —le dijo Mary-Margaret, que siempre parecía alegrarse de verlo, pero que ese día lo miró con más alegría de la habitual—. No recuerdo haber visto que estuvieras apuntado en el horario para hoy, pero siempre es un placer verte.

—Sí, es que se suponía que hoy tenía que trabajar —se frotó la frente porque aún le dolía la cabeza—. ¿Te has enterado del accidente que hubo anoche en la autopista?

—Madre mía, sí —se puso seria de golpe—. Murió un adolescente y hay otros tres en el hospital, ¿no? ¿Te hiciste cargo tú?

—Sí. Fui el primero en responder a la llamada y estaba allí a las tres de la mañana —el ver a aquellos muchachos lo había acercado peligrosamente al pozo oscuro de emociones que tanto esfuerzo le había costado superar después de volver de Oriente Medio–. Los muy descerebrados se habían bebido dos cajas y media de cerveza entre los cuatro. El que conducía intentó tomar la curva de Olmstead a más de ciento veinte kilómetros por hora y se llevó dos árboles por delante al salirse de la carretera –trató de apartar de su cabeza el recuerdo del cadáver de uno de los chicos–. El sheriff Neward me ha dado el día libre pero... –apretó los dientes, incapaz de admitir que no se sentía con fuerzas para estar solo.

–Debió de ser muy duro y lo siento por ti. Pero la verdad es que nos viene de maravilla que hayas venido. Jim comió algo que le sentó mal o se ha agarrado una buena gripe, y se suponía que tenía que llevar a un grupo al hotel de Harper a bajar por el canal en una plancha neumática gigante. Los muchachos están emocionados con la idea, así que no me gustaría tener que cancelar la salida, pero –lo miró con preocupación–. ¿Te ves con fuerzas?

El dolor de cabeza ya no era tan intenso. «Veamos», pensó. ¿Qué prefería, seguir acordándose de esos pobres chicos del accidente, o volver a ver a Harper en traje de baño?

–Sí –se limitó a decir–. Pero tendré que pasar por casa a buscar el bañador.

–Llévate la camioneta. Vas con Malcolm, Brandon, Jeremy y Owen.

–Buen grupo para su primera actividad.

—Sí. Todavía les queda por hacer, pero son los que más han avanzado.

Veinte minutos después, Max estaba aparcando detrás del hotel The Brothers Inn.

—Es la primera vez que tenemos ocasión de utilizar las instalaciones del hotel —les dijo a sus pasajeros nada más parar el motor—. No lo olvidéis porque, si metéis la pata, no habrá una segunda oportunidad.

Todos ellos asintieron con solemnidad y luego salieron de la camioneta, impacientes por llegar al agua. Max resopló, pero no pudo evitar sonreír mientras corría tras ellos.

Las Montañas Olímpicas estaban en todo su esplendor. Se alzaban sobre los verdes campos y seguían coronados por los últimos vestigios de nieve del año, que acariciaban el cielo azul. Solo una pequeña nube flotaba entre los picos.

Harper los esperaba en el embarcadero. Max parpadeó al verla. Vaya, no iba en traje de baño. Claro que, si lo pensaba detenidamente, quizá no hubiera sido buena idea que se presentara frente a unos adolescentes que solo podían pensar en el sexo con el arrebatador bañador blanco y negro que había llevado la noche del jacuzzi. Seguía estando muy sexy con el traje de neopreno azul turquesa y negro, y eso que la cubría hasta las rodillas. Pero era tan ajustado que dejaba ver lo en forma que estaba y le marcaba las curvas, especialmente la de su maravilloso trasero.

Max meneó la cabeza y respiró hondo antes de dirigirse a ella.

—Hola —la saludó—. Oye, ¿ese no es el barco de Austin?

—Hola. Me ha sorprendido que Mary-Margaret me dijera que venías. Y sí, Austin nos ha prestado el barco... con la condición de que tenías que conducirlo tú —añadió, sonriendo—. No sé si ofenderme.

—¿Has conducido un barco alguna vez?

—Un par de veces, aunque reconozco que me siento más segura en una piragua o en una canoa.

—Ahí tienes la respuesta.

—¡Yo podría conducir! —se ofreció Owen, el más bajito de los cuatro muchachos.

—Me temo que no. El dueño del barco ha puesto como condición para dejárnoslo que lo conduzca yo, así que seré yo quien conduzca.

—Además —le dijo Harper al chico con una sonrisa—, tú podrás hacer algo mejor. Vas a montar en el Gladiador.

—¿Qué es eso? —preguntó Owen, pero ya estaba siguiendo con la mirada el movimiento de la mano de Harper—. ¡Vaya!

Los demás chicos miraron también y al ver lo que había visto él, salieron corriendo y gritando de alegría hacia la enorme colchoneta negra para practicar ski acuático que los esperaba junto al muelle.

—¿Podemos montar todos al mismo tiempo? —preguntó Jeremy, que era casi tan alto como Malcolm—. ¡Es impresionante!

—¡Yo quiero ir en un extremo! —anunció Malcolm, el más alto de los cuatro—. Es donde más se salta.

—Y yo en el otro —pidió Brandon.

–¡Mierda! –protestó Jeremy.

Max se fijó en que Owen no había dicho nada y parecía que Harper también lo había notado.

–Todos sabéis nadar, ¿verdad? –les preguntó.

Jeremy, Brandon y Malcolm asintieron de inmediato con gestos de burla, pero Owen seguía con la mirada clavada en el muelle.

Max le echó el brazo por los hombros.

–¿Y tú, hijo?

–Un poco –dijo tímidamente–. Pero no soy un gran nadador.

–Todos vamos a llevar puesto un chaleco salvavidas –le informó Harper–. Eso nos permite flotar si nos caemos al agua.

–Yo no necesito chaleco salvavidas –aseguró Brandon–. Estuve cuatro años en el equipo de natación.

–De todas maneras tendrás que ponértelo –le respondió Harper, con una sonrisa en los labios–. Son las normas del hotel: sin chaleco salvavidas, no hay actividad –añadió antes de volver a dirigirse a Owen–. No hay ningún peligro, pero tienes que pensar si quieres hacerlo. Si te sientes incómodo, siempre puedes venir en el barco con nosotros.

–En el centro no da tantos saltos –le dijo Malcolm–. Y el que vaya a tu lado puede intentar inclinarse cuando salte la colchoneta para que tú no te caigas –los demás aceptaron con un gesto.

Max no habría sabido decir si lo hacían por solidaridad o por miedo a que Owen les estropease la tarde.

El caso fue que Owen asintió.

–Entonces ponte esto –Harper fue dándoles los

chalecos salvavidas y, cuando los tuvieron puestos, le dio uno más grande a Max y se puso ella otro–. Malcolm y Brandon, podéis empezar en los extremos, pero tendréis que turnaros con Jeremy para que todos podáis probarlo. ¿De acuerdo?

–¡Sí! –respondieron los tres.

–Muy bien –Harper les sonrió–. ¡Vamos a divertirnos!

Max no podía dejar de mirarla mientras supervisaba la posición de los chicos, ni tampoco cuando subió al barco con él.

–Lo has hecho muy bien –le dijo cuando ya estaban alejándose del muelle con el neumático a remolque.

–¿El qué?

–Convencer a Brandon de que tenía que ponerse el chaleco.

–Las reglas son las reglas –dijo, sonriente–. Hasta que uno se propone romperlas, claro –se giró a comprobar qué tal iba la cuerda–. Ya está tensa.

–¿Estáis preparados, chicos?

Los cuatro respondieron con entusiasmo y Max aceleró.

Pasaron la siguiente hora recorriendo el canal y remolcando al Gladiador con los chicos dentro. Cuando saltaba el neumático, los cuatro se agarraban con fuerza y gritaban de alegría. Resultó que, como era el que menos pesaba, Owen saltaba más que los demás y ninguno podía hacer nada para evitarlo, pero a él no parecía importarle porque se reía tanto o más que sus compañeros.

Max se dio cuenta de que tampoco él dejaba de sonreír. Las gaviotas surcaban el cielo, el sol le calentaba los hombros y el sonido de las risas de unos chicos que no siempre tenían motivos para reír flotaba en el aire.

Y Harper. Estaba todo el rato pendiente de si alguno de los cuatro se caía al agua, para poder recogerlo de inmediato. Eso quería decir que Max solo podía ver su espalda, sus esbeltas piernas y ese apetitoso trasero.

Una vista maravillosa.

Pero a Max le sorprendió darse cuenta de que, más que de la visión de su cuerpo, disfrutaba cada vez que se miraban el uno al otro para compartir la alegría que estaban viendo en los chicos.

Ir a Cedar Village esa mañana había sido la mejor idea del mundo. Pasar el día en el agua con una mujer guapísima que disfrutaba tanto como él viendo cómo se divertían unos jóvenes que no solían tener demasiadas alegrías era mucho mejor que pasarse el día metido en casa, pensando en el trágico accidente.

Capítulo 8

Max hizo tintinear las monedas que llevaba en el bolsillo mientras esperaba para pagar en la tienda de la gasolinera que había a las afueras del pueblo. Por fin había llegado la noche del sábado y, si Conner, el cajero, y Woody Boyd dejaban de charlar de una vez por todas, podría llegar a Silverdale y disfrutar de la noche que llevaba esperando desde hacía siglos.

Mejor aún, si las cosas salían como esperaba, quizá al final de la noche tuviera oportunidad de utilizar la caja de preservativos que estaba esperando para pagar.

Hacía mucho tiempo desde la última vez que se le había presentado la ocasión.

Cuando por fin pudo adelantar a Woody para ponerse frente al cajero, oyó a lo lejos la campanilla de la puerta de la tienda, pero no prestó atención hasta que oyó una voz que decía:

—¡Mira, está ahí el tío Max!

Al darse la vuelta vio entrar a Austin, seguido de Jake. Mientras se acercaba su sobrino, Max le dio a Conner la caja de preservativos y un billete de veinte dólares.

Pocos días antes había parado al cajero en Orilla Road por ir a ochenta kilómetros por hora en una zona en la que cualquiera que viviera en el pueblo sabía que la velocidad máxima era de cincuenta, y Conner había nacido en Razor Bay. No obstante, el muchacho no le había pedido ningún favor, ni había intentado contarle ninguna excusa para haber sobrepasado el límite de velocidad como hacían muchos adultos. Normalmente tendría que haberle puesto una multa, pero Max había tenido consideración con él por haberse comportado con tanta madurez.

Austin adelantó a las dos señoras que había en la cola.

–Lo siento, señora Verkins –dijo–. No pretendo colarme, solo quiero saludar a mi tío.

Conner le devolvió el favor a Max metiendo la caja de preservativos en una discreta bolsa de papel antes siquiera de contar el cambio que tenía que devolverle, cosa que Max le agradeció con un movimiento de cabeza.

–Hola, Austin. ¿Qué hacéis por aquí? –le preguntó a su sobrino, al tiempo que lo apartaba de la cola.

–Voy a quedarme a dormir en casa de Nolan y papá me ha traído para comprar los Cheetos picantes porque en el pueblo no los venden.

–Qué vergüenza –bromeó Max.

–Desde luego, deberías detenerlos.

–Max no lleva el uniforme de la oficina del sheriff –señaló Jake, siguiendo la broma–, así que no creo que pueda hacerlo hoy. Vamos, hijo, todo el mundo está comprando provisiones para el fin de semana, ve a comprar los Cheetos antes de que se acaben.

–¡Tienes razón! –exclamó Austin al tiempo que echaba a correr.

Jake miró a Max detenidamente.

–Te veo muy preparado con ese sombrero fedora... y esa caja de Trojan Supras. ¿Tienes una cita?

–Madre mía, Jake, tienes vista de águila. ¿Cómo has podido distinguir la marca desde la puerta?

–Reconozco la caja –le confesó, con sonrisa pícara–. ¿Con quién sales?

–Con nadie, todavía. Voy al Voodoo Lounge con la esperanza de que mejore mi suerte –por un momento apareció en su mente la imagen de Harper, pero la apartó de inmediato antes de que se le quedara grabada para siempre. El hecho de que hubiera pasado un día en el agua con ella no hacía que dejara de estar fuera de su alcance.

Jake lo miraba, sorprendido.

–¿Te gusta bailar?

–Claro. ¿A ti no?

–Si es música lenta, sí, pero nada más.

–Ya –dijo Max–. Los tipos como tú me dejáis muchas más oportunidades. A las chicas les encantan los hombres que bailan –sonrió con arrogancia–. Claro que tampoco podrías hacerme competencia aunque supieras bailar.

—¡Oye, sí que sé bailar! —era el tipo de respuesta que le habría dado cuando todavía eran enemigos, pero entonces añadió con una enorme sonrisa—. No lo hago nada bien, pero bueno.

—¡Papá! —Austin apareció con dos bolsas de su aperitivo preferido y una cara de preocupación como si fuera a acabarse el mundo—. ¡Le dije a Nolan que llevaría el videojuego nuevo y resulta que me lo he dejado en casa!

—No pasa nada —respondió Jake con calma—. Tampoco estamos tan lejos, volveremos a buscarlo —le echó el brazo al cuello a su hijo—. Vamos a ponernos a la cola para pagar.

Ante la escena, Max sintió un fuerte anhelo de tener lo que Jake tenía con su hijo y tuvo que tragarse el nudo de envidia que tenía en la garganta para poder hablar.

—Luego nos vemos —les dijo—. Pásalo bien en casa de Nolan.

Austin sonrió.

—Descuida.

—Pásatelo bien tú también —respondió Jake y miró a la bolsa que Max tenía en la mano—. Y que se dé bien la caza.

El muchacho miró de nuevo a Max.

—¿Te vas de caza? ¿Con esa ropa? —meneó la cabeza con gesto de reprobación.

Max se echó a reír.

—Tu padre estaba bromeando. Me voy a bailar a un club de Silverdale.

—¿Sin que nadie te obligue?

–No. Me gusta bailar.
–Pensaba que los tíos solo hacían como si les gustara –se encogió de hombros–. Buena caza.

Max volvió a sonreír.

–Gracias, Austin. Déjame decirte que a las chicas les encantan los hombres que bailan.

Se despidió de ellos con la mano y salió de la tienda. Veinte minutos después estaba aparcando frente al Voodoo Lounge.

Apenas abrió la puerta del local, sintió que se le llenaba el cuerpo de energía al oír las voces y las risas por encima del sonido de la música. La pista estaba abarrotada de gente bailando al ritmo de una canción de Rihanna, pero Max dedicó más tiempo a examinar las mesas entre las que estaba pasando, especialmente las que estaban ocupadas por grupos de mujeres que quizá quisieran pasarlo bien.

Él, siempre dispuesto a ayudar, echaría una mano a la que se lo pidiera, pensó con una sonrisa en los labios. Al fin y al cabo, su trabajo era servir y proteger.

Encontró un rincón de la barra no demasiado lleno, pidió una cerveza y se apoyó a disfrutar de su bebida mientras seguía observando las mesas con mayor perspectiva.

Le encantaba aquel lugar. Ponían buena música, la cerveza no estaba mal y siempre había casi el doble de mujeres que de hombres. Tenía la mirada puesta en una de pelo castaño cuando se acercó a él una rubia menuda.

–¡Hola! –tuvo que levantar la voz para hacerse oír por encima de la música–. ¿Quieres bailar?

—Claro —Max miró la cerveza que tenía en la mano.
—Puedes dejarla en mi mesa, si quieres.
Él asintió y la siguió hasta una mesa cerca de la pista.
—Estas son mis amigas —le dijo la rubia sin presentárselas—. Tu cerveza estará a salvo.
Ya en la pista, no tardaron en hacerse un hueco y empezar a bailar. Ella lo hacía muy bien y Max estaba empezando a disfrutar cuando se acabó la canción.
La rubia se echó a un lado para dejar pasar a los que querían abandonar la pista y luego se inclinó hacia él.
—Me llamo Kim.
—Yo Max.
—Encantada de conocerte, Max. ¿Te apetece seguir bailando?
—Claro. Lo haces muy bien, ¿sabes?
—¡Muchas gracias! —se le iluminó la cara al oír el cumplido—. Tú también.
Los siguientes cuarenta y cinco minutos se le pasaron volando mientras bailaba y charlaba con Kim. Era guapa, tenía un buen trabajo en una clínica de fisioterapia, era simpática y había dejado muy claro que le gustaba. En otras palabras, era prácticamente perfecta.
Por eso Max no comprendía por qué no le interesaba más.
Quizá porque era bajita. Normalmente le gustaban las mujeres más altas, quizá porque sabía que siempre acababa con dolor de espalda de pasarse la noche agachándose. O quizá fuera porque...

–¡Max!

Conocía esa voz. Se dio media vuelta para buscar entre la multitud a la persona que lo estaba llamando y se sorprendió al ver a Jenny abriéndose paso para llegar hasta él. Al mirar tras ella, no solo vio a Jake, también estaban Tasha y Harper.

¿Qué demonios...? Al girarse del todo hacia ellos, no pudo apartar la mirada de Harper. Se había pintado los labios de rojo, en los ojos llevaba una sombra casi negra que le daba un aire aún más exótico y se había puesto un impresionante vestido rojo.

Las tres mujeres se habían arreglado para salir, se fijó también en que Jenny se había puesto unos zapatos con un tacón de vértigo que le permitieron darle uno de sus habituales abrazos con más facilidad.

Después, se volvió hacia su hermano.

–¿Qué coño hacéis aquí, tío? –le preguntó de manera que nadie más pudiera oírle.

–Lo siento, hermanito. Te prometo que no ha sido idea mía –Jake dio un paso hacia él, alejándose un poco más de su prometida–. Austin le contó que venías cuando pasamos por casa a buscar el videojuego y, antes de que pudiera decirle a Jenny que venías en busca de algo más que un baile, había decidido que ella también quería salir y ya estaba llamando a Tash y a Harper.

Jenny agarró a Max del brazo y apartó a Jake.

–¡Tienes que bailar conmigo! –anunció–. Me ha dicho Austin que te gusta bailar de verdad. En mi experiencia, eso te convierte en un espécimen muy poco habitual.

–Pues... –Max miró a su cuñada y luego a Kim.
Jenny siguió su mirada.
–¡Hola! –la saludó, ofreciéndole una mano–. Soy Jenny, la prometida del hermano de Max. No te importa que te lo quite un momento, ¿verdad?
–No... claro que no –aunque no parecía hacerle mucha gracia.
Y a Jenny no pareció importarle porque lo agarró de la muñeca y lo arrastró hasta la pista. Max miró a Kim con cara de resignación y se dejó llevar. Hablando de mujeres pequeñas, al lado de Jenny, Kim casi parecía alta.
Pero, tal y como habían descubierto su hermano y luego él, tenía una fuerza de gigante.
Max estaba un poco molesto, pero cuando puso el pie en la pista de baile se olvidó de cualquier sentimiento negativo. No comprendía por qué a la mayoría de los hombres no les gustaba bailar. A él le sentaba de maravilla moverse al ritmo de la música. Y eso fue lo que hizo con Jenny, que respondió con entusiasmo.
–¡Madre mía! –exclamó Jenny, riéndose, cuando acabó la canción–. ¡Lo haces muy bien! ¿Cómo es posible que yo no lo supiera? –esbozó una pícara sonrisa–. ¿A qué no me concederías otro baile antes de volver?
–La verdad es que cuando habéis aparecido estaba... ocupado.
Jenny se acercó y le puso una mano en la mejilla.
–Ay, Max, me parece que te subestimas. Eres guapo, tienes un buen trabajo, un cuerpo estupendo

y además bailas. Solo tienes que chascar los dedos y podrías llevarte a casa a cualquiera de las mujeres que hay en el local.

Max notó que le ardía la cara.

–No es cierto.

–Claro que es cierto –se puso de puntillas y le dio otro abrazo–. Pero te dejo que sigas con lo que estabas. Aunque espero que vuelvas a bailar conmigo esta noche y que tengas el detalle de bailar también con Tash y con Harper.

Max murmuró algo que no le comprometía a nada y luego acompañó a Jenny hasta donde estaba Jake, todavía junto a la mesa de Kim.

–Harper nos ha conseguido una mesa por allí –anunció Jake, señalando donde estaban las otras dos mujeres.

–¿Cómo lo habrá conseguido un viernes a estas horas?

–Por lo visto oyó a unas chicas en el baño diciendo que se iban a otro club, así que las siguió hasta la mesa y se hizo con ella.

–Impresionante –reconoció Max secamente.

–Muy impresionante –convino Jenny–. Te juro que esa chica es capaz de conseguir cualquier cosa que se proponga.

Max ya se había dado cuenta de ello. Llevaba una semana observándola, desde que habían llevado a los chicos de Cedar Village a recorrer el canal en aquella colchoneta gigante.

Ese día se había manejado muy bien con los muchachos y, después de eso, había ido otros tres días al centro, los mismos tres días que había ido él. Pero a Max ni se le ocurría pensar que lo hubiera hecho a propósito, solo había sido una coincidencia. De lo que se trataba era de que habían estado allí los dos.

Y no había podido dejar de observarla.

Movió los hombros con impaciencia. Sí, se sentía atraído por ella, no era ningún descubrimiento. Ya era mayorcito y sabía cómo controlar esa clase de sentimientos cuando no podía ser. Era perfectamente capaz de olvidarse de ellos y seguir adelante con sus obligaciones.

Además, al margen de que lo atrajera, Harper tenía muy buena mano con los chicos; era tranquila y amable, pero firme. Un don que no todo el mundo tenía. Especialmente cuando se trataba de adolescentes con problemas.

–¿Max? –Kim le había puesto la mano en el brazo.

–Hola –le dijo, sonriendo–. Perdona por la interrupción. La prometida de mi hermano es una auténtica fuerza de la naturaleza. ¿Quieres bailar?

–Sí –respondió ella de inmediato y con entusiasmo.

Mientras se dirigían a la pista, Max no pudo evitar volverse a mirar a la mesa en la que estaba Harper. Justo en ese momento, un hombre se acercó a decirle algo y entonces ella se levantó y lo siguió a la pista.

Se detuvo apenas a un metro de Max.

La inexplicable rabia que sintió al verla a su lado no hizo sino aumentar cuando comenzó a sonar una canción lenta y aquel tipo la estrechó en sus brazos.

Sintió un rugido que le crecía dentro del pecho.

–¿Qué? –Kim levantó la cabeza para mirarlo–. ¿Has dicho algo?

Max se dio cuenta de que, por un momento, se había olvidado por completo de ella.

–No, nada –la estrechó en sus brazos y comenzó a moverse–. Nada en absoluto –repitió con pesar.

Pero en cuanto Kim apoyó la cabeza en su pecho, Max volvió a buscar a Harper con la mirada. Fue entonces cuando vio que el tipo con el que estaba bailando bajaba las manos hasta su precioso trasero. Max se relajó al ver que Harper le agarraba las muñecas y le colocaba las manos en las caderas.

Un segundo después volvió al ataque.

Max se detuvo en seco y Harper hizo lo mismo, pero no por mucho tiempo, porque enseguida apartó a aquel tipo de un empujón y abandonó la pista.

Con una sonrisa en los labios, Max siguió bailando, lo que hizo que Kim volviera a apoyar la cabeza en su pecho en lugar de llegar a levantarla para mirarlo, como había empezado a hacer al notar que se detenía.

Pero Harper no volvió a la mesa como él esperaba, sino que cruzó el local y salió por la puerta a la calle. Max nunca había tenido que aguantar que alguien lo tocara en contra de sus deseos y por eso no sabía lo que sentía Harper. Quizá necesitara tomar un poco de aire fresco antes de volver con sus amigos, que, por cierto, ya no estaban en la mesa.

Jenny y Jake habían salido a bailar y Tasha también estaba en la pista con un hombre muy corpulento. Max miró de nuevo hacia la puerta.

Justo a tiempo de ver salir al pulpo.

—¡Qué hijo de perra! —exclamó al tiempo que se apartaba de Kim, que lo miró sin comprender—. Lo siento, pero tengo que irme.

—¿Qué? ¿Ahora?

Se dio media vuelta sin responder y echó a correr hacia la puerta, donde tuvo que adelantar a un numeroso grupo que tardaba en salir. Ya en la calle, le pitaron los oídos por el contraste entre el ruido de dentro y el silencio del exterior.

Aunque el silencio no era absoluto. Oyó la voz de un tipo que parecía enfadado.

—¡No puedes darme un empujón y largarte!

Max buscó el origen de la voz con la mirada.

—Piénsate bien a quién llamas zorra —oyó decir a Harper con su perfecta dicción—. Y claro que puedo largarme si alguien me manosea y se niega a darse por enterado cuando le quito las manos de mi trasero.

—¡Si no quieres que te toquen el culo, no te pongas ropa tan estrecha!

—Dime que no acabas de decir lo que acabo de oír —dijo y se puso a imitarle en tono burlón—. No fue culpa mía, señor juez. Es cierto que me retiró las manos, pero estaba claro lo que iba buscando así vestida. Es la clásica excusa de violador —añadió con su voz de siempre.

—¿Qué? —el tipo parecía escandalizado—. ¡Yo no soy un violador!

Max los vio por fin entre las sombras del edificio.

–¿Va todo bien? –preguntó con su voz de policía.

El hombre levantó la mirada.

–¿Quién coño eres tú?

–Todo va bien, ayudante del sheriff –respondió Harper con calma–. Mi amigo ya se iba.

–Por supuesto, ayudante del sheriff –dijo aquel idiota, mirándolo de arriba abajo–. No tienes pinta de policía.

Max se sacó la placa del bolsillo del pantalón y se la mostró.

–La señorita ha dicho que ya te ibas, así que ya sabes. Lárgate.

–Está bien, me voy –se volvió hacia Harper–. Pero no soy ningún violador.

–Es posible. Pero has puesto las manos donde no debías, no has asumido la responsabilidad de tus actos y luego has seguido a tu víctima –le dijo Harper en el tono más duro que Max le había oído utilizar–. Si no lo eres, te acercas mucho.

–Maldita sea –murmuró aquel tipo y se alejó de allí con gesto alterado, así que quizá se hubiera parado a pensar lo que estaba diciéndole Harper.

Max se acercó a ella.

–¿Estás bien?

–Sí. Sobre todo enfadada.

La miró detenidamente, intentando comprobar si era así. Luego tomó aire.

–¿Quieres que te dé un abrazo?

–No –Harper esbozó una sonrisa–. Pero gracias

–y entonces irguió los hombros–. No pienso dejar que me estropee la noche... hacía siglos que no salía a bailar –miró a Max unos segundos–. Por cierto, bailas de maravilla. A lo mejor podríamos darnos unas vueltas por la pista.

–Por supuesto. Y prometo no tocarte el culo.

Tal y como Max esperaba, ella se echó a reír. Aquel sonido le llegó directamente a la entrepierna y, mientras entraban juntos al Voodoo Lounge, supo algo con absoluta certeza.

Esa noche no iba a estrenar la caja de preservativos.

Capítulo 9

«¿Qué demonios estoy haciendo aquí?».
Con las manos en el volante y el coche parado en un desvío, Harper miró el cartel del buzón que iluminaban los faros y en el que podía leerse en letras mayúsculas, BRADSHAW.
Hacía una semana que no veía a Max, pero lo que estaba haciendo no estaba nada bien. Si tuviera un mínimo de sentido común, daría media vuelta y volvería a casa.
Sin embargo, un segundo después avanzaba por el camino flanqueado de árboles. El suelo estaba cubierto de helechos que con la luz de la luna parecían plateados. Entonces dejó de haber árboles y apareció la casa ante ella.
Harper pisó el freno.
No había ninguna luz encendida, lo que indicaba que no había nadie.
Bueno, seguramente era bueno que fuera así. ¿Verdad? ¿Entonces a qué se debía su decepción?

Podría echarle la culpa al vino.

Cuarenta y cinco minutos antes

Harper se sirvió una copa de sauvignon blanco y fue a sentarse a una de las viejas mecedoras del porche. Aunque a lo lejos se oían algunas conversaciones y risas de los huéspedes del hotel que pasaban por el sendero, los sonidos que predominaban allí arriba eran los de la naturaleza. La brisa acariciaba los abetos y los alisos y los grillos cantaban en perfecta armonía, haciendo que la tonada de sus alas fuese *in crescendo* para luego detenerse en seco cuando algo o alguien se acercaba.

La luna se había alzado ya sobre los árboles que había detrás de la cabaña para iluminar el canal, creando un sendero de luz en el agua que parecía una carretera plateada que condujera a las montañas. Los Montañas Olímpicas, a su vez, se elevaban majestuosos sobre el lago y dibujaban su silueta sobre el oscuro cielo nocturno.

Era un paisaje tan hermoso que transmitía paz. Sin embargo, Harper estaba muy lejos de sentirse serena en ese momento. Tomó un sorbo de vino.

Luego un trago.

Y después otro tan grande que a punto estuvo de apurar hasta la última gota que había en la copa, mientras admitía ante sí misma el motivo de su ansiedad.

Estar en Razor Bay estaba empezando a gustarle más de la cuenta.

Dejó la copa de vino y puso los pies en el suelo para dejar de mecerse mientras se preguntaba por qué eso tenía que ser malo.

Era absurdo... ¿por qué no habría de disfrutar? No estaba haciendo nada malo. Sunday's Child buscaba establecer relaciones duraderas, por lo que ella debía asegurarse de que el dinero de la organización cayera en las mejores manos.

El hecho de que le resultara agradable despertarse todas las mañanas en el mismo lugar, para variar, no significaba que quisiera quedarse allí para siempre ni nada parecido. Precisamente lo que le gustaba eran todas las diferencias que descubría en cada lugar que visitaba, era lo que hacía que cada nuevo destino se convirtiese en una aventura donde adquiría experiencias y conocía gente interesante y divertida que hacían que tuviera amigos en todos los rincones del mundo.

Pero... no había vuelto a tener una amiga de verdad desde que había tenido que separarse de Anke Biermann e irse de Munich a los doce años.

Sabía muy bien por qué. Conocer gente nueva era maravilloso, pero tener que decirles adiós no lo era tanto. Quizá por eso, desde aquella desgarradora despedida de Anke, había huido de intimar de verdad con la gente que conocía, aunque lo pasase bien con ellos.

Sin embargo, con Jenny y con Tasha no había podido hacerlo. Las dos mujeres habían derribado sus defensas como había hecho Atila con las de los galos, solo que con mejores resultados, porque sus armas eran el sentido del humor más irreverente y una manera de aceptarla en sus vidas que no dejaba de conmoverla. Desde el primer día que había llegado a Razor Bay para la entrevista en el hotel, habían conseguido atraerla hacia sí con una fuerza irresistible.

Y, aun así, era poca cosa si lo comparaba con la atracción que sentía por Max.

Desde que había acudido en su ayuda al ver que aquel pulpo salía tras ella en el club, Harper se había visto obligada a admitir que, si tener amigas de verdad era algo grande, la fascinación que sentía por Max era algo tremendo.

Sería muy fácil atribuir el impacto que le había causado esa noche a lo guapísimo que había estado sin uniforme. Y tan sexy con ese sombrero fedora, esa camisa que le marcaba los bíceps y esos pantalones grises que hacían lo propio con su magnífico trasero.

Pero, para su sorpresa, no había sido su cuerpo lo que más la había fascinado esa noche. Había sido el brillo de sus ojos oscuros y la sonrisa que había lucido prácticamente todo el tiempo y que tanto contrastaba con su habitual seriedad. Se le veía tan contento de haber salido a bailar que ella se había dejado contagiar y habría querido pasar toda la noche con él.

Le preocupaba no poder dejar de pensar en Max. Y no era propio de ella. Normalmente le gustaban los hombres cerebrales, refinados. Y mayores.

Pero Max la había cautivado a pesar de ser tan grande, tan sencillo y tan...

Sexual.

Sintió un escalofrío que le recorrió la columna de arriba abajo. Siempre había tenido amantes muy sexuales que la habían dejado satisfecha.

Pero cada vez que pensaba en cómo lo había visto moverse en la pista de baile, no solo con ella, también con las demás mujeres con las que había bailado, sabía que Max podría llevar esa satisfacción a unas cotas completamente nuevas para ella.

Solo de pensarlo sintió que le ardía el cuerpo entero y se apoderaba de ella la ansiedad de comprobar si sería así.

—¿Y por qué no lo haces? —se dijo a sí misma.

Harper se puso en pie bruscamente, sin pensar. Buena idea. ¿Por qué no lo hacía?

¿Por qué no podría durar?

Tampoco tenía que ser algo duradero. Dios sabía que la atracción que sentía iba al infinito y más allá y, aunque no podía asegurarlo con absoluta certeza, sí que creía que Max también sentía algo por ella. No tenía nada que perder.

—Podría rechazarte —se advirtió.

Eso sería incómodo y después le costaría mucho tener que volver a verlo.

Pero, ¿y si no la rechazaba? La idea bastó para ponerla en movimiento.

Así que allí estaba, frente a la casa de Max y sintiéndose más tonta de lo que se había sentido nunca de ver todas las luces apagadas. Qué suerte la suya. Max no estaba.

Metió la marcha atrás para largarse al tiempo que soltaba un suspiro de resignación.

Apenas había dado la vuelta cuando el camino procedente de la carretera se llenó de luz y se oyó el motor de un coche. Harper paró el suyo y se bajó.

Un segundo después apareció el todoterreno de Max, que no tardó en bajarse del vehículo. La tensión se reflejaba en su rostro.

—¿Harper? —le preguntó, sin el menor atisbo de alegría—. ¿Ha pasado algo?

Bueno, no era el recibimiento que esperaba, pero seguramente era lógico que le hiciera esa pregunta. ¿Qué estaba haciendo ella allí? De pronto, lo que le había parecido una magnífica idea en el porche de su cabaña, ahora le parecía una completa estupidez.

—No, no. Todo el mundo está bien. Yo... —»¡vamos, piensa!»—. Solo quería darte otra vez las gracias. No puedo dejar de pensar en lo que pasó el viernes por la noche —bien, siempre era mejor decir la verdad—. Pero está claro que ha sido una tontería y seguramente es muy mal momento para presentarme aquí. Es tarde... No sé en qué estaba pensando. Será mejor que me vaya y te deje en paz —tiró el bolso al interior del coche y luego se dispuso a meterse.

—Espera —Max dio un paso hacia ella y, como si el movimiento hubiese sido una señal, la luna apareció de pronto entre las nubes y lo iluminó todo—. Lo siento. He tenido un turno muy malo, pero no quiero pagarlo contigo.

Al tenerlo más cerca vio la cara de cansado que

tenía. En lugar de llevar el uniforme tan impecable como siempre, se había desabrochado varios botones de la camisa y se había aflojado la corbata.

−¿Qué ha pasado?

Él respiró hondo.

−Necesito una cerveza. ¿Quieres entrar?

−¿Estás de broma? Jake lleva toda la semana presumiendo de que él ha visto tu casa y Jenny y Tasha no −le dijo, sonriendo−. Claro que quiero pasar.

Max meneó la cabeza con gesto más relajado.

−No sé a qué viene tanto revuelo −le puso la mano en la espalda y la condujo hasta la puerta principal−. Pero supongo que debería invitarlas algún día. Jenny es bastante tranquila, pero Tasha podría dejarme sin pizza al menor descuido.

Ya dentro de la casa, Harper miró a su alrededor mientras él encendía las tres lámparas de mesa del salón.

−Qué bonito −comentó en cuanto hubo un poco de luz.

−Sí, la verdad es que me gusta bastante cómo está quedando −reconoció Max−. Cuando la compré estaba todo destrozado, así que aproveché para tirar unas cuantas paredes y hacer un espacio más abierto.

−¿Tú solo? −lo miró con admiración−. ¿No te dio miedo de que se viniera abajo?

−No −esbozó una rápida sonrisa−. En YouTube se puede aprender a hacer prácticamente cualquier cosa, así que, cada vez que tenía que tirar un muro de carga, colocaba una viga en el techo que aguantara el peso. No mires la cocina. Es lo primero que quiero hacer cuando termine de pintar la fachada, pero no puedo hacerlo hasta que Jake me ayude a elegir el color –ella lo miró con cara de inocencia–. Pensé que siendo fotógrafo, tendría mejor ojo para escoger algo que quede bien –se encogió de hombros y fue hasta la cocina–. ¿Una cerveza?

–Desde luego –se colocó frente a la chimenea para admirar el trabajo que había hecho–. Es precioso.

Max volvió con las dos cervezas y un cuenco de patatas fritas y se sentaron los dos en el sofá de cuero situado frente al hogar.

–Copié la idea de una foto que encontré en Internet –le confesó.

Al apartar la mirada de la madera tallada que enmarcaba la chimenea y mirarlo a él, Harper se dio cuenta de que no solo se había desabrochado los botones y aflojado la corbata. Llevaba la camisa manchada y le faltaban los dos botones de las solapas donde se ponían los galones.

–Pero, Max, ¿qué te ha pasado?

–No creo que quieras que te lo cuente.

–Claro que quiero –subió una pierna al sofá para girarse hacia él–. Tengo mucha curiosidad por saber cómo ha acabado así un uniforme que siempre llevas tan pulcro.

–Entonces voy a tener que contarte el turno entero –le advirtió.

–Te escucho.

Max hizo una pausa antes de comenzar el relato.

–Los borrachos de Razor Bay ya me conocen y normalmente no se ponen muy molestos conmigo porque saben que si me hacen perder la paciencia, no dudo en encerrarlos. Es una de las ventajas de vivir en un sitio pequeño. Pero durante el verano tengo que lidiar con gente que no me conoce y no sabe hasta dónde puede llegar.

–¿Y hoy has dado con uno de esos?

Max resopló con cansancio.

–Con tres. Acababa de ponerme a trabajar cuando llamaron del pub Anchor porque había un turista completamente borracho que no dejaba de molestar a todo el mundo. Cuando le impedí que se marchara de allí conduciendo, me tiró la cerveza en los zapatos y soltó una ristra de insultos a mi inteligencia, a mi madre y al tamaño de mi... –dejó la frase a medias y luego meneó la cabeza–. Era insoportable, pero al menos no eran más que palabras. Lo que me encontré cuando me llamaron de Low Harry's fue algo muy distinto.

–¿Low Harry's? ¿Dónde está eso? No lo había oído nunca.

–Porque nadie que tú conozcas frecuentaría nunca semejante antro –volvió a menear la cabeza–. Mierda, he estado a punto de no tener que ir. Se suponía que ya había acabado mi turno, pero resulta que Blackwell ha llegado tarde.

–¿Qué querías decir con eso de que era algo muy distinto?

–Pues que ha sido diez, o más bien cien, veces peor.

—¿Por qué?

—Porque en esta ocasión los borrachos eran mujeres. Mujeres completamente enloquecidas —sin darse cuenta, se llevó la mano a la mancha marrón que tenía en el cuello de la camisa—. Es muy difícil intervenir en una pelea entre mujeres, especialmente si están como estaban esas dos.

Harper observó la mancha con atención.

—¿Eso no será...? —sí, era sangre seca. Estiró la mano para apartar la tela y vio que tenía una gasa en la garganta y otra un poco más abajo, casi en la clavícula. Las dos estaban manchadas de sangre y de otra cosa que parecía yodo—. Madre mía —lo miró a los ojos—. Me alegro de que te lo hayan curado.

—Sí, la clientela de Low Harri's no es famosa por su higiene precisamente y esas dos ya se habían hecho sangre la una a la otra cuando yo llegué. Dios sabe qué enfermedades tendrán.

—Espero que al menos les dieras una buena bofetada a cada una.

—Soy un profesional, Summerville —le recordó con seriedad—. Yo arresto a la gente, no les pego bofetadas —pero en sus labios apareció una tenue sonrisa—. Aunque reconozco que me habría encantado hacerlo.

Esa sonrisa le derritió el corazón. Cada vez que veía esa sonrisa le llegaba al alma. No se paró a pensarlo, simplemente se inclinó hacia él y le besó suavemente los labios.

Eran suaves y firmes al mismo tiempo.

Al rozarlos con la lengua fue como si acabara de tocar un cable eléctrico. La descarga fue tan fuerte que Harper se puso en pie de un salto, como si no le temblaran las piernas. No podía creer que un simple beso, nada descontrolado, hubiese tenido semejante impacto.

–Ay, Dios. Ha sido muy atrevido por mi parte. Será mejor que me vaya –se dio media vuelta hacia la puerta.

Apenas había dado dos pasos cuando sintió el calor de su mano en el estómago.

–Sí, ha sido muy atrevido –le susurró al oído–. Debería arrestarte por atacar a un agente de la ley –la estrechó en sus brazos y la giró hacia sí–. O... o también podría hacer esto.

Y entonces la besó apasionadamente.

Harper abrió los labios sin dudarlo y dejó que le metiera la lengua en la boca, inundándola de placer. Le echó los brazos alrededor del cuello y se aferró a él porque era lo único que podía hacer.

Él no dijo una palabra, ni siquiera se estremeció, pero al rozar las gasas, Harper se acordó de las heridas y se apartó un poco.

–Perdona. Me había olvidado.

Max le pasó las manos por los brazos, dejando un rastro de escalofríos a su paso.

–No te disculpes –le ordenó–. Solo tienes que poner las manos en otra parte –le dijo, al tiempo que él mismo se las ponía en sus costados.

Harper subió las manos por su espalda.

–Así se hace –bromeó él con gesto de aprobación, pero un instante después la miró a los ojos y se quedó muy serio–. Dios, qué guapa eres.

Esa vez, el beso fue un canto a la ternura, el roce suave de sus labios, las caricias de su lengua. Harper se puso de puntillas para estar aún más cerca de él y entonces volvieron a descontrolarse. Max la apretó contra sí mientras doblaba las rodillas, lo que hizo que Harper sintiera la innegable evidencia de la excitación masculina en la humedad que había inundado su entrepierna. Los dos se quedaron inmóviles durante un instante, tratando de respirar, y Harper se preguntó si Max sería consciente de que lo único que los separaba eran unas finas capas de tela. Él volvió a besarla con ímpetu y con pasión. Harper jamás había experimentado nada parecido.

Después de unos segundos, Max le agarró el rostro con las dos manos, pero solo para seguir besándola desde otro ángulo y ella respondió del mismo modo, con un gemido de satisfacción. Sintió su mano en el pecho y su sexo en el vientre.

Ay, Dios. Era tan increíble que quería más, preferiblemente en horizontal y desnudos. Harper levantó una pierna y se la echó a la cintura, lo que le permitió sentir la presión de su sexo en el húmedo centro de su cuerpo femenino.

Pero entonces todo se detuvo. Max la agarró por los brazos para apartarla y mirarla a los ojos.

–Dios –dijo, jadeando–. Tenemos que parar.

–¿Qué? ¿Por qué? –protestó ella.

–Pues porque... –por un momento parecía confundido, como si tampoco él lo supiera–. Porque acostarme contigo la primera vez que te beso es de adolescentes y te tengo demasiado respeto como para actuar como si estuviéramos en el instituto.

–Pues no hace falta que me lo tengas –le advirtió Harper, ansiosa–. Ya me respeto yo por los dos –seguramente no era políticamente correcto, pero no había nada que deseara más en esos momentos que acostarse con él. Lo deseaba más de lo que había deseado nunca nada–. Además, yo nunca me comporté así cuando estaba en el instituto, así que tengo una cuenta pendiente, ¿no crees?

–¿Nunca te acostaste con nadie del instituto? –le preguntó con incredulidad.

Ella meneó la cabeza.

–Estábamos muy poco tiempo en cada sitio y la mayoría de las veces iba a colegios de chicas.

–¿Ah, sí? –la miró con los ojos muy brillantes y una sonrisa pícara en los labios–. ¿Y llevabas uniforme?

–Sí.

–Qué sexy –la miró como si estuviera imaginándola de uniforme–. ¿Quieres saldar tu cuenta pendiente?

–Desde luego –asintió con énfasis–. Vamos a hacerlo.

–No sabes cuánto me gustaría –parecía sincero–. Pero... no. Me reservo para el matrimonio.

Harper le dio un golpe en el brazo.

–Vamos. Eres un tío y los tíos os pasáis el día pensando en el sexo.

–Es cierto –reconoció–. Pero de vez en cuando

hay que reprimirse. Tengo mis principios –le explicó mientras le acariciaba el pelo–. Si quieres convencerme de que tenga relaciones prematrimoniales contigo, tendrás que aceptar mis normas.

Harper nunca había visto a Max tan bromista y seductor, pero le gustaba mucho.

Quería más. Mucho más.

–Está bien. Acepto tus normas porque me gustas mucho así y quiero ver cuánto tiempo aguantas sin volver a ser el duro ayudante del sheriff –hizo una pausa y lo miró seriamente–. Pero yo que tú no me acostumbraría. Yo no le sigo el juego a nadie.

–Sí, ya me había dado cuenta.

–Me alegro. Entonces también deberías saber que yo también voy a poner algunas reglas.

Capítulo 10

Max estaba aparcando en Cedar Village cuando vio a Harper a punto de cruzar la valla. Bajó la ventanilla y la llamó.
—¡Harper! ¡Espera! —cuando consiguió que lo mirara, le hizo un gesto para que se acercara—. ¿Puedes echarme una mano?
Max estaba muy contento con su hazaña y el hecho de que Harper lo viera no hacía sino alegrarle aún más el día. Sabía que era un poco infantil, pero le daba igual.
La observó mientras se acercaba. Llevaba unos pantalones pirata azules y una camiseta de béisbol azul y blanca. Un atuendo muy adecuado, pensó Max.
—Estoy deseando ver qué es lo que el duro ayudante del sheriff no puede hacer solo.
—Ven a ver —le pegó un tironcito en el pelo y luego fue a abrir la puerta trasera del todoterreno.
Ella lo siguió y, al ver lo que llevaba, lo miró con una enorme sonrisa en los labios.

—¿De dónde has sacado todo esto?
—¿A que es genial? —le preguntó, igual de sonriente—. El equipo de la liga juvenil no entrena hoy, así que les he convencido para que nos dejaran todo lo que pudieran. Luego he ido a hablar con los de parques y jardines y he conseguido que nos prestaran las bases y todos estos guantes. Parece ser que son los que la gente se deja en los parques y luego no reclama. Me han dicho que podemos quedárnoslos. El resto de cosas tenemos que devolverlas antes de las cuatro y media, pero he llamado a Mary-Margaret y me ha prometido que tendría preparados a todos los chicos que no tengan ninguna infracción, para poder empezar a jugar cuanto antes.

—Si tuviéramos otra bolsa, podríamos llevarlo en un solo viaje —comentó Harper, pero lo hizo en un tono tan amable que hacía pensar que en realidad no le importaba cuántos viajes tuvieran que hacer.

—Me parece que no vamos a tener ningún problema —dijo Max al ver que se acercaban dos monitores y cuatro chicos.

Nada más verlos, los adolescentes echaron a correr hacia ellos, dando gritos de alegría.

Pocos minutos después estaba todo en el campo, donde parecían estarles esperando todos y cada uno de los habitantes del centro.

Se organizaron con sorprendente rapidez, incluso eligieron a Malcolm y a Jeremy como capitanes de los equipos y a Mary-Margaret como árbitro, y sin ningún tipo de pelea. Malcolm fue el primero en empezar a elegir a los miembros de su equipo.

Inmediatamente señaló a Harper.

Ella se puso a su lado, riéndose.

–Deberías haber elegido a Max. He oído que llegó a jugar en ligas importantes, mientras que yo no he jugado al béisbol en toda mi vida, ni siquiera he visto nunca un partido.

–No te preocupes, lo elegiré el próximo –dijo Malcolm, pero era obvio que el joven estaba encantado de tener a Harper en su equipo.

Max sospechaba que dicha alegría no se debía tan solo a los encantos femeninos de Harper, ni a que fuera mulata como él. No, estaba convencido de que la había elegido por su encanto, su sentido del humor y la facilidad con la que se relacionaba con los chicos; todos los factores que la habían convertido ya en una de las preferidas de los residentes de Cedar Village.

Fue Jeremy el que escogió a Max y después siguieron eligiendo a los miembros de sus equipos con igual alegría, dejando claro que simplemente querían jugar al béisbol. Igual que en el caso de Harper, elegían a los jugadores que mejor les caían, no a los que pensaban que serían mejores en el campo.

Debía de ser la naturaleza del juego porque incluso Mary-Margaret se había contagiado del buen humor.

–¿Es impresión mía o están aquí todos los chicos? –le preguntó Max mientras cada uno ocupaba su puesto–. ¿No había nadie castigado por alguna infracción?

–Ya sabes que Nathan y Harry no deberían haber

venido –admitió la directora, encogiéndose de hombros–. Pero no podía negarles la oportunidad de jugar al béisbol. Aunque les he advertido que si traicionaban mi confianza les sacaría de aquí con la velocidad del Correcaminos –entonces miró a Max y esbozó una sonrisa con esos labios que siempre parecían curvarse hacia abajo–. No podía hacer otra cosa. Es béisbol –añadió, como si eso lo explicara todo.

–Amén, hermana.

Los dos sonrieron.

Le tocó batear primero a su equipo y, sorprendentemente, Malcolm colocó a Harper en la segunda base. Mientras, Jeremy les explicó algunas de las jugadas que tenía pensadas. Max tuvo que morderse la lengua para no decirle que debía ser más realista, pero se recordó que lo importante era jugar, no ganar y que debía relajarse.

Pero era un hombre y, tal como había dicho Harper, había competido en otro tiempo, así que le supuso un gran esfuerzo tragarse sus opiniones. Hasta que comenzó el juego y se dejó llevar por el simple placer de un deporte que tenía entusiasmados a los chicos.

La primera pelota cayó cerca de Harper, que la agarró con el guante y miró al lanzador.

–¿Qué hago con ella, Brandon? –preguntó.

A los muchachos les pareció una escena muy divertida.

–Guárdatela en el bolsillo –le gritó Owen, que era del equipo de Max.

–¡Lánzasela a Edward! –gritó rápidamente Brandon.

Harper tuvo la sabiduría de hacer caso a su compañero de equipo y tiró la pelota al jugador que había en la primera base, pero lo hizo como una chica, con lo que la pelota cayó a varios metros del objetivo. A esas alturas el bateador ya había llegado a la primera base y se debatía entre intentar llegar a la segunda o no. Harper le lanzó una mirada que quizá contribuyó a dejarlo donde estaba.

El siguiente fue Nathan, que de nuevo lanzó la pelota hacia donde se encontraba Harper, pero Harry lo había previsto y agarró la pelota antes de que tocara el suelo. Cuando le contó a su compañera de equipo lo que eso significaba, Harper se puso a bailar de alegría. Después buscó a Nathan con la mirada.

–Puede que sea la peor del equipo, ¡pero Harry y yo te hemos dejado en el sitio! –fue a darle un abrazo a Harry–. Bueno, en realidad lo has hecho tú solo, pero no importa.

El muchacho se rio ante semejante entusiasmo y chocó los cinco con ella.

Max era el siguiente en batear. Se colocó en su lugar y miró hacia Harper. Como llevaba las gafas de sol puestas, no estaba seguro de si ella también lo miraba... hasta que la vio inclinarse y pasarse la lengua por los labios lentamente.

La pelota le pasó de largo sin que pudiera intentar golpearla siquiera.

Para el siguiente lanzamiento se obligó a fijar la

mirada en Brandon y olvidarse de Harper. En el momento en que sintió que daba de lleno a la pelota le vinieron a la cabeza algunos recuerdos felices de una infancia en la que no había habido demasiados. No necesitaba seguir el trayecto de la pelota para saber que había salido del campo, ni siquiera miró a sus compañeros de equipo, que lo celebraban a gritos; solo se fijó en que Nathan se encaminaba ya hacia la segunda base y entonces también él echó a correr y no paró hasta pasar por todas las bases, igual que hizo Nathan.

Pero quizá lo más divertido de todo fue ver cómo Harper intentaba distraerlos saltando y bailando y la rabia que le dio no conseguirlo.

Los muchachos estaban eufóricos después del partido. Repasaron jugada por jugada, pero de lo que más hablaron fue de lo poco que sabía Harper de béisbol. Quizá fuera la adrenalina o quizá las endorfinas, el caso era que estaban repletos de energía. Max sabía por experiencia que esa energía podía convertirse en ansiedad y nerviosismo en un abrir y cerrar de ojos, algo que ocurriría si Harper y él no hacían algo para canalizarla en la sala de actividades en la que se habían reunido la mayoría de los adolescentes. Así pues, sacó unas hojas de papel cuadriculado y unos lápices y puso a los chicos a dibujar coches de carrera que debían copiar de unas fotografías que también les repartió, prometiéndoles que otro día harían sus propios diseños.

A algunos les gustó la idea de imaginar y dibujar, pero a la mayoría no, así que Max se dio cuenta de que tenía que buscar otra cosa. Y rápido. En ese momento, Harper se levantó y salió de la sala.

–No puede ser –murmuró.

«¿La cosa se complica un poco y ella va y se larga?».

Pero apenas había terminado de pensar aquello cuando volvió a aparecer con un ejemplar de *Los juegos del hambre*. Se sentó en una butaca, abrió el libro y se puso a leer en voz alta.

–¿Qué es esto? –preguntó Owen, con chulería–. ¿Nos va a leer un cuento como si fuéramos niños pequeños?

–Cállate, tío –le dijo Harry mientras agarraba una silla para sentarse cerca de Harper–. Me encantan esos libros.

Un par de chavales más protestaron también, pero Max se fijó en que poco a poco, todos los demás fueron acercándose, atraídos por la historia, y al final también lo hicieron los que se quejaban. No habría sabido decir si fue el poder de las palabras o la refinada pronunciación de Harper. Probablemente la unión de ambas cosas.

Incluso Trevor se unió al círculo, y eso que tenía trastorno por déficit de atención e hiperactividad, aunque no tardó en distraerse con un hilo que le colgaba de los pantalones a Nathan.

–¡No me toques, imbécil! –le gritó Nathan cuando Trevor intentó tirar del hilo.

La tensión que provocaba en los chicos el saber

que estaba a punto de haber pelea distrajo a unos cuanto más, pero Trevor pronto disipó dicha tensión al ponerse en pie y apartarse del grupo.

—No soy imbécil —se limitó a decir mientras se dirigía al futbolín, como si no supiera siquiera que debiera empezar una pelea.

Harper no había dejado de leer en ningún momento y, una vez desaparecida la tensión, los muchachos volvieron a prestarle toda su atención.

Unos minutos después se abrió la puerta y se asomó Edward, la primera base del equipo de Malcolm.

—¿Eso es *Los juegos del hambre*? —preguntó—. Nunca lo he oído leído en voz alta —se acercó al grupo y se sentó en el suelo.

Al margen de la voz de Harper y de algún que otro comentario o pregunta por parte de los chicos, la sala estuvo en silencio durante los siguientes veinte minutos, momento en el que se volvió a abrir la puerta y apareció Jim, uno de los terapeutas del centro.

—¿Así que estáis todos aquí? Se supone que todos tenéis alguna actividad a la que acudir.

—Tío, que estamos escuchando —protestó Owen.

Harper cerró el libro y miró a sus oyentes con una sonrisa en los labios.

—Seguiremos por aquí el próximo día que venga.

Los chicos refunfuñaron un poco, pero fueron saliendo de la sala. Jim se acercó a Max.

—Estábamos pensando en pedir unas pizzas a Bella's, para seguir con el ambiente festivo del partido. ¿Contamos con vosotros?

–Claro –Max sacó la cartera y le dio diez dólares–. Tengo que trabajar, pero toma mi contribución.

–Entonces ya no hace falta que te pregunte si puedes ir tú a recoger las pizzas –miró a Harper con gesto de esperanza.

–Lo siento –dijo ella mientras colocaba las sillas–. Yo tengo que hacer una excursión en piragua y luego clase de yoga. Pero también quiero poner dinero.

–Nunca rechazamos una donación.

–Por cierto... ¿nos hacen algún descuento en la pizzería?

Max puso cara de «ya lo sabía yo».

–No lo creo, pero no lo sé.

–Se lo preguntaré a Mary-Margaret y, si me dice que no, llamaré a Tasha y le preguntaré si podría hacer una rebajita por una buena causa.

–Sería genial.

–No te aseguro nada. Yo me voy dentro de unos minutos, le dejo el dinero a Mary-Margaret porque mi bolso está en su despacho. ¿De acuerdo?

–Claro –Jim miró la hora y maldijo entre dientes–. Hablando de irse, tengo una sesión dentro de cinco minutos. Gracias por las donaciones a los dos.

Salió de la sala, pero lo oyeron pedir dinero a Ryan, otro de los terapeutas.

–Lo hacéis a menudo, ¿verdad?

Max miró a Harper.

–¿El qué?

–Poner dinero de vuestros propios bolsillos para comprar algo para los chicos.

—Es una organización muy pequeña —explicó, encogiéndose de hombros—. A veces es difícil llegar a fin de mes, así que todos ayudamos en lo que podemos —la miró fijamente un instante—. Tampoco tú has dicho que no. De hecho has preguntado si nos hacían descuento en la pizzería.
—¿Y?
—Que es la primera vez que te incluyes. Hace unos días habrías preguntado, ¿os hacen descuento? Pero hoy has dicho «nos».

Harper lo miró, sorprendida, mientras se le coloreaban las mejillas. Luego sonrió con gesto inocente.

—Tengo que reconocer que es difícil resistirse a esos chicos.
—Es cierto.

La vio recogiendo los papeles de la mesa y decidió ponerse en su camino. Cuando ella apoyó una mano en la mesa, Max apoyó otra muy cerca, rozándole el dedo meñique.

Los dos se quedaron inmóviles unos segundos.
—Debería ir a devolver los equipos de béisbol.
—Ajá —asintió ella con voz seductora, pero luego se aclaró la garganta—. Quiero decir que yo también debería irme.

Pero ninguno de los dos se movió ni un milímetro, sino que siguieron mirándose a los ojos y rozándose los dedos. Su mano parecía tan enorme y primitiva al lado de la de ella, que por un momento Max tuvo el impulso de retirarla y pedirle disculpas. Pero lo que hizo fue entrelazar los dedos con los de ella.

—Qué suave —murmuró, pero en realidad se quedaba corto. La cara interna de sus dedos era pura seda, lo que le hizo preguntarse cómo serían las partes de su cuerpo en las que solía pensar un hombre cuando se imaginaba algo suave.

Ella se quedó callada un momento.

—Es porque me baño en lágrimas de hadas —le dijo después.

—¿Ah, sí? Tendrás que prepararlo con tiempo. Deben de tardar mucho en llenar la bañera.

—No, tienen unas lágrimas enormes —Harper se echó a reír al tiempo que se apartaba—. De verdad tengo que irme.

—Claro —dijo él y dejó que llegara casi hasta la puerta—. Hacemos buen equipo tú y yo.

Ella se volvió a mirarlo.

—Con los niños, ya sabes —aclaró Max—. Trabajamos bien juntos.

Harper asintió.

—Sí, ¿verdad? Hasta luego, Bradshaw.

—Hasta luego —Max la vio desaparecer, luego se golpeó la cabeza con el puño un par de veces antes de volver a apoyarla en la mesa y quedarse allí, mirando al suelo, porque tenía una erección tan fuerte que no podía ni caminar.

No había dejado de lamentarse desde la noche que Harper se había presentado en su casa y él había dejado de besarla con estúpidas excusas. Y no lo había hecho por el dolor de cabeza, ni por las heridas. No, la triste realidad era que lo que lo había frenado había sido la certeza de que Harper era demasiado buena para él. Nada más besarla había pensado que todo era perfecto, pero de pronto había empezado a preguntarse qué derecho tenía a ponerle las manos encima a una mujer así. Las mismas manos que se había ensuciado una y otra vez peleándose con su hermano y con las que había apretado más gatillos de los que quería recordar.

Así que, en lugar de llevarla al dormitorio y hacerle el amor como realmente había deseado, la había rechazado con estúpidas bromas.

En realidad había tenido cierta gracia, porque él no solía hacer bromas. Pero también había sido una mierda porque desde entonces sentía menos respeto hacia sí mismo y había tenido que darse muchas duchas frías.

Aquella decisión lo había convertido en un tío que se excitaba solo con rozarle los dedos. Por el amor de Dios. ¿Cómo había podido dejar que sus inseguridades le impidieran hacer lo que más deseaba en el mundo... hacer el amor con Harper?

Meneó la cabeza con lástima. Era mucho peor que un adolescente.

No quería ni pensar el tiempo que tardaría en poder volver a andar si se imaginaba a Harper desnuda en una bañera.

Capítulo 11

–¿Lo que me estás diciendo es que con solo tocarte los dedos casi tienes un orgasmo? –le preguntó Tasha en voz baja, en medio del bullicio de la pizzería.
–Ya lo sé, es ridículo –admitió Harper–. Es infantil y...
–Madre mía, tienes las mejillas sonrojadas y se te marcan los pezones.
Ya había notado que le ardía la cara, pero tuvo que bajar la mirada para comprobar lo segundo. Dios, era cierto, parecía que tuviera los pezones de piedra porque se le marcaban a través de la camiseta y del sujetador.
–Me das mucha envidia, para que lo sepas –dijo Tasha con un suspiro–. No sabes cuánto me gustaría que alguien jugueteara con mis dedos y consiguiera excitarme de ese modo.
–Te entiendo perfectamente. A mí tampoco me importaría hacer algo más que deditos –Harper se

echó a reír al darse cuenta del doble significado de sus palabras.

—Tampoco estaría mal que hiciese otra cosa con sus «deditos», ¿verdad? —comentó su amiga, consciente también de la ambigüedad.

—Qué mala eres. No me refería a que me metiera los dedos, sino a que... —eso no iba a hacer que dejaran de arderle las mejillas.

Se moría de ganas de contarle a Tasha todos los detalles del beso que se habían dado Max y ella en su casa. Había sido tan increíble que cada vez que se acordaba, y lo hacía muy a menudo, se le disparaba la temperatura de todo el cuerpo.

Se apartó de la barra con decisión.

—Será mejor que me calle —dijo—. Y me largue antes de que se me haga tarde para llegar al hotel. ¿Entonces puedo decirle a la directora de Cedar Village que a partir de ahora tienen un quince por ciento de descuento en Bella T's?

—Eso es en lo que hemos quedado, ¿no, boquita de plata?

Harper sonrió.

—Sí —era la primera vez que le ponían un apodo. Bueno, su madre a veces la llamaba «pequeña», pero aparte de eso, todo el mundo la había llamado siempre por su nombre, nada más, y lo cierto era que le gustaban las bromas de Tasha—. Gracias otra vez. Me encargaré de que Mary-Margaret te envíe una factura mensual donde figure el descuento que les haces, así podrás desgravártelo como obra benéfica.

—Entonces todos salimos ganando.

—Siento interrumpiros —dijo entonces una voz de hombre.

Harper se volvió a mirar al tipo de estatura media y cara insulsa que miraba a Tasha con ojos de lástima.

—Hola, Will —lo saludó su amiga—. ¿Qué ocurre?

—Siento mucho decírtelo con tan poco tiempo —empezó a decir el tal Will—. Pero acaban de ofrecerme un trabajo en Seattle y no puedo rechazarlo.

—¿Te vas? —le preguntó Tasha y luego miró a Harper—. Will tiene alquilado el apartamento de arriba —explicó antes de volver a dirigirse a su inquilino—. Me alegro mucho por ti, pero te voy a echar de menos. ¿Cuándo tienes que irte?

—A principios de mes.

—¿De septiembre?

—Sí. Lo siento mucho, sé que es muy poco tiempo —insistió—. Puedes quedarte con el mes de fianza que te di cuando entré.

La rubia respiró hondo.

—Supongo que hay que aprovechar las oportunidades que se nos presentan. Que tengas mucha suerte, Will.

—Gracias —respondió él, como si Tasha acabara de quitarle un gran peso de encima—. Antes de irme, preguntaré por ahí por si encuentro a alguien que le interese el apartamento.

—Te lo agradezco —dijo, pero le había cambiado la expresión de la cara—. Mierda —protestó cuando el otro se alejó.

–¿Estás bien? –Harper le agarró una mano.

–Me viene muy bien el dinero del alquiler durante los meses de invierno. Puedo pasar sin él, pero reduce mucho mi margen de beneficios.

–¿Quieres que me quede un rato? –seguramente a Jenny no le importaría que cancelara una excursión.

–No, estoy bien.

No lo parecía, pero antes de que Harper pudiera decir nada, Tasha la echó a punta de cuchillo y con una ligera sonrisa en los labios. No le quedó más remedio que darle un beso y marcharse al hotel.

De camino llamó a Mary-Margaret para informarla del acuerdo al que había llegado con la pizzería y para pedirle que hiciera el papeleo para que Tasha pudiera desgravarse el dinero que iba a rebajarles.

Unos minutos después, mientras se cambiaba de ropa en el bungaló, llegó a la conclusión de que debía olvidarse de Tasha, del centro y de Max durante unas horas y concentrarse en que los huéspedes del hotel que se habían apuntado a la excursión disfrutaran del mejor paseo en piragua que pudiera ofrecerles.

Pero era más fácil decirlo que hacerlo. Eso no quería decir que no se esforzara en hacer bien su trabajo, pero entre explicación y explicación, hubo muchos momentos de tranquilidad. En uno de esos momentos, mientras las olas que había levantado a su paso otro barco mecían las piraguas y las gotas de agua brillaban en los remos como si fueran diamantes, Harper tomó una decisión. No había ningún motivo para no llamar ya a su madre y dar luz verde a la ayuda económica que había solicitado Cedar Village. Hacía mucho tiempo que se había dado cuenta de que era exactamente el tipo de centro al que querían apoyar en Sunday's Child.

Una vez guardadas las piraguas y los remos después de la excursión, tenía el tiempo justo para ir a la cabaña a quitarse el traje de neopreno y ponerse la ropa de yoga antes de bajar a la explanada de césped junto a la playa donde daba sus clases de yoga al atardecer. Una vez allí, colocó las alfombras y saludó a los alumnos que fueron llegando.

Wendy, la dueña de la peluquería, a la que conocía de la cena en casa de Jenny, llegó en el último minuto con su propia alfombra. Sus clases se estaban haciendo muy populares entre las mujeres del pueblo, tanto que Jenny les había hecho un precio especial, con la única condición de que llevaran sus alfombras.

Al final de la clase, se despidió de sus alumnos con un sentido *Namasté*, recogió las alfombritas y se fue directamente a la cabaña. Se cambió de ropa por última vez para ponerse una camiseta y unos pantalones de pijama, después se sirvió una copa de vino y fue a sentarse a la mecedora del porche con el vino y el teléfono móvil. Estuvo un rato allí sentada, meciéndose y disfrutando de unos momentos de tranquilidad. Pero finalmente respiró hondo, dejó la copa de vino en el suelo y marcó el número de su madre, que contestó enseguida.

—Hola, mamá. Espero que no sea muy tarde. Me había olvidado de la diferencia horaria.

—No te preocupes, cariño, todavía estoy leyendo en la cama —la voz de Gina Summerville-Hardin le transmitía afecto a pesar de los kilómetros que las separaban—. Me alegro de oírte. ¿Qué tal estás?

—De maravilla. Esto es impresionante... este lugar me tiene fascinada. Y es absurdo después de todos los sitios que hemos visto, ¿verdad?

—Desde luego —respondió Gina.

—Por eso me sorprende tanto que un pueblecito del estado de Washington pueda cautivarme de esa manera. ¿Has recibido las fotos que te mandé?

—Sí y la verdad es que es espectacular. Cuando uno piensa en un canal, no se imagina esas montañas tan enormes.

—La gente de aquí dice que en realidad es un fiordo —se encogió de hombros, aunque su madre no podía verlo—. Sea lo que sea, es impresionante y muy tranquilo.

—¿Tranquilo? Jamás habría relacionado esa palabra contigo, Harper.

Harper se echó a reír con cierta inquietud.

—Ya lo sé. Pero... así es.

En ese momento se dio cuenta de que, quizá por primera vez en toda su vida, no sentía la urgencia de marcharse. Normalmente a esas alturas de cualquier proyecto habría empezado a ponerse nerviosa y a pensar en futuros planes. Pero no era así en absoluto.

Qué extraño.

Extraño y desconcertante, así que prefirió no pensar más en ello.

–Bueno, uno de los motivos por los que te llamaba era para dar luz verde a lo de Cedar Village –notó su propio entusiasmo al decir–: Es una gente fabulosa, mamá... el tipo de centro que buscamos.

–Estupendo –dijo su madre con cierta sequedad–. Haré todo el papeleo y les mandaré la confirmación de la ayuda a finales de semana. ¿Entonces vuelves ya a casa?

La respuesta se abrió paso dentro de ella con la fuerza de un géiser.

–¡No! –al darse cuenta, respiró hondo y siguió hablando con más moderación–. No puedo, mamá. Ya sabes que mi contrato dura hasta la primera semana de septiembre, hasta después del Día del Trabajo.

–Seguro que pueden encontrar a otra persona.

Prefirió no cuestionar su respuesta.

–¿A mitad de temporada? No lo creo –dijo, sin saber si era verdad o no–. Además, yo no abandono mis compromisos de esa manera.

–Ojalá pensaras lo mismo sobre tu familia. Kai y yo te vemos menos que todas esas personas a las que te encanta conocer por el mundo.

Harper respiró hondo.

–¿De verdad tenemos que hablar de esto otra vez? Yo no te culpo de que no te guste viajar, mamá. ¿Por qué no respetas tú que a mí sí me guste?

–Pero, ¿de verdad te gusta, Harper? ¿Realmente

es lo que más te gusta del mundo? ¿O es tu manera de honrar la memoria de tu padre?

–¡No, claro que no! –pero al tiempo que decía aquellas palabras, sintió algo extraño.

Apoyó los pies en el suelo para parar la mecedora y se sentó recta. No, esa no era la razón. Le encantaba viajar. Quizá a veces se cansara de vivir únicamente con lo que podía transportar en la maleta, pero después de un pequeño descanso, como el del trabajo que estaba haciendo en Razor Bay, siempre volvía a tener ganas de ponerse en marcha.

–Está bien –le dijo su madre–. Entonces no te digo nada más. Pero estaría muy bien que hicieras un hueco para venir a vernos a Kai y a mí. Y sé que a los abuelos también les gustaría verte.

–Lo haré, mamá. Te lo prometo. Sé que cuando fui para la graduación de Kai fue todo muy apresurado porque tenía que empezar a trabajar aquí, pero te prometo que cuando termine iré a pasar un par de semanas con vosotros.

–Eso nos hará muy felices a todos.

–No creo que a Kai le importe demasiado.

–¡Claro que le importa!

Harper dejó que el silencio hablara por ella y, después de unos segundos, Gina se echó a reír.

–Está bien, es cierto que está un poco ensimismado, con su trabajo en la fundación y su interminable lista de chicas.

–En ese orden, seguro.

–Tiene veintidós años, querida... así son los hombres a su edad. Bueno, excepto tu padre –añadió

Gina con cariño–. A los veintidós años era ya el hombre más generoso que yo he conocido –hizo una pausa–. Pero, volviendo a Kai, no creas que eso quiere decir que no te quiere con todo su corazón.

–Ya lo sé, mamá. Pero no espero que haga nada especial cuando yo vaya.

–De eso ya nos encargaremos tus abuelos y yo –y, como si diera por terminada esa parte de la conversación, dijo–: No hemos hablado de nada excepto de Cedar Village y de nuestras continuas discrepancias. ¿Has hecho algo divertido desde que estás allí, pequeña? ¿Algo que no sea trabajar?

Su tono de voz y el apelativo cariñoso sirvieron para disipar las reservas con las que Harper trataba a su madre desde hacía algunos años y, cuando quiso darse cuenta, estaba hablándole de Jenny, Tasha, Jake y Austin. Quizá mencionara a Max más que al resto, pero bueno, solo era por su relación con Cedar Village.

Le habló también de la noche en el Voodoo Lounge, pero sin mencionar al pulpo y le contó todas las actividades que organizaba para el hotel y las nuevas tareas que le había encomendado Jenny. Hablaba con tal entusiasmo que se terminó la copa de vino y, cuando terminó, tenía la boca seca.

–Lo siento, mamá, seguro que te he aburrido con tanta charla.

–No te disculpes –se apresuró a decirle Gina–. Parece que te gusta mucho aquello... y esa gente.

–Sí –de pronto se sintió culpable, como si el hecho de haber hecho tantos amigos fuera a obstaculizar de algún modo su trabajo–. Pero no tengo intención de quedarme después de la primera semana de septiembre. Pero bueno, por ahora está siendo divertido.

Gina suspiró.

–Tú siempre te diviertes. Y Dios te libre de quedarte en un sitio ni un minuto más de lo que sea necesario.

Harper suspiró también. ¿Pero no acababa de pedirle que dejara el trabajo en el hotel y volviera a casa?

–Bueno, creo que me voy a dormir.

–Sí, yo también estoy muy cansada de repente –respondió Gina–. Pero hablaremos pronto. Te quiero, cariño.

–Lo sé, mamá. Yo también te quiero.

Después de colgar, Harper se quedó sentada en la oscuridad del porche un buen rato, meciéndose y preguntándose cómo habían podido distanciarse tanto.

Capítulo 12

Tasha la llamó temprano a la mañana siguiente.
—¿Qué horario tienes hoy? —le preguntó y parecía mucho más animada que cuando la había dejado el día anterior en la pizzería—. Jenny, tú y yo vamos a casa de Max.
—¿Sí? —Harper no le preguntó por su repentina energía, se limitó a sonreír—. Así que por fin se ha rendido y nos ha invitado.
—No exactamente —admitió Tasha, riéndose—. Puede que tú consiguieras entrar en la fortaleza, pero, por lo que nos ha dicho Jake, si depende de Max, Jen y yo llegaremos a la residencia de ancianos sin haber visto su casa. Así que hemos decidido invitarnos nosotras directamente. Pero tiene que ser hoy mismo. Jenny ha llamado a la oficina del sheriff y se ha enterado de que Max no empieza a trabajar hasta las doce.
—Es viernes, así que no creo que tenga ningún problema —Harper subió al dormitorio, donde tenía

la agenda–. Voy a comprobarlo para asegurarme, pero no suelo tener nada por las mañanas –abrió la agenda–. Efectivamente, no tengo nada hasta las cinco.

–Estupendo, eso pensaba Jenny también. Entonces pasaremos a buscarte a las nueve. Jake nos ha dicho que le lleváramos avena y un cartón de leche. No ha querido decirnos por qué, así que seguramente sea una broma, pero hemos pensado pasar por la tienda a comprarlo de todos modos. Nos vemos dentro de una hora.

El cielo se había llenado de nubes cuando Jenny llamó a la puerta una hora más tarde.

–Hola, ¿estás preparada? –le preguntó en cuanto Harper abrió la puerta–. Deberías meter esas cosas en casa –le recomendó, refiriéndose a un cuaderno que había dejado en una de las mecedoras–. Se está levantando mucho viento –lo miró atentamente–. Oye, ¿son ideas para los Días de Razor Bay?

–Sí, pero no hay nada digno de destacar. Anoche estuve anotando todo lo que se me ocurría, pero me había quedado muy molesta después de hablar con mi madre y no podía concentrarme.

–¿Ha pasado algo?

–No. Lo que ocurre es que mi madre y yo tenemos opiniones muy distintas sobre lo que yo debería hacer con mi vida y últimamente nos ocasiona muchos problemas –desde la muerte de su padre.

–A veces la familia es una pesadez –afirmó Jenny solemnemente.

–Desde luego –se limitó a decir Harper antes de

cambiar de tema–. Pero no hablemos de eso. Vamos a ver a Max.

Jenny se echó a reír.

–Eso, eso. Estoy impaciente.

Harper miró a Jenny con curiosidad.

–Tú conoces a Max desde hace mucho tiempo, ¿verdad?

–Desde que dejó los marines y empezó a trabajar en la oficina del sheriff –le explicó mientras se dirigían al coche de Tasha–. Pero para mí solo era un tipo serio y callado al que no me había molestado en mirar hasta que apareció Jake. Ahora que empiezo a conocerlo como adulto, me he dado cuenta de que me cae mucho mejor de lo que habría podido imaginar. Siempre había creído que no tenía sentido del humor, pero resulta que no es así. Quizá no sea el más charlatán del pueblo, pero puede ser muy divertido cuando Jake y él se ponen a insultarse el uno al otro. La verdad es que estoy deseando ver su casa.

Después de una rápida parada en la tienda, apenas tardaron en llegar a la casa, pero, una vez allí, se quedaron un rato en el coche, mirando la puerta.

–¿Crees que estará en casa? –preguntó Tasha, al ver que estaba todo muy oscuro.

–El coche está –señaló Harper.

–Solo hay una manera de saberlo –Jenny abrió la puerta del coche–. Trae la bolsa, Tash.

Una vez en el porche, también fue Jenny la que llamó a la puerta.

No hubo respuesta, así que llamó de nuevo, pero con más fuerza.

Entonces, Harper oyó un golpe al otro lado y la voz de Max lanzando juramentos. Un segundo después se abrió la puerta.

–Madre mía –dijo alguna de ellas, pero Harper no habría sabido decir quién.

Allí estaba Max, con cara de dormido, el pelo aplastado por un lado de la cabeza y de punta por el otro y una sombra de barba en la cara. Era todo un conjunto de ángulos, desde los pómulos a las muñecas y las manos, pasando por los enormes hombros.

Pero eso no fue lo que dejó boquiabiertas a sus amigas. Lo que tuvo tal impacto en ellas fue que lo único que lo separaba de la desnudez total era un boxer negro.

Tenía un cuerpo sencillamente perfecto, no había otro modo de decirlo. Los hombros apenas cabían en el umbral de la puerta, los músculos de sus brazos parecían diseñados para estudiar anatomía y la tenue capa de vello que le cubría el pecho iba disminuyendo a medida que bajaba por los abdominales para convertirse después en una fina línea que desaparecía bajo la cinturilla de los calzoncillos. La marca de las heridas que le habían hecho aquellas dos borrachas habían quedado reducidas a unas rayas rosáceas.

Pero bastaron para recordarle a Harper el beso. Aquel beso ardiente e increíble.

–Dios –murmuró–. Creo que estoy teniendo palpitaciones –pero no podían estar provocadas por el recuerdo del beso. Tenía que ser por culpa del cuerpo de Max. Ya lo había visto con poca ropa el día que estaba jugando al baloncesto en Cedar Village, pero ahora que lo tenía de cerca el impacto era mucho mayor.

–¿Qué hora es? –les preguntó antes de mirarlo él mismo en el reloj que llevaba puesto–. Ah, no es tan temprano como yo pensaba. Necesito café –se dio media vuelta para dirigirse a la cocina, dejando la puerta abierta.

Las tres mujeres se miraron. Tasha se abanicó con la mano y las tres se echaron a reír antes de ir tras él.

Lo encontraron en la cocina, abriendo y cerrando armarios.

–¿Dónde demonios he puesto yo el café?

Jenny se acercó a él, abrió un termo en el que Harper ni siquiera se había fijado y se lo acercó a la nariz a Max.

–Yo he traído café –miró a Harper–. Consíguele una taza.

–Me has salvado la vida –le dijo él–. Deja a mi hermano y cásate conmigo, preciosa. Puedes traerme café todas las mañanas.

–Una oferta muy tentadora –dijo Jenny secamente–. Pero me temo que debo rechazarla.

Max le dedicó una sonrisa que las dejó paralizadas a las tres.

–¡Vaya! –exclamó Tasha cuando por fin consiguió reaccionar.

Max se volvió a mirarla.

–¿Qué?

–¿Quieres un buen tazón de avena? –le dijo Tasha, mostrándole la caja que habían comprado.

–No, qué horror. ¿Alguna vez habéis probado eso? Parece pasta de papel.
–¿Entonces por qué Jake...?
–Creo que yo puedo decírtelo –dijo Harper, señalándoles los tres armarios que había abierto tratando de encontrar una taza. Miró a Max fijamente–. No entiendo cómo puedes tener ese cuerpo comiendo todo esto.

Max se puso recto y, por primera vez, parecía incómodo. Pero solo durante unos segundos.
–¿Te gusta mi cuerpo?
–Mucho más que lo que hay en tus armarios.

Primero frunció el ceño y luego resopló.
–¿Por qué a todo el mundo le interesa tanto lo que como?

Porque dos de los tres armarios que había abierto estaban abarrotados de cajas de cereales dulces, patatas fritas y una amplia variedad de Doritos, Fritos y Cheetos, además de galletas de chocolate y...

Decidió poner fin al inventario. Tash, Jenny y ella se había presentado allí sin avisar y Max había reaccionado bastante bien. Seguramente no fuera buena idea criticar sus hábitos alimenticios. Así que se limitó a decir:
–Tienes un montón de comida basura, incluyendo un montón de galletas de mantequilla de cacahuete.
–Oye, la mantequilla de cacahuete es buena.
–Pero es mucho mejor sin las grasas de las galletas saladas. ¿Por qué comes esas cosas?
–No sé –reconoció, encogiéndose de hombros–. Es lo que he comido siempre.

Vaya. Eso quería decir que sus padres no habían hecho ningún esfuerzo por alimentarle adecuadamente. Y ahora llegaba ella a restregárselo en la cara y a echarle la culpa de algo que seguramente había aprendido nada más nacer.

–No importa –zanjó la cuestión haciendo un movimiento con la mano–. Bueno, Mahoma, aquí tienes a tus montañas.

Max la miró como si se hubiera vuelto loca.

–¿Qué?

–Jake lleva días presumiendo de haber visto tu casa –le explicó Jenny–. Así que hemos decidido venir a que nos la enseñes a nosotras también. Tienes la obligación de impedir que tu hermano tenga motivos para alardear ante nosotras.

–Ah, ya comprendo –Max asintió por fin. Debía de estar haciéndole efecto el café de Jenny–. Será un placer.

–Ahí está el hombre encantador que conocemos y queremos.

Eso le arrancó una sonrisa.

–Podéis ir echando un vistazo mientras voy a ponerme algo de ropa.

–Por nosotras no te molestes –murmuró Harper mientras lo veía salir de la cocina.

–Amén, hermana –dijo Tasha con una carcajada.

Las tres amigas pasaron al salón. Como ella ya había estado allí, esa vez prefirió fijarse en los detalles más que en la estructura de la casa. No había demasiados objetos personales, quizá por eso le llamó la atención un papel que había en una mesita junto a una butaca de piel. Mientras sus amigas admiraban la repisa de la chimenea, ella se fijó en aquel documento.

Era la solicitud de renovación del carné de conducir. Harper sintió curiosidad por saber qué edad tenía Max, así que buscó la fecha de nacimiento.

—Vaya.

—¿Tienes toda la información que necesitabas? —la voz profunda de Max retumbó dentro de ella y, por el aroma a menta que le llegó, dedujo que se había lavado los dientes.

Harper se dio la vuelta lentamente, con mucho cuidado de que no pareciera que la había sobresaltado.

—Muy pronto es tu cumpleaños. ¿Cuántos cumples?

—¿Qué? ¿No lo has visto?

—No me ha dado tiempo. Solo he visto el día y el mes. Dime... ¿cuarenta?

—Muy graciosa. Treinta y cuatro. ¿Y tú, cuántos? ¿Treinta y seis?

—Adulador. Tengo treinta años.

Jenny y Tasha se acercaron a reclamar su visita guiada y Harper fue tras ellas, barajando una idea mientras admiraba el trasero de Max y oía lo que hablaban sin prestar mucha atención.

La visita se le hizo muy corta y, cuando se montó en el coche con sus amigas, les contó su idea.

—Estoy pensando hacerle una fiesta sorpresa a Max por su cumpleaños —anunció—. ¿Creéis que le importará que la haga en su casa?

Capítulo 13

El tiempo siguió empeorando durante el fin de semana y el domingo hubo una tormenta de lluvia y viento. El lunes mejoró un poco; el sol se asomaba de vez en cuando entre las nubes, pero de vez en cuando caía un buen chubasco.

A los chicos de Cedar Village no parecía importarles. Gracias al mal tiempo tenían oportunidad de disfrutar de la zona de baño delimitada en el canal, donde había además una plataforma flotante desde la que podían tirarse. Estaban encantados.

Max estaba encantado de ver a Harper. Con el traje de baño blanco y negro que había llevado la noche del jacuzzi, estaba sentada en la plataforma flotante con los pies metidos en el agua. Había llegado hasta allí en una barca de remo con Owen, y los demás la habían seguido como si fueran, en sus propias palabras, un puñado de patitos. Mientras movía las piernas relajadamente, retaba a los muchachos a tirarse de bomba tan fuerte como pudiesen.

Cuando llegó el turno de Malcolm, saltó dos veces al borde de la plataforma antes de lanzarse al agua hecho una pelota y levantó tanta agua que Harper acabó empapada de la cabeza a los pies. Primero se le aplastó el pelo y luego los rizos se le dispararon como muelles. Todos los presentes, incluido Max, la miraron boquiabiertos, conteniendo la respiración a la espera de la explosión. Porque, ¿qué hombre no había tenido que sufrir el ataque de furia de una mujer después de que le estropearan el peinado?

Las mujeres le daban mucha importancia a su pelo.

Malcolm, que había vuelto a la superficie, se quedó mirando a Harper con un gesto con el que parecía estar retándola a regañarle, pero tenía los hombros levantados hacia las orejas.

Harper pestañeó varias veces, se pasó la mano por el pelo y luego miró al adolescente de arriba abajo.

—¿Ya está? ¿Eso es lo mejor que puedes hacer?

Quizá la carcajada de los muchachos fue un poco desproporcionada, pero Max lo comprendió perfectamente. Muchos de esos chicos procedían de familias desestructuradas y no estaban acostumbrados a que se les concediera el beneficio de la duda... ni siquiera una respuesta racional ante sus supuestas transgresiones. Así pues, era lógico que se rieran con tantas ganas y tanto alivio. Y una vez vieron que tenían luz verde para tirarse tan fuerte como pudieran, se lanzaron a superarse los unos a los otros. Incluso Owen, que, como bien había dicho él, no era un gran nadador, se atrevió a probar suerte, pero lo hizo ataviado con un flotador para adultos que le había puesto Harper. No fue el que más salpicó, pero cualquiera que lo hubiera visto sonreír al volver a asomar la cabeza habría pensado que sí lo había sido.

El nivel de alegría y de excitación iba aumentando por momentos. Estaban felices y despreocupados.

Hasta que aparecieron aquellas tres chicas.

Se acercaron nadando hasta la plataforma y se subieron con facilidad. Parecían hermanas, las tres guapas, rubias y con los ojos azules, y debían de tener entre diez y dieciséis años aproximadamente. Tenían algo, Max no habría sabido decir qué era, que les daba un aire distinguido, de gente de buena familia; quizá fueran los blanquísimos dientes o los bañadores con pinta de caros. El caso fue que en el momento en que salieron del agua para subirse a la plataforma, los chicos se quedaron callados.

La hermana mayor actuaba como si fueran invisibles. La mediana, que debía de tener unos catorce años, los miraba de vez en cuando, pero enseguida siguió el ejemplo de su hermana y empezó a comportarse como si allí no hubiera nadie más. La pequeña, sin embargo, les dedicó una enorme sonrisa.

–Hola –dijo con alegría–. Me llamo Joely y estas son mis hermanas, Meeghan –dijo, señalando a la mediana–... y Brittany.

Los chicos saludaron tímidamente y fueron presentándose, pero el desprecio con que los miraba la hermana mayor no daba pie a mucho más. A Max le daba miedo que la actitud de la muchacha despertara la rabia de los muchachos, que se reflejaba ya en el rostro de Harry. A sus quince años, Harry llevaba ya una buena temporada haciendo terapia, pero a Max le preocupaba que, ante un conflicto real, no fuera capaz de recordar las estrategias que había aprendido para controlar sus impulsos violentos. Si pasaba algo y el pobre Harry montaba una escena, probablemente no podrían volver a utilizar las instalaciones del hotel. Max buscó la mirada de Harper con la esperanza de que se le ocurriera alguna idea para evitar que la excursión acabara en desastre, porque él tenía la mente en blanco.

Pero en ese momento se oyó la entusiasta voz de la pequeña Joely:

—¡Oye! ¿Sabéis hacer esto? —entonces se puso a hacer el pino al borde de la plataforma y desde ahí se tiró al agua.

Igual que había ocurrido con el reto que les había lanzado Harper, aquello despertó el instinto competitivo de los chicos y, tan rápido como habían enmudecido, se dispusieron a probar la nueva pirueta, desafiándose los unos a los otros. Jeremy, que, después de Malcolm, era el más atlético del grupo, hizo el pino como lo había hecho Joely, pero una vez en esa postura, levantó una mano, luego volvió a apoyarla para levantar la otra y finalmente se lanzó al canal.

La marea había empezado a bajar, así que pronto tuvieron que dejar de tirarse de la plataforma porque no había profundidad suficiente, pero enseguida buscaron otra actividad igual de entretenida. Se subieron a hombros los unos a los otros e intentaron tirar a las demás parejas. Cuando Max quiso darse cuenta, Joely se había subido a los hombros de Malcolm y se esforzaba denodadamente por tirar a Owen, que iba subido en Jeremy.

–Madre mía –murmuró Max, pensando que quizá fuera mejor poner fin a aquel juego antes de que alguien se hiciera daño.

Pero Harper se echó a reír, lo agarró de la muñeca y lo arrastró hasta donde se desarrollaba la batalla.

–Vamos a enseñarles cómo se hace –apenas había dado dos pasos cuando se detuvo y se volvió a mirarlo–. ¿Por qué voy andando pudiendo ir a caballo? –le preguntó con una de esas sonrisas capaces de iluminarlo todo–. Échame una mano.

Max se metió debajo del agua, le dio un toque en las piernas para que las separara y metió la cabeza entre ellas. Su piel era tan suave como la había imaginado.

Harper se agarró a su cabeza y él le puso las manos en los muslos para sujetarla bien antes de acercarse del todo a los chicos.

En ese momento, Owen tiró a Joely de los hombros de Malcolm, Max la agarró de inmediato, preocupado de que se hubiera hecho daño, pero la niña salió del agua riéndose a carcajadas e impaciente por contraatacar.

–Nosotros vamos con ella –declaró Harper, guiñándole un ojo a la pequeña–. Las chicas tenemos que estar unidas.

La sonrisa de Joely podría haber competido con el mismísimo sol, que por fin había dejado de jugar al escondite con las nubes y brillaba con fuerza.

–¡Qué poco va a durar ahí arriba, señorita Summerville! –amenazó Owen–. ¡Jeremy y yo somos invencibles! Además, ahora tenemos a Harry y a Edward en nuestro equipo.

–¡Ja! ¡Preparaos para morder el polvo! –respondió Harper–. Nosotros tenemos fuerza –le dio una palmada en los hombros a Max–... e inteligencia –añadió señalando a Joely y a sí misma, con más modestia.

–¿Perdona? –Max le apretó los muslos con las manos–. ¿Así que tú tienes la inteligencia y yo la fuerza?

Le agarró un mechón de pelo para obligarle a mirar hacia arriba al mismo tiempo que ella se inclinaba y le sonreía. Max sintió uno de sus pechos contra la cabeza.

–¿A que es perfecto?

Desde luego. Podría haber dicho lo que le viniera en gana porque él era feliz teniéndola encima y viéndola sonreír.

–Que empiecen los juegos.

–¡Y que la suerte esté siempre de vuestra parte! –respondió Owen, riéndose ante la referencia a *Los juegos del hambre*.

La siguiente media hora fue para Max una de las mejores de toda su vida. Era increíble estar al sol, en el agua y oyendo las risas de los chicos.

Y con Harper. Debía admitirlo, gran parte de la

alegría de aquel momento procedía de ella. Tenía un verdadero don para divertirse y hacer que los demás sintieran que estaban viviendo algo especial. Por no hablar del placer de tener las manos en sus muslos y sentir el peso de su cuerpo sobre los hombros y el roce de su piel. Todo eso unido a su risa, tanto cuando ganaba como cuando la tiraban al agua, hicieron que fuera un momento genial. Sobre todo cuando le apretaba la cabeza con los muslos.

Habría querido poder girar la cara ciento ochenta grados como la niña de *El exorcista*. Bueno, en realidad en la película el giro era de trescientos sesenta grados, pero él habría querido hacer una pequeña parada en medio.

No debería pensar en esas cosas estando rodeado de niños. Muy pronto tendrían que salir del agua y no quería tener una erección que pudieran ver los muchachos y muchísimo menos la pequeña Joely, de solo once años y medio.

—¡Joely! —la llamó su hermana mayor desde la orilla, donde se había tumbado a tomar el sol con Meeghan hacía ya bastante—. Vamos. Tenemos que volver.

—Marchaos sin mí —les gritó Joely—. Dile a mamá que voy dentro de un rato.

—¡No! —la firmeza de Brittany puso fin a cualquier atisbo de resistencia—. Te vienes con nosotras ahora mismo.

Joely suspiró con resignación antes de pedirle a Malcolm que la bajara y el muchacho la dejó en el agua con extrema delicadeza. Max ya no tenía ninguna excusa para seguir teniendo encima a Harper, así que la bajó también, pero muy a su pesar.

La niña miró a Malcolm y a todos los demás con una enorme sonrisa.

–Chicos, esto ha sido lo más divertido que he hecho en toda la semana que llevo aquí –les dijo con dulzura. Después le dio un rápido abrazo a Harper y se salió del agua.

Malcolm se quedó mirándola hasta que llegó junto a sus hermanas.

–Qué tía tan increíble.

–Desde luego –asintió Owen.

–Se ha debido de quedar con toda la personalidad de la familia –añadió Jeremy.

–¿Sabéis una cosa, chicos? –les dijo Harper–. Estoy muy orgullosa de vosotros. Hoy os habéis portado genial y me voy a asegurar de decírselo a Jenny.

–¿Quién es Jenny? –preguntó Edward.

–La directora del hotel –Harper enarcó una ceja–. En otras palabras, la persona que decide si podéis volver o no.

–¿Y vas a decirle que nos hemos portado bien?

–Por supuesto. Voy a decirle que os habéis portado mejor que bien. De maravilla.

–Guay –dijo Edward–. Entonces nosotros también estamos orgullosos de ti.

Ese mismo día, Harper organizó un partido de voleibol y una excursión por el canal con un grupo de niños, después subió a la cabaña a hacer algunas llamadas personales. La primera fue a la oficina del sheriff.

Nunca había sentido nada parecido a lo que había experimentado mientras estaba en los hombros de Max, con sus manos en los muslos y sintiendo el roce de su barba. Estaba acostumbrada a hombres perfectamente afeitados, incluso como Max, al menos cuando iba de uniforme. Pero estaba descubriendo que resultaba muy sexy sentir el roce de una barba incipiente en la piel.

–Oficina del sheriff de Razor Bay –dijo una mujer al otro lado del teléfono.

Harper tuvo que menear la cabeza para volver a la realidad.

–Hola. ¿Es usted la señora Alverez?

–Así es.

–Seguramente no me conozca. Soy Harper Summerville, trabajo en...

–Claro que la conozco –la interrumpió la mujer–. Querida, esto es Razor Bay, aquí todo el mundo se conoce. Puedes llamarme Amy. ¿Qué puedo hacer por ti?

–¿Podría hablar con la persona que fije los días libres de los trabajadores?

–Soy yo. Es una oficina pequeña –le explicó–. Así que, a riesgo de repetirme, ¿qué puedo hacer por ti?

–Quería pedirte si podrías darle un día, o al menos una tarde libre, a Max Bradshaw –le dijo antes de darle la fecha exacta.

Hubo un momento de silencio.

–Max siempre trabaja el día de su cumpleaños.

No. Eso no podía ser, pensó Harper, pero trató de suavizar el tono.

–Espero que este año no. Estoy organizándole una fiesta sorpresa y sería una lástima que la sorprendida fuera yo porque él hubiera tenido que trabajar el día de su cumpleaños.

–Estoy totalmente de acuerdo –admitió Amy–. Ahora mismo le cambio el día libre. Es la mejor idea que he oído desde hace tiempo. Max es un buen tipo y a veces parece que nadie hace nada por él. Y no te preocupes, que no le estropearé la sorpresa. Ya se me ocurrirá alguna razón convincente para cambiarle el día –le dijo antes de hacer otra pausa–. Da la casualidad de que ese día yo tampoco trabajo. ¿Podríamos ir a la fiesta mi marido y yo?

–¡Claro! Y si conoces a alguien más que quiera venir, dímelo. Acabo de empezar a prepararlo todo, así que todavía no puedo darte los detalles, pero te llamaré en cuanto lo tenga todo organizado.

Después de colgar, se quedó pensando en el lugar ideal para la fiesta. Había pensado celebrarla en casa de Max, pero lo cierto era que sería muy complicado colarse para prepararlo todo sin que Max sospechara nada. Seguramente podría ayudarla Jake, pero, aun así, el homenajeado descubriría el pastel en cuanto llegara y vieran un montón de coches aparcados en la puerta.

Necesitaban un lugar donde no llamara la atención que hubiera coches aparcados. Un lugar como...

«¡Sí!». Harper se puso en pie de un salto.
—Es perfecto —murmuró.
Miró la hora y sonrió. Todavía le quedaba una hora y media para empezar la clase de yoga, así que agarró las llaves y salió por la puerta.

Pocos minutos después estaba entrando en el edificio de administración, pero apenas cruzó el umbral de la puerta se dio cuenta de que allí no había nadie, así que se dirigió al edificio en el que los chicos pasaban la mayor parte del tiempo que no estaban al aire libre. Llevaba yendo por allí el tiempo suficiente para saber que Mary-Margaret estaría cerca de donde estuviesen los adolescentes.

Se asomó a la sala de juegos y les preguntó a los que estaban dentro. Siguió las indicaciones que le dieron para llegar a otro despacho de ese edificio, pero antes de llegar, oyó la voz de Max saliendo de una habitación por la que acababa de pasar. Se detuvo en seco. Se le había acelerado el corazón de una manera inexplicable.

Bueno, quizá no fuera tan inexplicable. La atracción que sentía por el guapo ayudante del sheriff era cada vez más fuerte.

Dio un paso atrás y fue entonces cuando volvió a oír la voz de Max, con su firmeza de siempre:

—No tienes que disculparte por nada, muchacho, y puedo asegurarte que no eres un niño pequeño por llorar. Tu madre ha muerto, es lógico que llores de vez en cuando.

Harper se asomó ligeramente para echar un vistazo por la rendija de la puerta y vio a Max frotándole la espalda al muchacho. Nathan estaba recostado sobre la mesa, tapándose la cara con los brazos. Harper sabía que Nathan estaba teniendo algunos problemas con la terapia y, por las lágrimas que tenía en los ojos cuando por fin levantó la cabeza, era evidente que lo estaba pasando mal.

–La echo mucho de menos –admitió con la voz quebrada por el llanto.

–Claro que la echas de menos –Max le frotó el pelo con cariño–. Es normal. Solo han pasado dos meses.

–Díselo a mi padre –respondió el muchacho con voz más fuerte–. Él cree que debería reaccionar de una vez y empezar a comportarme como un hombre.

Nathan estaba furioso, pero estaba claro que lo único que iba a escuchar era una reprimenda o quizá el típico «todos tenemos que aprender a seguir adelante» que le diría cualquier terapeuta.

–Qué idiota –dijo Max.

El chico levantó la mirada y Harper lamentó no poder verle la cara a Max.

–¿Qué?

–Sé que no debería decirte eso y que los terapeutas pedirían mi cabeza por haber insultado al padre de uno de los chicos. Pero tu padre está muy equivocado si cree que puede decirle a alguien cómo llevar el duelo. Cada uno lo hace a su manera.

–Él no parece que lo haga de ninguna manera –murmuró Nathan.

Max se quedó pensando unos segundos.
–¿Tus padres estaban divorciados?
El muchacho meneó la cabeza.
–¿Se peleaban mucho?
–No, yo creía que se llevaban muy bien –se apartó de la mesa y apoyó la espalda en el respaldo de la silla–. Por eso estoy tan furioso con él. No entiendo cómo ha podido seguir adelante tan rápido. Es como si ya la hubiese olvidado.

–No conozco a tu padre, pero es verdad que cada uno afronta de una manera distinta la muerte de un ser querido. Si tú creías que tus padres se llevaban bien, es porque era así. Créeme, si se hubieran llevado mal, no habrían podido ocultártelo aunque lo hubiesen intentado. Así que a lo mejor tu padre solo está intentando afrontar la muerte de tu madre de la única manera que sabe, y puede que piense que a ti también te haría bien seguir adelante. O puede que le enseñaran que un hombre debía tragarse sus emociones.

–Seguro –asintió Nathan–. Mi abuelo es un tipo muy estricto.

–Entonces podrías pedirle a tu terapeuta que te ayude a poder hablar con tu padre de lo que sientes.

Harper habría querido entrar y contarle a Nathan lo que había sentido ella después de la muerte de su padre y el abismo que había desde entonces entre su madre y ella.

Pero ahora no se trataba de ella, y seguramente a Nathan le habría dado mucha vergüenza que lo hubiera visto llorar. Si al menos hubiera podido darle una solución. Por mucho que quisiera a su madre, no sabía cómo volver a acercarse a ella.

Así pues, respiró hondo y siguió andando de puntillas en busca de Mary-Margaret.

Pero se acordó de lo que le había dicho la directora el primer día, que los chicos confiaban en Max porque él también había tenido una infancia difícil. Le había llamado la atención la certeza con la que acababa de oírle decir que los niños se daban cuenta cuando algo iba mal en su familia.

En cuanto tuviera la oportunidad, le pediría a Max que le hablara un poco más de sí mismo.

Capítulo 14

Unos días después, mientras le contaba a Mary-Margaret todos los descuentos que había conseguido en los comercios del pueblo, Harper cayó en la cuenta de que su madre no le había informado al centro de que habían aprobado su solicitud.

No podía creer que se hubiera olvidado de ello. Las dos primeras veces que había ido a Cedar Village después de hablar con su madre había esperado que en cualquier momento alguien le diera la buena noticia. Pero no había ocurrido y, entre unas cosas y otras, el asunto se le había ido de la cabeza.

Estaba claro que Mary-Margaret aún no sabía nada porque, de haberlo sabido, se lo habría dicho ya a todo el mundo para compartir la alegría.

Así pues, en cuanto llegó al aparcamiento de Cedar Village, sacó el teléfono del bolso y marcó el número de la fundación.

Mientras esperaba a que le pasaran con su madre,

abrió el coche y tiró dentro el bolso. Estaba apoyada en el capó cuando por fin oyó la voz de Gina.

–Querida, siento haberte hecho esperar.

A Harper le habían enseñado desde muy pequeña que siempre, absolutamente siempre, había que ser amable y diplomática. Sin embargo, en ese momento, no pudo controlarse.

–¿Qué demonios pasa, mamá? ¿Aún no has comunicado a Cedar Village que hemos aprobado su solicitud? ¡Dijiste que lo harías esa misma semana!

El silencio que recibió como respuesta duró tanto que le dio tiempo a replantearse lo que acababa de decir y, sobre todo, el tono en el que lo había dicho. Y entonces oyó la voz de su madre, mucho más fría que antes.

–Tu abuela paterna se revolvería en su tumba si te oyera hablar así.

–Lo siento –dijo, aunque no estaba segura de que fuera cierto.

–Yo también –respondió Gina–. Esa noche cuando me llamaste ya estaba en la cama y me temo que se me borró de la cabeza.

La diplomacia y la amabilidad que le habían inculcado la impulsaban a decirle a su madre que lamentaba haberle hablado así. Pero por encima de ese impulso estaba la otra Harper, la que estaba deseando recordarle a su madre que esa noche le había dicho que estaba leyendo y que nunca se había olvidado de hacer nada para la fundación.

Le desconcertó un poco darse cuenta de que estaba dudando de que su madre estuviera diciéndole la verdad, pero no podía llamar mentirosa a la prestigiosa Gina Summerville.

—Hola —dijo de pronto una profunda voz a su espalda.

Harper no pudo evitar sobresaltarse, ni encorvarse un poco para murmurar:

—Tengo que dejarte —le dijo a su madre.

—¿Ese es Max Bradshaw? —preguntó Gina.

Pero Harper colgó sin contestar antes de volverse hacia Max.

—Hola —le dijo con un poco más de alegría de lo normal. Solo esperaba que a él no le hubiera sonado tan falso como a ella misma.

Pero al ver el modo en que la observaba, supo que había fracasado y optó por llevar a cabo una maniobra de distracción. En realidad era algo que llevaba pensando desde que había visto toda esa comida basura en sus armarios.

—¿Cuándo tienes una noche libre? —le preguntó.

—El miércoles —respondió él al tiempo que daba un paso hacia ella—. ¿Por qué? —le preguntó mientras le agarraba un mechón de pelo y la miraba a los ojos fijamente—. ¿Vas a pedirme una cita?

Harper parpadeó por la sorpresa.

—Vaya. La última vez que tuve una cita fue... —meneó la cabeza—. Ni siquiera me acuerdo —pero, a juzgar por el calor que la invadió por dentro, a su cuerpo le gustaba la idea—. Aunque, supongo que eso es más o menos... Quiero prepararte la cena.

Max se quedó quieto un instante para después esbozar una malévola sonrisa.

–¿Ah, sí?
–Sí. Una cena sana y nutritiva que te va a dejar impresionado y que es posible que te cambie la vida, o al menos la manera de comer. Lo único es que tendré que cocinar en tu casa porque en mi bungaló solo hay un hornillo, una nevera y un microondas. Pero, no te preocupes, yo llevo todo.

Max meneó la cabeza.

–No sé qué le pasa a todo el mundo con mi dieta, pero está bien. Tú trae la comida y yo me encargo del vino. ¿Blanco o tinto?

«¡Sí!».

–¿Te gusta el pescado?

–Me gusta el bacalao, el fletán y el salmón. Supongo que habrá más, pero yo solo he probado esos tres.

–Entonces compra un pinot grigio o un Riesling. Y, si prefieres tinto, un pinot noir –Harper miró la hora–. Ahora tengo que irme, tengo un *Kickerama* para niños dentro de media hora.

–¿Qué demonios es un *Kickerama*? Espera –él también miró la hora–... Me lo cuentas el miércoles. Tengo que ir a trabajar y antes quiero pasar por casa a darme una ducha –dio un paso hacia ella y la miró a los ojos–. Nos vemos el miércoles.

–Desde luego. ¿A las seis?

–Perfecto.

Pero entonces recordó sus absurdas excusas sobre reservarse para el matrimonio y se detuvo en la puerta del coche para lanzarle una mirada llena de intención.

–No quiero engañarte, así que quizá debería informarte de que no lo hago solo por generosidad.

Él frunció el ceño.

–¿No?

–No. Tengo grandes planes.

–¿Ah, sí? –volvió a acercarse a ella y la miró de arriba abajo–. Cuéntame.

–Supongo que sabrás que cuando una chica se toma tantas molestias con un hombre es porque espera algo a cambio, ¿verdad?

–¿Algo como qué? No estamos hablando de un anillo de compromiso, ¿verdad? Porque me parece un precio un poco alto a cambio de una cena.

–¡No! –exclamó Harper de manera un tanto estridente. Solo con oír algo tan...permanente, sintió pánico.

Si la muerte de su padre le había enseñado algo, era que si uno dejaba de moverse, se moría.

Entonces respiró hondo y respondió en tono seductor.

–Es nuestra primera cita, Bradshaw. Aunque... –lo miró con fingida inocencia–. Te voy a hacer algo delicioso.

Max se echó a reír.

–¿Entonces qué es lo que esperas a cambio? ¿Quieres que te cante?

–¿Lo haces bien? –le preguntó, como si realmente se lo estuviera pensando, pero no le dio tiempo a responder–. En realidad estaba pensando en algo que estoy bastante segura que haces muy bien.

–Dímelo de una vez.

—Siento hacerme tanto de rogar —le dijo, altiva—. No era mi intención.

—Pero sigues sin decírmelo.

—Está bien —suspiró con resignación—. Si te pones así, tendré que decírtelo. He pensado que, como después de la cena te sentirás enormemente agradecido por haberte preparado una comida tan deliciosa como... sé que esto es nuevo para ti... sana, me llevarías a la cama.

Max se quedó paralizado, pero Harper vio el gesto de timidez que inundó su rostro antes de que bajara la mirada para disimular. Pero cuando volvió a mirarla, en sus ojos había más pasión de la que había visto nunca. Un deseo tan intenso que Harper estuvo a punto de echarse atrás.

—Ah, un polvo a cambio de la cena —resumió, apretándola contra el coche.

—Yo no lo habría dicho de un modo tan tosco —murmuró Harper—. Pero no te preocupes, que no voy a obligarte a hacer nada que te incomode —bajó la mirada por su pecho, después por su vientre y luego más abajo.

Se le cortó la respiración al ver el bulto que tenía en los pantalones. Bueno, parecía que la idea no le incomodaba demasiado. Volvió a mirarlo a los ojos.

—Ya te he dicho que va a ser una cena estupenda —insistió—. El miércoles por la noche vamos a hacer las cosas a mi manera.

Ella lo deseaba y él a ella, así que ya era hora de dar el siguiente paso.

Además, era una frase genial para despedirse, pensó mientras cerraba la puerta del coche.

«¿En qué demonios estabas pensando?», se preguntó el miércoles por la tarde mientras subía los escalones del porche de Max. Llamó a la puerta con el pie porque tenía las manos ocupadas por las bolsas de comida. ¿Por qué había tenido que prometerle tanto? Había creado demasiadas expectativas.

Entonces se abrió la puerta y el pulso de Harper, que llevaba ya un rato acelerado, se calmó al ver la relajación de Max.

–Adelante –le dijo, como si no se hubiese hecho ningún tipo de expectativas y luego le quitó las bolsas con sus grandes manos–. Permíteme que te ayude. Estoy impaciente por dejarme sorprender por tus dotes culinarias. Llevo toda la semana pensando en ello.

–Yo también –admitió Harper, camino de la cocina–. Me gusta mucho cocinar, pero como casi nunca estoy en casa, apenas tengo la oportunidad de hacerlo.

El último trabajo la había dejado tan agotada de ir y venir con solo una maleta, que parte del atractivo de trabajar en el hotel había sido el poder pasar más de dos meses en un mismo lugar. Necesitaba un descanso.

Max dejó las cosas sobre la encimera de la cocina al mismo tiempo que Harper se cuadraba de hombros como si se pusiera a la defensiva. No estaba sentando la cabeza ni nada parecido. En cuanto recuperara las fuerzas, retomaría los viajes.

—A ver qué tenemos aquí —Max empezó a sacar las cosas de las bolsas—. Salmón, lechuga, tomates, mantequilla, limón, vinagre balsámico —se quedó mirando una bolsa en la que había algo verde con puntas—. ¿Qué es esto?

—Romanescu.

—Ah —murmuró, como diciendo «está bien, lo probaré», pero su cara dejaba muy claro que no creía que fuera a gustarle.

Harper le dio una palmadita en el hombro con la intención de hacerle saber que no tenía por qué preocuparse, pero, al notar el calor de su piel, experimentó un escalofrío que le hizo abortar la misión. Dios.

Tuvo que aclararse la garganta antes de hablar.

—Creo que te gustará —le dijo—. Pero no te preocupes, también he traído unos guisantes frescos, por si acaso.

—Al menos eso sé lo que es —dijo, burlándose de sí mismo. Después acercó un taburete y se apoyó en él—. Quiero ver cómo lo preparas todo. ¿Quieres una copa de vino?

—Encantada.

Max la miró con una sonrisa tan intensa que la hizo parpadear.

—¿Qué?

—«Encantada» —repitió, meneando la cabeza—. Me gusta como hablas —sacó una botella de un armario y se la mostró como si fuera el camarero de un restaurante elegante–. ¿Está bien este? Me lo recomendó Mary Bean, la del supermercado.

Harper se acercó a ver la etiqueta.

–Está muy bien.

–Estupendo. También me vendió unas copas de vino, para que no tuvieras que tomarlo en una taza del Coyote.

Harper lo vio abrir la botella con esas manos grandes y hábiles. Eran unas manos de trabajador que no habrían desentonado en un carpintero, claro que, con todo el trabajo que había hecho en la casa, en realidad no estaba tan lejos de ser carpintero. Tenía la impresión de que podría hacer prácticamente cualquier cosa. Eran unas manos muy masculinas y, al mismo tiempo, muy diestras.

Entonces levantó la mirada y la sorprendió. Por un momento se le quedó la mente en blanco, algo tan inusual que Harper no recordaba la última vez que se había quedado sin palabras. Hasta que recordó lo que se había propuesto hablar con él.

–El día que me entrevistó para trabajar como voluntaria en Cedar Village, Mary-Margaret me estuvo diciendo lo bien que te portas con los chicos.

–¿Sí? –inquirió, con evidente satisfacción.

Harper asintió mientras comprobaba si había que lavar las copas antes de utilizarlas. Los hombres nunca se fijaban en ese tipo de cosas. Estaban bien, así que le pasó dos a Max antes de añadir:

–Me dijo que conectan muy bien contigo porque tú también tuviste una infancia difícil y ellos lo notan.

Max se quedó quieto una décima de segundo y luego sirvió el vino en las copas sin decir nada.

De acuerdo, no era muy alentador. Harper tomó un sorbo para reunir valor, lo miró a los ojos detenidamente... y se lanzó.

–¿Me hablarías un poco de ello?

¡No!

Bueno, quizá no fuera la mejor manera de responder, pero... mierda.

Max fingió estar concentrado en volver a ponerle el corcho a la botella para ganar un poco de tiempo.

En el pueblo todos conocían su historia, por eso le gustaba que Harper no se viera influida por su pasado. Sin embargo, allí estaba, tan guapa y refinada con sus pantalones blancos estrechos y su camiseta blanca con flores azules y lilas, esperando enterarse de lo que todos ya sabían. Y se lo había preguntado con una sinceridad apabullante.

Aunque habría preferido limitarse a admirar la curva de sus pechos, que se intuía bajo el escote de la camiseta, lo cierto era que no podía negarles nada a aquellos ojos. Respiró hondo.

–Mi padre nos abandonó a mi madre y a mí por la madre de Jake cuando yo era muy pequeño.

El cuchillo con el que estaba cortando las cebollas se detuvo en seco cuando ella levantó la cara para mirarlo.

–Lo siento mucho, Max –le dijo con compasión–.

Debió de ser muy duro ver a tu padre un fin de semana sí y uno no y en vacaciones.

Max no pudo contener una cínica carcajada.

−Ni fines de semana, ni vacaciones. En cuanto nos dejó por la segunda señora Bradshaw dejamos de existir para él. Crecí viéndolo por el pueblo con Jake, como si yo fuera invisible.

−¡Qué hijo de perra!

Le resultó reconfortante que reaccionara así. Sabía que no tenía sentido, pues hacía muchos años que había superado el abandono de su padre. Sin embargo... le gustó contar con su apoyo.

−Me alegro de que al menos tuvieras a tu madre.

−Sí −murmuró, ocultando esa vez su cinismo−. Al menos la tenía a ella.

Pero ella volvió a dejar de cortar y lo miró de nuevo.

−Hay algo que no me estás contando.

−No... −no podía mentir ante semejante mirada−. Mi madre estaba... amargada −Harper siguió mirándolo, a la espera de que le diera más detalles−. Creo que no pasaba un día sin que me recordara todo lo que nos habían robado Jake y su madre −¿hacía mucho calor de repente, o era cosa suya?−. ¿Podrías pasarme una cerveza del frigorífico, por favor?

Harper sacó una Budweiser y se la dio.

−Es increíble que Jake y tú os llevéis tan bien.

−Sí, bueno, es algo muy reciente. Hasta hace muy poco nos odiábamos a muerte. Por mi culpa.

−Por lo que cuentas, a mí me parece que la culpa era de tu padre.

–Bueno, es cierto que no tenía muchas dotes como padre –dijo, pero enseguida se corrigió a sí mismo–. En realidad, hasta que dejó a Jake y a su madre por la tercera señora Bradshaw, solo fue mal padre conmigo. Parecía que con Jake se portaba muy bien. Y no era él el que lo acosaba –«¡por el amor de Dios, tío, cierra la boca!» ¿Qué le había dado, el suero de la verdad? No le había pedido tantos detalles y, sin embargo, él se los estaba dando.

–Max Bradshaw, ¿te metías con tu hermano pequeño?

–Sí –admitió, encogiéndose de hombros.

–¿Cuántos años tenías?

–¿Cuando empecé? No sé, once o así.

–Eras un niño.

–Ya era lo bastante mayor para saber lo que hacía. Sabía perfectamente lo que se sentía cuando te abandonaba tu padre; sabía lo mal que lo estaba pasando Jake y me alegraba de ello.

–¿Y te sorprende? –le preguntó con ternura. Después se limpió las manos con el trapo y le acarició los nudillos con la punta de los dedos.

Hasta ese momento, Max no se había dado cuenta de que tenía los puños apretados.

–Es lógico. Llevabas años viendo lo buen padre que era tu padre con tu hermano mientras actuaba como si tú no existieras.

Max apartó la mirada de sus dedos y la levantó hasta esos cálidos ojos verdes.

–Pero no estaba bien.

–No –Harper retiró la mano–. Pero, ¿sabes lo que

estaba mucho peor? Que tu padre se portara así con vosotros. Que tu madre no te permitiera olvidar la injusticia que habías sufrido en lugar de protegerte de ella. Además, no me dirás que Jake no se defendía.

Por primera vez desde que habían empezado a hablar de aquello, Max sintió ganas de sonreír.

—No, no te lo diré. Jake no tenía ningún problema para defenderse. Tiene un gancho de derecha... y un talento especial para decir cosas que duelen.

—Entonces no era cosa de uno, como querías hacerme creer. Además, a veces las cosas ocurren por algo. Porque mira ahora lo bien que se te da ayudar a adolescentes con problemas. Da la impresión de que siempre sabes qué decirles.

Max nunca lo había visto de ese modo y lo cierto era que le resultaba reconfortante. De pronto tenía la sensación de haberse quitado un peso de encima. El siguiente trago de cerveza le supo mucho mejor y le permitió disfrutar de ver cocinar a Harper con absoluto deleite.

Era la primera vez que alguien se tomaba tantas molestias por él. ¿Quién iba a imaginar que sería tan conmovedor que Jake y ella se preocuparan por obligarlo a comer bien?

El romanescu salteado con mantequilla y vinagre balsámico resultó ser una delicia. Tenía intención de comérselo para no ser grosero, pero acabó repitiendo porque realmente le gustaba. Todo estaba riquísimo, desde el salmón al horno hasta las peras al vino. Por lo visto, que algo fuera sano no tenía por qué significar que supiera a pasta de papel.

Después de la cena, él fregó los platos y Harper los secó y, cuando terminaron de guardarlos, la agarró de la mano con la intención de llevarla al salón, pero apenas habían pasado la mesa de la cocina cuando tiró de ella para que lo mirara.

—Estaba pensando en tus planes para después de la cena —susurró, al tiempo que le acariciaba lentamente la cara hasta llegar a la barbilla. Le levantó la cara ligeramente, lo justo para poder besarla.

Solo pretendía darle un beso rápido, pero entre ellos había una atracción tan intensa que estalló en cuanto se rozaron mutuamente los labios. Harper abrió los suyos a la vez que se apretaba contra él y le echaba los brazos alrededor del cuello.

Cuando quiso darse cuenta, la tenía contra la pared del salón y estaba devorándole la boca.

Dios, era tan deliciosa. Le agarró la cara con las dos manos mientras ella sumergía los dedos en su cabello.

Tuvo que hacer un esfuerzo para separarse de ella solo lo necesario para mirarla a los ojos. Tenía la mirada brillante y la boca enrojecida. No pudo hacer otra cosa que volver a besarla aún con más ímpetu. Después dobló las rodillas para seguir besándola en el cuello, por donde fue bajando y dejando un rastro de marquitas rojas a su paso. Seguramente no le haría gracia verlas al día siguiente, pero era superior a sus fuerzas.

Bajó un poco más para besarle el escote, esa curva que llevaba admirando toda la noche. Oyó el gemido de placer de Harper y no pudo contener una especie de rugido animal.

—Vamos al dormitorio —le pidió, ansioso.

Justo en ese momento se oyó la música de *Ley y orden* que tenía en el timbre del teléfono para distinguir las llamadas de trabajo.

—¡Mierda!

—Noooo —protestó también ella.

—Lo siento mucho, pero tengo que contestar —le dijo, apoyando la frente en la de ella—. Es del trabajo.

Harper respiró hondo y asintió con resignación antes de soltarlo para que pudiera hablar.

Por primera vez desde que había vuelto a Razor Bay, Max lamentaba profundamente haber entrado a trabajar en la oficina del sheriff.

Capítulo 15

—Feliz cumpleaños, hermano.
—Gracias —respondió Max, haciéndose el duro, como si la felicitación del hermano con el que había estado peleándose durante años no le emocionase—. No hacía falta que vinieras a buscarme —le dijo cuando salieron al porche—. Podría haber ido solo al pub.
—Es tu cumpleaños, tío. Todo el mundo se merece un trato especial en un día así.
Max no había crecido en un hogar en el que hubiera tal costumbre, ni tampoco se había tomado nunca el día libre como si su nacimiento mereciera celebración alguna. Pero no tenía ningún problema en acostumbrarse a ambas cosas. De hecho, le gustaba mucho lo que le hacían sentir.
—Echo la llave y estoy listo para irnos.
—¡Sí! —exclamó Jake con gesto triunfal—. Por fin una persona que piensa que hay que cerrar la puerta con llave en lugar de salir tranquilamente dejando

la puerta abierta, por mucho que sea un pueblo pacífico.

Max sonrió, consciente de que su hermano había vivido en Nueva York y eso le había afectado.

—Razor Bay no es precisamente un lugar peligroso, pero he tenido que acudir a muchas casas en las que habían entrado ladrones y no quiero vivir la experiencia en primera persona.

—¿Podrías decírselo a Jenny, por favor? Porque, cada vez que intento explicárselo yo, me trata como si fuera un idiota urbanita.

—No como los demás, que pensamos que eres solo idiota.

Jack le pegó un puñetazo en el brazo y luego retiró la mano sacudiéndola.

—Mierda, es como darle un puñetazo a una pared de ladrillo... me ha dolido a mí más que a ti.

—Bueno, es mi cumpleaños.

—Es verdad —dijo, riéndose—. Y veo que has seguido mi consejo.

Max se miró la ropa.

—¿Lo de que uno siempre tiene que ponerse guapo el día de su cumpleaños? Sí —lo miró de arriba abajo—. Tú tampoco estás mal.

Jake respondió con una especie de bufido y luego hizo una pose de modelo.

—Perdona, pero estoy estupendo.

Unos minutos después, ya sentados en el pub, Jake lo detuvo antes de que pudiera dirigirse a la barra a pedir.

—Hazme otro favor —le pidió—. Prueba una cerveza que no sea Budweiser por ser hoy tu cumpleaños.

A Max no le pareció mal la idea, así que levantó la mirada para echar un vistazo a la lista.

—No sé qué pedir.

—¡Camarera! —gritó Jake—. A mí ponme una Fat Tire y para mi hermano alguna cerveza que tú le recomiendes. Es su cumpleaños y quiere probar algo nuevo, que no sea Budweiser.

A Max le sorprendió que muchos de los clientes lo felicitaran desde sus respectivos asientos y que algunos le dijeran que estaba muy guapo con esa ropa.

Elise, la camarera, le prometió llevarle algo que le iba a gustar y no tardó en aparecer junto a su mesa con las dos bebidas.

—Deberías apoyar a las fábricas de cerveza de la zona en lugar de mandar todo tu dinero a otros estados —le dijo Elise mientras colocaba los posavasos en la mesa.

—¿Qué fábricas hay en esta zona? —preguntó Max, sorprendido.

—Silver City es de Silverdale.

—¿Cómo es posible que no lo supiera?

—Porque solo bebes Budweiser y cuando sales vas a bailar en lugar de ir a alguna cervecería —le dijo Jake, ya con su Fat Tire en la mano.

La camarera le sirvió la suya en el vaso de pinta.

—Esto es una Ridgetop. Creo que te gustará. El año pasado recibió el primer premio de la Asociación de cerveceros de Estados Unidos.

Max miró a Elise y, al ver que no se movía, comprendió que no se marcharía hasta que le diera su opinión. Así que tomó un sorbo de cerveza.

Un sabor suave, pero con cuerpo le inundó la boca y la garganta.

—Maldita sea —gruñó—. Está muy bien.

—¡Claro que sí! —exclamó Jake, celebrando su nuevo triunfo.

Elise le dio una palmadita de reconocimiento en el hombro y los dejó solos.

Max estaba relajado, disfrutando de las anécdotas de Jake y dispuesto a tomarse una segunda Ridgetop cuando empezó a sonarle el teléfono. Ni siquiera lo miró.

—¿Es que no vas a contestar?

—No. Si es importante, dejarán un mensaje —por un día, no quería ser el tipo responsable de siempre. Además, la última vez que una llamada había interrumpido algo, le había impedido acostarse con Harper. Así que no, no pensaba responder.

Pero Jake alargó el brazo y agarró el teléfono.

—¿Hola?

Max lo miró, atónito.

—¿Qué haces, tío?

Jake se encogió de hombros mientras escuchaba.

—Es un tal Nathan, de Cedar Village.

Max maldijo entre dientes, pero agarró el teléfono. La última vez que había estado con Nathan, el pobre estaba muy disgustado, así que no podía darle la espalda.

—Hola, Nathan.

–Siento molestarte, tío –le dijo el chico–, pero, ¿crees que podrías venir? Ha pasado algo y me vendría bien hablar contigo.

A Max le sorprendió que le diera tanta rabia tener que poner fin a la celebración, pero no lo dudó un momento.

–Ahora mismo voy para allá, pero voy a tardar un poco. Tengo que pasar por mi casa a buscar mi coche y...

–Yo te llevo –le ofreció Jake.

–Pero...

–Tendrías que volver atrás para ir a tu casa. No me importa llevarte y esperarte fuera mientras hablas con el chico. A lo mejor luego podemos seguir con la celebración. Si no es así, llamaré a Jenny para que vaya a buscarme y tú puedes quedarte con mi coche.

–Muchas gracias –la verdad era que le gustaba la idea de poder retomar la celebración más tarde–. Enseguida estoy ahí, Nathan.

–Muchas gracias, tío. Te espero en la sala de juegos.

–Qué raro que me cite ahí –le comentó a Jake cuando iban ya de camino al centro–. En esa sala casi siempre hay gente.

–Puede que no sea un problema grave.

–Eso espero, por él y por mí –admitió Max.

En Razor Bay no había nada que estuviese demasiado lejos, así que en un abrir y cerrar de ojos estaban en el pasillo que conducía a la sala de juegos.

—Es la primera vez que veo esa puerta cerrada —le dijo Max a Jake, incapaz de disimular la preocupación mientras giraba el picaporte y abría la puerta.

—¡Sorpresa!

Se le encogió el corazón al oír el grito de más de veinte personas. El shock fue tan grande que tuvo la desagradable impresión de que habría sacado el arma si la hubiera llevado consigo.

Rara vez tenía síntomas de trastorno por estrés postraumático, pero a veces tenía que luchar contra el impulso de disparar sin pensar como habría hecho en medio de una guerra.

Se quedó allí paralizado, mirando a toda esa gente que gritaba y se reía.

—El señor ayudante del sheriff estaba tan metido en su celebración de cumpleaños que ha estado a punto de no contestar al teléfono —explicó Jake al grupo, al tiempo que lo empujaba para que avanzara.

Fue entonces cuando recordó lo que habían gritado, «sorpresa», y comprendió lo que estaba pasando. No podía ser. Era una fiesta sorpresa.

Para él.

De pronto sintió una oleada de emociones que iban desde la ternura a la incredulidad, pero sobre todo sintió algo muy parecido a... ¿A quién quería engañar? Sintió felicidad.

—¿Todo esto lo has organizado tú? —le preguntó a Jake.

—No, Harper.

El corazón le dio tal vuelco dentro del pecho, que apenas oyó lo que le decía su hermano.

—Nathan y yo solo teníamos que encargarnos de hacerte venir hasta aquí.

Miró a su alrededor hasta que la encontró junto a la ventana, charlando con Mary-Margaret. Ella le sonrió y lo felicitó a distancia.

Max echó a andar hacia ella con una sola cosa en mente.

No había llegado a la mitad de la sala cuando los chicos lo rodearon para felicitarlo y enseñarle toda la comida que había.

—Mary-Margaret dijo que no podíamos empezar hasta que llegaras, así que supongo que ya podemos, ¿no? –le preguntó Owen, entusiasmado.

—Vaya sorpresa, ¿eh? –le dijo Nathan.

Max lo agarró del cuello y le frotó la cabeza con cariño.

—Casi me da un infarto.

Todos se echaron a reír, incluyendo a Nathan, que parecía muy satisfecho.

Era muy conmovedor que los chicos estuvieran tan contentos con los detalles de la fiesta. Pero él tenía algo importante que hacer.

—Id a comer algo. Tengo que ir a darle las gracias a Harper por organizar todo esto.

Fue hasta donde estaba hablando con... alguien, la agarró por la cintura, la atrajo hacia sí y la besó en la boca, bebiéndose de un trago su exclamación de sorpresa.

Tuvo que recordar dónde estaban, rodeados de adolescentes que los vitoreaban, para no dejarse llevar por la pasión y no abrir más los labios. Abrió los ojos solo para ver su cara y comprobó que ella los tenía abiertos y muy brillantes. Se apartó de ella con una enorme sonrisa en la boca, aunque supuso un tremendo esfuerzo dejar de besarla.

–Gracias –le dijo al tiempo que le retiraba el pelo de la cara–. Nunca nadie había hecho nada parecido por mí, es increíble.

Se le sonrojaron las mejillas, pero respondió con esa voz tranquila de cantante de blues que siempre hacía que se le erizara el pelo.

–Me alegro de que te guste. Ha sido un placer organizarlo.

–Felicidades, Max –dijo una voz de mujer.

Al apartar la vista de Harper se dio cuenta de que era Amy Alverez, la secretaria de la oficina del sheriff.

–¡Hola! No te había visto –reconoció.

–Te creo –murmuró ella, riéndose.

–Espera un momento –la miró fijamente, con gesto desconfiado–. No me digas que Jim no necesitaba las horas extra.

–Nunca le vienen mal, pero en realidad fue Harper la que me pidió que te diera el día libre.

–Felicidades, Max –era el marido de Amy, disfrutando de un canapé de espinacas con queso.

La siguiente en acercarse fue Jenny.

–¡Prepárate para ver ese beso en el blog de Razor Bay como la mejor reacción ante una fiesta sorpresa! Qué bien tener un fotógrafo a mano que ha capturado el momento. ¡Feliz cumpleaños, futuro cuñado!

Por una vez, Max no se sintió incómodo cuando Jenny lo abrazó, ni tuvo el menor reparo en devolverle el abrazo.

–Lo mismo digo, futuro tío –le dijo Austin–. No, espera, ya eres mi tío. Bueno, felicidades. Esto es todo un acontecimiento, ¿eh? Papá, Jenny y yo te hemos...

Jake llegó a tiempo para taparle la boca a su hijo.

–Ya lo verás después –se apresuró a decir antes de que Austin lo estropeara.

–¿Todo esto y encima un regalo? Austin tiene razón. Es todo un acontecimiento.

Un acontecimiento maravilloso.

Estaba tan impresionado con la cantidad de gente que había, que se pasó la siguiente media hora asegurándose de saludar y dar las gracias a todo el mundo. Se fijó en la curiosidad con que los chicos del centro miraban a Austin, a Nolan y a Baile y viceversa. Y al ver que empezaban a hablar, decidió acercarse.

–¿Has jugado al baloncesto con él? –oyó decir a Austin–. Él ha venido a verme jugar muchos partidos, pero nunca hemos jugado juntos.

–Sí, pero es tu tío... que es mucho mejor –dijo Owen.

Fue entonces cuando Max se dio cuenta de que estaban hablando de él como si fuera una estrella famosa o algo así.

No había ninguna duda, pensó después de haber hablado con todo el mundo, de que Jake le hiciera fotos con los chicos, tanto por separado como en grupo, de probar casi toda la comida que había llevado Tasha, de soplar las velas de la tarta de queso y chocolate y de abrir no uno, ni dos, ni tres regalos de todos los tamaños. Aquel era sin duda el mejor día de su vida.

–Gracias por ofrecerte a llevarme a casa, Harper.
Oyó la voz de Max mientras recogían juntos. Estaba de espaldas a ella y no la miró para hablarle.
–No hay problema. Es un placer.
–Y quiero darte las gracias otra vez por la fiesta.
–De nada –respondió, deseando que se diera la vuelta.
–Ha sido genial –dijo en voz baja.
Siempre le conmovía que se mostrase tan agradecido con cualquier pequeño detalle que tenían con él. Le costaba imaginar lo fría que debía de haber sido su infancia y le maravillaba que aun así hubiese llegado a ser como era.
–Bueno, aún no ha terminado –le dijo en tono desenfadado mientras admiraba el movimiento de sus músculos.
Él soltó las sillas que se disponía a levantar y giró la cabeza hacia ella. Debió de ver algo en sus ojos porque también a él se le encendieron.
–¿Ah, no?
–No. Ya tenía pensado llevarte a casa para poder darte mi regalo.
Al oír eso, Max se volvió del todo hacia ella.
–¿No te parece suficiente con la fiesta y todas las

molestias que te has tomado para organizarla? Además me has comprado un regalo.

—No exactamente —por primera vez desde que lo había visto entrar en la sala, Harper se permitió el lujo de mirarlo de arriba abajo, desde el cabello oscuro hasta los zapatos, pasando por todos y cada uno de sus músculos—. Más bien es un... servicio.

—¿Ah, sí? —dio un paso hacia ella.

—Sí.

—¿Me vas a lavar el coche o algo así?

—No.

—¿Entonces me vas a preparar más cenas sanas y nutritivas?

Harper meneó la cabeza antes de echarse a reír.

—Bueno, es posible. Pero no es eso.

Él dio un paso más.

—¿Me vas a limpiar el suelo o las ventanas?

—Nada de eso.

—¿Me vas a hacer la cama?

—Caliente, caliente.

El siguiente paso fue más bien una zancada.

—¿Muy caliente?

—Si quieres que te estropee la sorpresa...

—Sí que quiero, sí.

—Más bien había pensado ayudarte a romperla.

El aire se llenó de electricidad mientras se miraban el uno al otro.

—Me parece muy buena idea. Vámonos de aquí.

—Pero aún quedan cosas por tirar —le advirtió, con una bolsa de basura en la mano.

Max le quitó la bolsa y metió todo lo que quedaba por las mesas a una velocidad de vértigo para después echarse la bolsa al hombro, con la intención de tirarla al contenedor que había en el aparcamiento. Con la otra mano agarró la de Harper y le transmitió un calor que no era nada comparado con el que había en sus ojos al mirarla. Un calor abrasador.

–Vámonos de aquí.

Capítulo 16

Harper detuvo el coche delante de la casa de Max y, apenas había apagado el motor, cuando él abrió la puerta del copiloto y rodeó el vehículo a grandes zancadas. No era la primera vez que se fijaba en la rapidez y agilidad con que se movía, pero, quizá porque no era común en un hombre de su envergadura, seguía sorprendiéndole verlo.

Abrió la puerta del conductor y le tendió una mano al tiempo que clavaba en ella una intensa mirada.

–Me gustaría tomarme las cosas con mucha calma –le dijo con voz suave, pero firme–, pero llevo deseándote desde el primer momento que te vi, cuando apareciste con Jenny en el partido de béisbol, así que me siento cualquier cosa menos calmado.

Dios, ella tenía el corazón a punto de escapársele del pecho. Nunca nadie la había mirado de ese modo, como si fuera un pastel y estuviera deseando devorarla. Se desabrochó el cinturón y aceptó la mano de Max. Llevaba toda la vida codeándose con hombres delicados y caballerosos y, comparados con él...

—La calma es muy aburrida.

Sus deliciosos labios se curvaron en una sonrisa.

—¿Ah, sí?

—Sin la menor duda.

—Entonces, ¿qué opinas del comportamiento más primitivo? ¿te gusta? —le acarició la mejilla lentamente.

—Bastante... siempre y cuando nadie me arrastre del pelo.

Subieron de la mano los escalones del porche.

—Voy a ser mucho más delicado —le dijo al tiempo que le abría la puerta. En cuanto entraron, la arrinconó contra la pared, pero sin tocarle nada más que la mano, que le levantó por encima de la cabeza—. Esta noche estás guapísima —le dijo al oído—. El vestido te queda de maravilla.

Se acercó un poco más, sin llegar a tocarla todavía, pero el calor de su mano se extendió por todo el cuerpo de Harper. Su voz la hacía vibrar por dentro y, al ver que se inclinaba hacia ella, se concentró en la increíble sensación de volver a notar el roce de sus labios.

Salió de ella un gemido que procedía de lo más profundo de su garganta, un gemido de placer y de alegría porque, después del último beso, había pasado varias noches dando vueltas en la cama, recordándolo una y otra vez y preguntándose qué habría pasado si Max no hubiera recibido esa llamada de trabajo. Ahora por fin volvían a estar en el punto en el que los habían interrumpido tan cruelmente. Besándose.

¡Y de qué manera! No le habría sorprendido entrar en combustión porque los labios de Max eran puro fuego, igual que su lengua y sus dientes, que utilizaba con un talento magistral.

En toda su vida la habían besado con tanta pasión, así que solo podía apretarse contra él. Su pecho era como un muro ardiente, sus muslos una cárcel de músculos para sus piernas y, entre esos músculos, la rigidez de su sexo, presionándole el vientre.

Intentó ponerse de puntillas, pero la apretó aún más contra la pared al tiempo que se acercaba a susurrarle al oído:

–Es mi cumpleaños y tú eres mi regalo. ¿No es eso lo que dijiste?

–No exactamente.

–Pero ese era el mensaje, ¿no? –no esperó a escuchar la respuesta–. Eres mi regalo y voy a desenvolverte muy despacio.

Harper sintió como crecía la humedad que tenía entre las piernas y aún más cuando Max se agachó ligeramente, hasta conseguir poner el pene sobre su sexo femenino. A pesar de ser a través de la ropa, la sensación fue tan intensa que los dos gimieron al tiempo.

Entonces, Max le soltó las manos para agarrarle la cabeza mientras la besaba de nuevo. A la vez que movía los labios, frotaba su sexo contra ella, desatando una verdadera tormenta en su interior.

Cuando se apartó para mirarla a los ojos, tenía la respiración entrecortada.

—Me encanta tu pelo —le dijo—. Me gusta que los rizos se enrosquen en mis dedos como si tuvieran vida propia. Quiero ver cómo se enroscan también a mi... —cortó la frase bruscamente y meneó la cabeza.

Vaya. A Harper no le costó ningún problema imaginar el resto.

Le besó el cuello y fue bajando lentamente hasta el hombro, donde empezaba una cremallera que llegaba hasta el final del vestido, por encima de la rodilla.

—Llevo deseando poder hacer esto desde que vi el vestido —le confesó mientras jugueteaba con el carro de la cremallera. La abrió un poco, lo justo para dejar el hombro a la vista, un trozo de piel que le mordió suavemente para después besarlo—. Una cremallera que se abre por los dos lados... ofrece el doble de oportunidades.

Bajó lentamente por la larga cremallera, de un extremo a otro. Al pasar por la cadera, alargó los dedos para apretarle el trasero y, en el camino de vuelta, hizo lo mismo con un pecho.

—No sé por dónde empezar, por arriba o por abajo —agarró de nuevo el carro de arriba y lo bajó un poco más, apenas unos centímetros, pero luego volvió a subirlo. Cada vez que pasaba por su pecho, lo acariciaba un poco más, rozándole el pezón con la palma de la mano hasta que lo convirtió en una dura montañita.

De los labios de Harper salió un nuevo gemido y él apretó su erección contra ella.

−¿Te gusta? −le preguntó, pero retiró la mano de inmediato−. Todavía no he explorado la otra opción −dijo, bajando la mano hasta el extremo inferior de la cremallera. La abrió un poco y luego un poco más, hasta poder colar la mano por la abertura. Le acarició la parte de atrás del muslo y le levantó la pierna todo lo que le permitía la abertura de la cremallera.

Pero no era suficiente. La humedad de las braguitas de Harper había ido aumentando y de repente le pareció insoportable el deseo que sentía.

−Max, por favor.

Sentía sus ásperos dedos en el muslo, subiendo y subiendo, mientras con la otra mano bajó un poco más el extremo superior de la cremallera, pero solo un milímetro.

−¿Qué es lo que quieres que haga?

−¡Que me quites el envoltorio de una vez! −le dijo entre dientes.

Él se apartó un poco y se echó a reír.

−Ya que me lo pides con tanta amabilidad... −concedió, todavía riéndose.

Y le bajó la cremallera del todo.

Pero se atascó al llegar al extremo, todavía un poco abierto.

−Mierda −Max había olvidado cerrar la parte de abajo de la cremallera, así que tuvo que quitarle el vestido por la cabeza−. Con calma −murmuró.

Harper se echó a reír. Seguía apoyada contra la puerta y lo miraba con los ojos brillantes y los labios enrojecidos por sus besos.

–¿Sabes una cosa, Max? Me gustas mucho. Eres un tipo honrado y sincero.

El corazón le pegó un bote tan fuerte dentro del pecho que le extrañó no oír el golpe.

–Tú a mí también me gustas mucho –pero en realidad se quedaba corto.

Una vez solucionado el problema del vestido, le agarró la pierna por el muslo y se la levantó de verdad. Por fin estaba donde lo había dejado, el sexo entre sus piernas, obstaculizado tan solo por la tela de sus braguitas.

–¿Sería demasiado sincero si te dijera que quiero desnudarte?

–No sé. Tú todavía estás vestido. A mí me parece que hay cierta desigualdad. ¿Tienes intención de desnudarte tú también?

–Por supuesto.

Le puso la mano en el primer botón de la camisa y se lo desabrochó.

–Entonces me parece bien.

–Estupendo.

Harper volvió a sonreír.

–Eres un tipo de pocas palabras, ¿verdad, Bradshaw?

–Sí –se inclinó para besarle el cuello mientras ella seguía desabrochándole la camisa–. Se me ocurren cosas mejores que hacer con la boca que hablar.

Con la camisa ya abierta, Harper le puso las manos en el pecho y se lo acarició lentamente antes de quitarle la prenda del todo.

Después se agachó y le dio un beso sobre el corazón.

A Max se le cortó la respiración por un momento.

–Así que es cierto que tienes un piercing en el pezón –susurró–. Me pareció verlo el día que estabas jugando al baloncesto con los chicos del centro, pero luego, cuando nos estuvimos bañando en el lago, ya no lo vi y pensé que lo había imaginado.

–Me lo hice nada más entrar en los marines y en aquella época lo llevaba siempre. Ahora depende del día –la observó un momento–. Si no te gusta, puedo quitármelo.

–No es que no me gusta. Pero prefiero no imaginarme lo que sentiste cuando te lo pusieron –se encogió como si quisiera protegerse sus propios pezones. Luego volvió a mirarlo–. Pero me gusta, te da un aire misterioso. Me gusta que un tipo tan tranquilo como tú tenga un secreto debajo de la ropa.

–Cariño, ahora mismo tengo muchos otros secretos bajo la ropa.

–Ay, Dios, no me digas que llevas otro en... ¡ya sabes!

–¿En el pene? ¡Por el amor de Dios, Harper, no! –ahora era él el que se encorvaba–. Creo que se me acaba de bajar todo.

Harper enarcó una ceja con incredulidad. ¿Cómo se podía transmitir tanta ironía con un simple gesto?

Dio un paso atrás para mirarla y disfrutar plenamente de la belleza de su cuerpo, cubierto tan solo por el sujetador y la braguita.

–Dios –murmuró, cuando por fin se acordó de respirar.

Era tan hermosa, con esa piel oscura, los ojos claros y esos rizos. Sus pechos, redondos y firmes se asomaban por la parte superior del sujetador de encaje negro y su cintura estrecha daba lugar a unas perfectas caderas de mujer. Se acercó y coló las dos manos por debajo de sus braguitas para agarrarle el trasero.

–Eres preciosa.

Ella le dedicó esa enorme sonrisa que casi hacía que se le cerraran los ojos.

–¿Tú crees?

–Desde luego.

–Yo también creo que eres guapísimo –le pasó las manos por el pecho y tiró ligeramente del piercing, lo que tuvo un efecto en su pene. Fue bajando lentamente hasta llegar a la cinturilla del pantalón.

Max no sabía qué decir, pues nunca le habían dicho nada parecido, así que lo que hizo fue agarrarla antes de que le desabrochara el pantalón.

–Vamos al dormitorio –le propuso.

–Buena idea –dijo ella, meneando el trasero.

–No tienes ni idea de todo lo que quiero hacerte –le dijo en voz baja.

–Puede que no, pero sé que estoy deseando saberlo –respondió, con los ojos entornados por el deseo.

Max la agarró de la mano y subió los escalones

de dos en dos, rezando para aguantar lo suficiente para poder hacer al menos una parte de las cosas que había imaginado.

Se tumbó encima de ella en la cama, con mucho cuidado de no aplastarla, sumergió los dedos en aquellos maravillosos rizos y volvió a besarla.

Era todo como si fuese la primera vez. Harper estaba ardiendo de deseo.

Dios, besaba tan bien, estaba tan excitado y olía tan bien, que lo deseaba con todas sus fuerzas. Por fin coló la mano bajo su ropa y pudo rozarle la parte superior del trasero, pero entonces, él bajó un poco más y volvió a escapársele.

Entonces sintió sus besos en el cuello y se olvidó de todo, unos besos que bajaron hasta su pecho al tiempo que le desabrochaba el sujetador. Se incorporó para mirarla.

–Tienes las tetas más bonitas del mundo –murmuró, tomando una entre sus dedos–. Los pechos más bonitos, quiero decir.

–No me importa que digas «tetas». La verdad es que ciertas palabras me excitan –admitió con rubor–. Aunque me interesa más tocarte y que me toques.

–Eso está hecho –le agarró el pezón entre los dedos y se lo pellizcó suavemente–. ¿Entonces te gusta que te digan cosas durante el sexo?

–No lo sé, nunca lo he probado. Pero... es posible.

—Tengo tantas ganas de follarte.
Dios.
—Quiero follarte muy despacio —le metió una pierna entre los muslos—, hasta que note que estás a punto de correrte en mi polla.
—Ay, Dios mío.
Lo vio bajar la cabeza, meterse el pezón en la boca y no pudo pensar nada más.
—Sí, creo que te gusta que te hablen.
—Es posible —apenas reconocía su propia voz—. ¿Qué te hace creerlo, listillo?
—El hecho de que tengas las braguitas empapadas.
Dios, era cierto. Estaba apretándole la pierna como una perra en celo y no podía dejar de mover las caderas. Intentó quedarse quieta, pero era superior a sus fuerzas.
Max se retiró solo lo justo para bajarle las braguitas y, mientras buscaba la humedad con los dedos, su boca volvió a los pezones y, entre una cosa y otra, le susurraba cosas que amenazaban con hacer que Harper perdiera el control por completo.
Cuando por fin empezó a quitarse los pantalones y los calzoncillos, estaba desesperada de excitación.
—Déjame que te ayude.
—Ya lo harás la próxima vez —le dijo él—. Llevo un tiempo sin estar con nadie, así que me temo que si me tocas, esto podría acabar antes de haber empezado siquiera.
—Y no queremos que pase eso.
—No, no queremos —confirmó, riéndose.

Se puso en pie para terminar de quitarse la ropa y ella aprovechó para admirarlo.

—¿Piensas quedarte ahí mirando?

—Si no me dejas tocar, al menos quiero disfrutar de lo que veo.

—Como desees, princesa —respondió al tiempo que se despojaba de la última prenda.

—¡Vaya! —Harper se sentó en la cama y se pasó la lengua por los labios.

Desnudo, Max parecía aún más grande que con ropa. Era todo tan grande y tan fuerte. Su sexo se alzaba orgulloso.

—Lo quiero... ya —dijo, apretando las piernas.

Lo vio respirar hondo un instante antes de sacar un preservativo y ponérselo con maestría.

—Veo que no es la primera vez que lo haces —bromeó Harper ante su evidente habilidad.

—Pues hacía mucho tiempo que no practicaba —reconoció él, acariciándole la cadera—. Perdón por la interrupción, deja que vuelva a tocarte.

—¿Estás de broma? Ya basta de prolegómenos. Quiero tenerte dentro ya. Ahora mismo.

Le apartó la mano de la cadera y le subió una pierna.

—Tus deseos son órdenes. Vaya si lo son.

Harper coló la mano entre los cuerpos para poder agarrar por fin su erección y conducirla hasta el lugar donde la quería.

—Te decía en serio que hace mucho tiempo y que no sé si voy a poder aguantar —le explicó él.

—Por eso no te hago lo que realmente quiero.

–¿Qué es?

–Apretarte con la mano de arriba abajo.

Harper sintió como su pene le latía en la mano y sonrió al darse cuenta de que podía volverlo tan loco de deseo como él a ella.

Fue llevándolo con la mano hasta que la punta de su pene le rozó el clítoris.

–Tengo que hacerlo ya o voy a explotar –le avisó Max un instante antes de sumergirse en su cuerpo–. Que placer –se retiró un milímetro, pero solo para volver con más fuerza.

Por un momento sintió cierta molestia al abrirse a él, pero solo fue un segundo. Después todo fue a las mil maravillas. Le echó las piernas alrededor de la cintura y subió la cadera para notarlo más y más.

–¡Ay, Dios mío!

Volvió a retirarse casi hasta salirse y Harper gimió suavemente, entonces volvió a zambullirse y el placer se multiplicó.

–¿Max? No puedo más –le avisó mientras él seguía sumergiéndose en su humedad–. Estoy...

–¿A punto? –le preguntó al tiempo que le levantaba las nalgas para aumentar una sensación que parecía imposible de mejorar, y, sin embargo, así fue–. No tienes por qué aguantar –le dijo a la vez que se inclinaba para chuparle un pezón–. Ninguno de los dos podemos... ¡Madre mía! –cerró los ojos, pero enseguida volvió a abrirlos–. Pero antes el tuyo. Rápido –coló la mano en la humedad de su sexo para acariciarle el clítoris–. Había pensado chuparte, lamerte.

–Ay Dios... –el clímax fue tan intenso que perdió la capacidad de hablar y de pensar, solo podía sentir y gemir. Se deshizo entre sus brazos, mientras le clavaba las uñas en la espalda.

–Ahhh –le oyó gemir a lo lejos–. Así, así, así. Es increíble.

Unos segundos después se dejó caer sobre ella como un árbol recién talado.

–Perdona –murmuró al tiempo que se quitaba de encima y se tumbaba a su lado–. Gracias –le dijo al oído.

–No, gracias a ti –respondió Harper, que tenía la sensación de haber vuelto a nacer–. Ha sido el mejor sexo de mi vida.

Max levantó la cabeza y la miró con una sonrisa en los labios.

–No. Eso solo ha sido el calentamiento. Dame unos minutos para recuperarme y te demostraré lo que es el mejor sexo de tu vida. Te lo prometo.

Capítulo 17

«Tengo que casarme con esta mujer».

Max estaba mirando a Harper mientras dormía cuando la idea apareció de pronto en su cabeza. Se incorporó bruscamente.

El movimiento sobresaltó a Harper, que abrió un ojo para mirarlo.

−¿Qué? −farfulló.

Max le acarició el hombro que le había destapado al moverse y, cuando ella volvió a cerrar los ojos, la arropó bien y él se recostó sobre el cabecero. Dios. Tenía el corazón como un caballo desbocado.

Miró a la luz que se colaba por la ventana abierta.

−¿No te estás adelantando mucho? −se dijo a sí mismo.

Enseguida volvió a mirar a la preciosa mujer que tenía al lado, tumbada boca abajo.

Y tuvo que admitir que lo que sentía con Harper, especialmente ahora que se había acostado con ella, sobrepasaba cualquier cosa que hubiera sentido con cualquier otra mujer. En toda su vida. Pero sin duda era apresurado calificarlo como amor. Seguramente solo fuera agradecimiento por lo del sexo. Después de todo, ¿cuánto tiempo hacía?

Demasiado, pensó. Si ni siquiera se acordaba de la última vez. Lo cual confirmaba la teoría.

Pero, ¿no era una explicación un poco simple?

–No, tío –se dijo. No era solo que se hubiesen acostado, lo habían hecho tres veces... ¡Tres! ¿Acaso hacía falta decir más? Se encogió de hombros y volvió a tumbarse a su lado. No tenía sentido darle más vueltas.

Harper se giró automáticamente y se abrazó a él. Max dejó que se pusiera cómoda, pero le apartó la rodilla de los testículos. La rodeó con un brazo y apoyó la mano en su cadera, como si fuera su lugar natural. Era absurdo perder el tiempo preocupándose con lo bien que se estaba abrazado a ella. Además, tenía que trabajar al día siguiente, así que más le valía dormir un poco.

Ya pensaría en todo aquello en otro momento si era necesario.

–Mamá –dijo Harper apresuradamente a la mañana siguiente, en el jardín de casa de Max–, esto no puede seguir así. Sé que no te parece del todo bien mi vida, pero te pido por favor que informes a Cedar Village de que hemos aprobado su solicitud. No puedes no hacerlo porque sería...

En ese momento, Max asomó la cabeza por la puerta de la cocina.

—El desayuno está listo —anunció.

Harper puso fin al mensaje que estaba dejando en el contestador.

—¿Va todo bien? —le preguntó él, observándola con gesto más serio.

—Sí, claro —aseguró Harper con una sonrisa forzada y sin saber muy bien por qué le mentía.

No había motivos para no decirle la verdad sin contárselo todo y era evidente que no se había tragado su respuesta.

—No, no es verdad que esté todo bien —admitió con gesto de impotencia—. Estaba llamando a mi madre.

Max salió al porche, mirándola con sincera preocupación.

—¿Está enferma o algo así?

—No, no —Harper subió los escalones del porche y pasó por delante de él hacia la puerta, pero antes de llegar, se volvió a mirarlo—. Es que me molesta que le moleste tanto cómo vivo.

—Lo comprendo. Como te puedes imaginar por lo que ya sabes, mi madre tampoco aprueba muchas de mis decisiones.

Harper se quedó boquiabierta y no pudo contener su indignación.

—¿No le basta con haber hecho que te pasaras la vida enfadado, ahora le parece mal que seas un hombre responsable y bueno que además hace un trabajo muy importante?

Max esbozó una de esas medias sonrisas suyas que tenían más fuerza que la mayoría de las sonrisas normales, le pasó un brazo por los hombros y la atrajo hacia sí para estrecharla contra su cuerpo en un abrazo tremendamente cálido, aunque demasiado breve para ella.

—No, con mi trabajo no tiene ningún problema —le explicó, mirándola a los ojos—. Lo que le molesta es que me lleve bien con Jake —añadió y se encogió de hombros con resignación—. Pero cuéntame tú qué es lo que le molesta a tu madre. ¿Alguna vez habéis estado más unidas que ahora?

—Sí. Todavía estamos unidas —lamentó decirlo con tanto énfasis—. Perdona, sé que ha sonado un poco a la defensiva.

—Un poco, sí —le pasó la mano por el pelo con cariño, como le había visto hacer alguna vez con los chicos del centro.

Harper comprendió que se sintieran tan reconfortados hablando con él.

—Vamos a desayunar, anda —le sugirió, agarrándola de la mano—. Todo se ve mejor con el estómago lleno.

Al entrar a la cocina, Harper vio que había puesto la mesa para dos, con manteles individuales de papel y un pequeño ramillete de flores en la taza del Coyote que había mencionado hacía unos días.

Y se le derritió el corazón.

—¿Quieres zumo de naranja? ¿Café? También tengo cacao... podría hacerte un improvisado café moca.

Dios, aparte de haberle dado el mejor sexo de su

vida, ¿cómo era posible que a alguien no le gustara aquel hombre?

—Eso último suena muy bien —le dijo, mirando lo que había en los fuegos con curiosidad—. ¿Qué has preparado?

—Tortillas con... esto te va a encantar... verduras. Y el otro día compré un bacon canadiense en Silverdale que tiene mucha menos grasa que el normal.

—Madre mía. ¿No me digas que prestaste atención a mis consejos?

—Por supuesto —se acercó a la mesa con los platos y una de esas maravillosas casi sonrisas—. Bueno, excepto con las patatas. He puesto un poco de aceite de oliva, pero luego he añadido un buen montón de mantequilla —se encogió de hombros—. Es que sin mantequilla no son lo mismo.

—Nunca dije que tuvieras que cuidar tanto todo lo que te llevaras a la boca —le aclaró y luego se echó a reír—. Además, hasta el más mínimo cambio que hagas supondrá una ostensible mejora a tu dieta de antes.

—Listilla —volvió para agarrar la taza de café moca que le había preparado y después se sentó a su lado—. Adelante —le dijo, a modo de orden.

Lo único que se oyó durante unos minutos fue el ruido de los cubiertos y los murmullos de agradecimiento de Harper ante el primer café moca casero de Max y luego ante la comida. Una vez saciada parte del hambre, Max la miró detenidamente.

—Así que eras la niña de papá, ¿no?

—Sí —admitió, sorprendida—. ¿Cómo lo sabes?
—Lo dijiste en la barbacoa de Jenny.
—¿Y te acuerdas? —Harper esbozó una sonrisa de asombro, que era lo que sentía al ver que había prestado tanta atención a la conversación—. Pensé que esa noche habías pensado que era una tonta.
—No. Pensé que eras una chica rica y educada.
—Bueno —Harper hizo su versión de la media sonrisa—. En realidad lo era. Mis padres no era muy, muy ricos, pero es cierto que nunca me faltó de nada.
—Eso no es nada malo. Lo que ocurre es que yo nunca he sabido muy bien cómo hablar con las chicas de buena familia y por eso a veces parezco muy serio.

Harper se echó a reír.
—Dios, qué gracioso eres.

Max la miró como si no estuviera seguro de si se estaba burlando de él y a Harper le dieron ganas de sentarse en su regazo y abrazarlo. Tuvo que conformarse con apoyarse en la mesa para estar más cerca de él.
—No me estoy burlando de ti —le aclaró con absoluta seriedad—. Es que me encanta que seas tan sincero. No te andas con jueguecitos, así que uno sabe lo que puede esperar de ti, lo cual es muy agradable. Incluso estimulante.

Max sonrió de nuevo.
—Así soy yo. Estimulante. Entonces, ¿te gusta la sinceridad?
—Pues sí. Mucho.
—Quiero volver a desnudarte.

Harper recibió la idea con una carcajada, pero, por debajo de la mesa, donde él no podía verlo, tuvo que apretar los muslos.

–A mí también me encantaría, pero le prometí a Jenny que hoy trabajaríamos juntas en las ideas para los Días de Razor Bay.

–Maldita sea.

–Parece que tú también tienes que trabajar –dedujo, señalando el uniforme.

–Sí, pero estoy muy motivado... podría hacértelo pasar muy bien y rapidito.

Ella meneó la cabeza, pero no pudo evitar sonreír.

–¿Podemos dejarlo para otro momento?

–Está bien –volvió a ponerse serio–. Sigue contándome los problemas que tienes con tu madre mientras terminamos de desayunar.

Harper tomó un bocado, lo masticó, lo tragó y luego dejó el tenedor.

–A mi madre no le gusta que viaje tanto.

–Sí, recuerdo que dijiste que a tu padre y a ti os gustaba viajar, pero que a tu madre y a tu hermano, no.

Durante un instante no hizo nada, solo lo miró. No recordaba a ninguna otra persona que hubiera prestado tanta atención a todo lo que decía.

–Sí, bueno, como ya hemos dejado claro, yo era la niña de papá. Él siempre decía que el que deja de moverse muere. A mi madre la ponía muy nerviosa, pensaba que solo era una excusa para no establecerse en un lugar. Pero, ¿sabes una cosa, Max? Al final, mi padre dejó de viajar casi por completo, por ella principalmente. Yo llevaba tiempo fuera estudiando y luego trabajando en Estocolmo, pero mis padres volvieron a Carolina y empezaron un negocio. Diez meses después, mi padre murió.

Max dejó el tenedor también.

–¿No pensarás que tuvo algo que ver con eso que decía?

–Racionalmente sé que sería una estúpida superstición, pero emocionalmente... –asintió–. Sí, creo que tenía razón.

–Por Dios, Harper.

–¿Qué puedo decir? Las emociones no tienen por qué respetar las leyes de la lógica. Además, no se trata solo de la muerte de mi padre. A mí me gusta viajar, ver sitios nuevos y conocer gente, pero mi madre se niega a admitir que quizá me conozca a mí misma.

–¿Y tú? ¿La culpas de la muerte de tu padre?

–¿Qué? –la idea la asombró de tal manera que fue como si algo le diera calambre–. ¡No! ¿Cómo se te ocurre algo así?

Max la miró fijamente, sin preocuparse lo más mínimo por su indignación.

–Acabas de decir que emocionalmente crees que el lema de tu padre es cierto y que fue tu madre la que hizo que dejara de moverse –levantó las manos en un gesto de inocencia–. A mí me parece una pregunta razonable.

–¡No tiene nada de razonable que mi madre tuviera la culpa de su muerte!

–¿Entonces no se deduce que a veces las cosas simplemente ocurren y que tampoco es razonable pensar que alguien pueda morir por haber dejado de viajar?

Harper lo miró con rebeldía durante unos segundos y después soltó un enorme suspiro, como si eso fuera a servirle de algo.

–No lo sé. Ahora mismo estoy muy confundida.

–Y tienes que irte a trabajar, lo sé –alargó la mano para acariciar la suya, cerrada en un apretado puño sobre la mesa–. Pero piensa en lo que te he dicho, ¿de acuerdo?

No sabía por qué de pronto tenía ganas de llorar, pero así era. Hizo un esfuerzo para no hacerlo mientras se disponía a levantarse.

–Tengo que irme.

–¿No puedes terminar de desayunar?

–No tengo hambre... –trató de tragar el nudo que tenía en la garganta–. Estoy llena.

–Muy bien –Max se levantó también y la acompañó hasta el coche.

Le abrió la puerta del conductor, pero se colocó delante cuando iba a subirse. Le puso una mano en la nuca, dobló las piernas para ponerse a su altura y luego inclinó la cabeza. Le besó los labios con una mezcla de ternura y pasión.

Apenas sintió el roce de su boca, desapareció parte de la tensión de Harper. Había algo increíble en sus besos y en sus caricias.

En él. Con solo tocarla, hacía que se sintiera a gusto.

Después del beso, se quedó mirándola unos segundos con aire de solemnidad.

—He hecho que te pusieras triste y lo siento. No era mi intención.

—Lo sé. A veces echo tanto de menos a mi padre —y era cierto, pero no era solo eso. Lo que sentía en ese momento era algo más que el dolor por la pérdida de su padre.

El problema era que ni siquiera podía explicarse a sí misma qué era y mucho menos podía encontrar las palabras para explicárselo a Max. Así pues, se encogió de hombros, se subió al coche y tiró de la puerta. Él se lo impidió y se agachó para decirle algo más.

—¿Nos vemos pronto?

—Sí.

—¿Tengo tu palabra?

—Sí —Harper cerró la puerta y, mientras se alejaba, se dio cuenta de que de verdad la tenía.

Era cierto que estaba hecha un lío y que tenía que hablar con su madre y convencerla de que informara de una vez a Cedar Village de que les habían concedido la ayuda. Pero, a pesar de todo eso, se había acostado con Max y había sido... increíble. Tan increíble que aún no alcanzaba a comprenderlo. Solo sabía que le había hecho sentir cosas que no había sentido nunca, tanto sexual como emocionalmente y, bueno, en todos los sentidos.

Mientras estuviera allí, pensaba disfrutar de todo eso tanto como pudiera. Hasta el día que hiciera el equipaje y se marchara.

Esa misma semana, Max miró la pantalla del ordenador del trabajo, pero no consiguió concentrarse en el informe que estaba escribiendo. Sabía que el sheriff Neward estaba en su despacho, pero eso no era ninguna novedad. Últimamente, su jefe pasaba allí la mayor parte del tiempo y cada vez hablaba más de retirarse.

Sinceramente, Max creía que sería mejor así, porque Neward era un tipo anticuado que hacía tiempo que había dejado de hacer su trabajo y que se oponía a cualquier cosa que le oliera a modernidad. Tanto era así, que Max y Amy habían tenido que convencerlo para que les dejara digitalizar el departamento porque iban años por detrás del resto del estado.

La pregunta era si él querría presentarse para el puesto de Sheriff. Sabía que lo haría bien, lo que no le gustaba era el trabajo de diplomacia y de contactos que tendría que hacer para llegar allí. Esas cosas no eran precisamente su fuerte.

Pero tenía muchas ideas para que el departamento funcionara mejor.

En ese momento, oyó el timbre del teléfono y, al ver que Amy no le pasaba la llamada, intentó volver al informe.

Pero tampoco lo consiguió. Esa vez sus pensamientos fueron directos a Harper. Habían estado juntos dos veces en los últimos tres días y, Dios, el sexo había sido increíble. Cuando estaba dentro de ella, cuando la abrazaba y ella lo abrazaba a él, se sentía... completo.

Por desgracia, las conversaciones eran menos

satisfactorias. A quién quería engañar, en realidad prácticamente habían dejado de hablar de cosas importantes desde la mañana después de su cumpleaños.

Tenía que reconocer que antes de ese día, ya había empezado a preocuparle algo y por eso la había empujado a hablar de su familia esa mañana, pero seguía teniendo la sensación de que había algo más que no le contaba.

Desde hacía años deseaba tener una relación sólida, algo parecido a lo que tenía su hermano con Jenny. Quería alguien que se sintiera con libertad de hablar con él, de compartir sus opiniones y los detalles de su pasado y había llegado a creer que era eso lo que estaba consiguiendo con Harper. Estaba loco por ella, pero, al margen de ese empeño suyo en viajar de un lado a otro, su instinto de policía le decía que había algo en su historia que no encajaba.

Le había ofrecido muchas oportunidades para sincerarse, pero ella no había querido aprovecharlas. Y luego estaba esa manía suya de colgar cada vez que la encontraba hablando por teléfono y encima no sabía disimular. Estaba claro que ocultaba algo.

Eso o había otra persona y, en tal caso, Max sería el tercero en discordia.

Detestaba la idea y Dios sabía que había intentado no pensar en ello porque, lo mirara por donde lo mirara, no le parecía propio de Harper. Pero algo no iba bien y no podía seguir fingiendo por más tiempo.

Por tanto, solo tenía una opción. Hacer algunas averiguaciones.

No pretendía investigarla a fondo, pero podría hacer unas cuantas preguntas y ver con qué se encontraba. Porque de una cosa estaba seguro.

Necesitaba saber a qué se enfrentaba.

Capítulo 18

–¿Qué es esto, una carrera?

Harper había adelantado a Tasha yendo hacia la playa, pero se detuvo junto al tronco que había visto antes, dejó la nevera que le habían prestado en el hotel y miró a su amiga con una enorme sonrisa.

–Lo siento, estaba impaciente. Pero no me digas que no es el mejor lugar. Mira, hasta hay un trozo con arena –agarró un puñado de esa fina arena tan poco común en Razor Bay y soltó los granos poco a poco, después extendió la manta en el suelo, se sentó y estiró las piernas con placer.

–Tienes razón, es un lugar estupendo. Ha sido una idea genial –Tasha dejó también su nevera junto a la de Harper y miró hacia las montañas–. Llevo toda la vida viviendo aquí, pero últimamente apenas salgo a disfrutar del paisaje –se quitó las sandalias y se sentó al lado de Harper.

–Suele pasar –le dijo a su amiga–. Estaba organizando una hoguera para algunos huéspedes y se me ocurrió que nosotros también necesitábamos una. ¿Por qué van a ser ellos los únicos que se diviertan? Y, como no he estado en ninguna hoguera desde que estoy aquí, bueno, en realidad desde –echó la vista atrás–... madre mía, desde la universidad.

–¡Dios, qué piernas más largas tenéis las dos! –exclamó Jenny de lejos, mientras se acercaba junto a Jake–. Me siento como un chihuahua entre galgos –con un gesto, dejó a un lado esa conversación y retomó la que había oído al llegar–. Yo no nací en Razor Bay, pero llevo aquí desde los dieciséis años y, a diferencia de mi amiga que no hace otra cosa que preparar pizzas, sí que salgo a menudo a disfrutar del paisaje y de las diversiones que ofrece este lugar.

–Claro –asintió Tasha–, porque tienes un adolescente cerca.

–Sí, eso influye –miró a su alrededor, al tranquilo paraje que había elegido Harper–. Tengo que reconocer que un picnic sin niños y sin relación alguna con el trabajo es justo lo que necesitaba.

–Por supuesto –gruñó Jake mientras dejaba en el suelo un montón de leña–. Porque vosotras, pandilla de damas delicadas, no estáis haciendo el trabajo duro.

–No, eso te lo dejamos a ti –respondió Harper alegremente–. Nosotras hemos hecho el trabajo intelectual de investigación y planificación.

Jake la miró de reojo y sonrió.

–Buena respuesta –reconoció, con una mirada que recordaba a su hermano. Miró a la playa, a las montañas y a los árboles que se alzaban, paralelos a la costa–. Supongo que habrás oído que nací en Razor Bay, pero que me largué en cuanto pude –le dijo–. Debo reconocer que no recuerdo haber visto nunca este lugar y me gusta mucho. Me extraña no reconocerlo porque pensaba que conocía todos los escondites para llevar a las chicas –le lanzó una mirada de picardía a Jenny–. Esa roca tiene muy buen tamaño –le señaló una piedra que destacaba en medio de la playa de guijarros–. Cariño, seguro que hay detrás tendríamos mucha intimidad.

Jenny meneó la cabeza, pero al mismo tiempo le lanzó una sonrisa que hacía pensar que no le parecía una idea tan descabellada.

–Por mí no os preocupéis –les dijo Tasha, con un suspiro de resignación–. Yo me quedaré aquí sentada, avivando el fuego mientras las parejitas desapareceis entre los matorrales o detrás de las piedras.

Jake abrió la boca, pero Tasha lo frenó con solo mirarlo.

–Yo que tú no lo diría –le advirtió.

En ese momento, Harper levantó la mirada y vio a Max acercándose con un montón de madera. De pronto desapareció para ella la conversación de sus amigos y durante unos segundos solo pudo oír los latidos de su corazón. «Madre del amor hermoso».

Habían estado juntos varias veces más desde la noche de su cumpleaños y Harper había creído que desaparecería la emoción de la novedad o que al menos se debilitaría. Sin embargo, cada vez se sentía más y más atraída por su arrolladora sexualidad, por todo él.

Y todo ello a pesar de sus constantes esfuerzos por alejarlo de su vida. Le habría encantado ser más despreocupada y limitarse a disfrutar de aquella aventura mientras durara, pero al mismo tiempo no le parecía bien tener una relación tan íntima en lo sexual. Tenía miedo de que él descubriera quién era realmente y por qué estaba allí, por eso se negaba a compartir con él cualquier tipo de intimidad personal.

Estaba cansada de secretos y ansiosa por compartirlo todo con Max. Y no solo con él, también con Tasha, con Jenny y con Jake. Y con todo el mundo en Cedar Village. Las cosas se habían descontrolado. Había decidido llamar a su madre una última vez y, si no resolvía el problema de inmediato, iría ella misma y le comunicaría a Mary-Margaret que se les había concedido la ayuda.

Sabía que después tendría que explicar la situación a todo el mundo. Pero hasta entonces sería mejor dar un paso atrás en su relación sexual con Max.

Tragó saliva, consciente de la dificultad de lo que se proponía hacer. En realidad ya lo había intentado, pero cada vez que había querido distanciarse de él, Max se las había arreglado para derribar todas sus defensas. Lo cierto era que poco a poco se había hecho un lugar en su vida... y quizá también otro más duradero en su corazón.

La idea le ponía nerviosa porque, si había alguien con una vida estable, era Max. Justo lo contrario que ella.

Tenía que decirle la verdad. ¡Al diablo con su madre!

—Mirad quién está aquí —dijo Jake mientras el aludido descargaba la madera junto a la que había traído él—. Es don perfecto.

Max soltó un bufido.

—Lo dice el tipo que se fue a la Universidad de Columbia mientras yo me marchaba a los marines solo para no acabar siendo un triste fracasado.

—Ya, solo lo dices para que no me sienta mal por no haber traído más que un montón de leña —respondió Jake, sonriendo.

—Bueno —comenzó a decir Max, mirando a Harper y a las otras dos mujeres—, es que hemos tenido que hacer todo el trabajo duro nosotros dos solos mientras...

—Mejor no vayas por ahí —le advirtió Jake—. Tienen muy buena respuesta para eso.

—Entonces tú ya lo has intentado, ¿eh?

—Sí, y no ha funcionado.

—Está bien —murmuró Max al tiempo que miraba a Harper de arriba abajo.

Tuvo que hacer un esfuerzo para no moverse y tratar de parecer tranquila.

Y no una mujer pensando en su próximo orgasmo.

El gesto de diversión de Max le hizo sospechar que había fracasado en su intento. Por suerte, no dijo nada al respecto.

—¿Qué hay de cena?

—He traído pollo frito y ensalada de patata del Sunset Café.

—Yo he traído una ensalada de verdura, unas cuantas cosas de picar y vino —dijo Tasha.

—Y yo unas mazorcas de maíz, ya preparadas con sal y pimienta y envueltas en papel de aluminio. Solo hay que ponerlas en la parrilla que estos hombres tan grandes y fuertes tendrán que averiguar cómo colocar. También he traído uvas y sandía cortada y he metido unas cervezas para Jake y para ti —esbozó una sonrisa—. Me ha dicho que te has aficionado a la Ridgetop.

—Así es —asintió Max, que no parecía tener problema para reconocerlo, aunque tampoco vio motivos para seguir hablando de ello—. Es un menú muy apetitoso —se limpió la barbilla con el dorso de la mano y sonrió—. ¿Estoy babeando?

—¿Qué tendría eso de nuevo? —replicó Jake, que se había acercado para ayudarle a preparar el círculo de piedras para la hoguera.

—¡Oye! —Max respondió con un puñetazo en el brazo y, de pronto, estaban peleándose en la arena.

Fue como volver al pasado, con la diferencia de que esa vez no intentaban hacerse daño de verdad.

Jenny se acercó a ellos con los brazos en jarras.

—Si ya habéis terminado de ensuciaros la ropa, os recuerdo que necesitamos una hoguera —les dijo, pero, cuando se separaron, les dio una cerveza a cada uno mientras ellos se reían y se sacudían la ropa.

—¿Quién demonios se pone una camiseta de seda para ir a una hoguera en la playa?

—¿Es que no conoces a tu hermano? —respondió

Jenny–. Cree que las camisetas de seda son apropiadas para cualquier ocasión.

–Por supuesto –confirmó Jake y luego se propuso cambiar de tema–. Bueno, ¿les has contado ya la noticia?

Eso atrajo la atención de todos los presentes.

–¿Qué noticia? –preguntaron Tasha y Harper prácticamente al unísono.

–Nos casamos –anunció Jenny.

–Eso no es ninguna noticia –protestó Tasha–. Llevas con el anillo puesto más de tres meses.

–Nos casamos el diecisiete de enero.

–¿Ya tenéis fecha? –las tres mujeres hicieron eso tan femenino de lanzar un grito de entusiasmo–. ¿Cuándo lo habéis decidido? –siguió preguntando Tasha.

–No tenéis mucho tiempo –añadió Harper.

–¿Estás de broma? –preguntó Max–. Son casi cuatro meses.

Las tres lo miraron como si fuera tonto.

–¿Qué?

–Normalmente las iglesias y los salones se reservan con un año de antelación –le explicó Tash amablemente, aunque con el tono que habría utilizado para hablar a un niño de cuatro años–. Y las pastelerías suelen exigir los encargos de los pasteles de boda meses antes de la fecha.

–Es una locura.

Tasha se echó a reír ante la ingenuidad de Max.

–Es el negocio de las bodas, pequeño.

–Nos hemos ahorrado muchos de esos problemas

porque hemos decidido hacer una boda pequeña y celebrarla en casa de los Pierce.

–¿Quién son los Pierce? –preguntó Harper.

–Los abuelos de Austin y mis exsuegros –le aclaró Jake–. Murieron los dos el año pasado, primero uno y a los seis meses el otro. Cuando murió Emmett, Austin se fue a vivir con Jenny.

–Yo había vivido con ellos desde que Austin tenía cuatro años –añadió Jenny–. Para mí es como si fuera mi hermano pequeño.

–Y les has cuidado de maravilla –le dijo Jake a su prometida, con una mirada llena de amor.

–Espera –dijo Harper–. Creo que conozco la casa. ¿Es una verde y color crema que hay en el acantilado?

Jake asintió.

–Lleva cerrada desde que murió Emmett, pero hemos decidido irnos a vivir allí después de la boda.

–Austin está entusiasmado con que vayamos a vivir los tres juntos –les contó Jenny–. Legalmente, la casa es suya.

–Y no es el único que está deseando que vivamos juntos –reconoció Jake al tiempo que le pasaba el brazo por los hombros a Jenny–. Yo también estoy harto de vivir en dos casas.

–No quiero ser aguafiestas –dijo Tasha, con cierto temor–. Pero, ¿os habéis parado a pensar que prácticamente todo el pueblo espera que los invitéis a vuestra boda?

–Por eso vamos a hacer una gran fiesta en el hotel. Hemos pensado que, mientras haya fiesta, a nadie le importará no asistir a la ceremonia.

–¿Y hay sitio para todo el mundo? –preguntó Harper–. Porque el hotel no tiene salón de banquetes, ¿no?

–No –respondió Jenny, sin poder ocultar su alegría–. Pero ya hemos tachado el fin de semana del calendario del hotel; vamos a cerrarlo al público y así podremos utilizar toda la primera planta. Aún no hemos pensado cómo hacerlo exactamente, pero ya nos las arreglaremos –entonces se volvió hacia Tasha–. Tú serás mi dama de honor, por supuesto.

–Por supuesto –dijo la rubia con solemnidad un segundo antes de que se le iluminara el rostro de alegría y se acercara a darle un fuerte abrazo a su amiga–. ¡Es genial! Elegiremos juntas mi vestido, y nada de volantes horribles.

–Exacto –dijo Jenny antes de dirigirse a Harper–. Quiero que tú también seas mi dama de honor.

–Jenny –susurró Harper con emoción, pero un segundo después le cambió la expresión de la cara–. Pero para entonces ya me habré ido.

Max sintió una punzada de dolor en el pecho al oírla hablar de marcharse. Se dio cuenta de que no se había parado a pensarlo, pero, antes de que pudiera preguntarse qué demonios pensaba que pasaría cuando Harper terminara su trabajo en el hotel, Jenny la puso en su lugar con voz tajante.

–Entonces tendrás que volver para ese fin de semana –sentenció–. Ya has oído a Jake... ahora eres parte de mi pandilla. Sé que no hace mucho que nos conocemos, pero yo siento como si te conociera de toda la vida.

–Yo también –se apresuró a decir Tasha.

–¿Lo ves? –dijo Jenny–. Eso no pasa con todo el mundo.

–Tienes razón –admitió Harper–. Y para mí es un honor formar parte de tu gran día, así que yo también tacharé ese fin de semana de mi calendario.

–Muy bien –Jenny dio una palmada como si acabara de zanjar una cosa más de la lista–. Vamos a encender ese fuego. No sé vosotros, pero yo me muero de hambre.

–Es que va a llorar –murmuró Jake–. Es una sentimental.

–¡De eso nada! –protestó ella, secándose una lágrima.

–Pues yo sí –confesó Harper al tiempo que se levantaba a abrazar a Jenny.

Unos minutos después, mientras las mujeres sacaban la comida y todo lo demás y Max y Jake terminaban de preparar el fuego, Jake se volvió a mirar a su hermano.

–Le he pedido a Austin que sea mi padrino –le contó en voz baja–. Pero me gustaría que fueras mi testigo –esbozó una sonrisa traviesa–. Sé lo mucho que te gusta arreglarte, así que tendrás oportunidad de ponerte un esmoquin.

El que Jake quisiera que estuviese a su lado el día de su boda le hizo sentir algo muy agradable, pero se limitó a murmurar:

–Cuenta conmigo.
–Hemos pensado reservar una zona para convertirla en pista de baile y...
–Jake –lo interrumpió–. Ya te he dicho que cuentes conmigo. Con lo del esmoquin ya me habías convencido.

–Tú sí que sabes organizar una fiesta –le dijo Max a Harper mientras la ayudaba a guardar en la cabaña todo lo que había llevado al picnic–. Primero mi fiesta de cumpleaños y ahora esta. Ha sido un picnic genial.
–Sí, ¿verdad? Y me parece que ha sido buena idea hacerlo justo hoy –levantó la mirada al cielo–. ¿Has visto cómo se mueven las nubes? Tiene pinta de que va a haber tormenta.
–Puede ser –dijo él, pero no sentía el menor interés por el tiempo.
Debía de notársele en la cara qué era lo que le interesaba porque, al mirarlo, Harper enarcó las cejas y sonrió.
–¿Sí?
–Desde luego –dejó la nevera en el suelo y, apenas se había puesto recto, la agarró por la cintura y tiró de ella hacia sí con tal entusiasmo que Harper habría rebotado si él no la hubiera abrazado. El caso fue que acabaron apretados el uno contra el otro, cosa que a Max le parecía muy bien, y entonces la besó por fin–. Llevo toda la noche queriendo hacer esto.

–No finjas –le dijo con ironía–. Siempre quieres hacerlo.

Max le rozó el cuello con la lengua, en el lugar donde podía notarle el pulso.

–Lo dices como si fuera algo malo.

–Nooo –canturreó ella al tiempo que le echaba los brazos alrededor del cuello y lo empujaba hacia atrás, hasta dejarlo pegado a la pared.

«Cómo me gustan las mujeres agresivas», pensó. Sin embargo puso cara de tímido.

–Trátame bien.

Harper soltó una carcajada.

–Desde luego –respondió a la vez que daba un paso para mirarlo bien–. Tenía intención de ser muy delicada, pero… –lo miró de arriba abajo, le agarró la camiseta y se la levantó hasta el pecho– ahora que lo pienso –añadió mientras le quitaba la camiseta con su ayuda–, también podría ponerme en plan dominadora –tiró la prenda al suelo y, una vez lo tuvo delante con el torso al desnudo, le pasó la mano por el pecho, mirándolo a los ojos–. A lo mejor debería darte miedo.

–Ya lo tengo –aseguró él, alargando la mano hacia los pequeños botones que recorrían su vestido de arriba abajo.

Pero ella le apartó la mano bruscamente.

–Hoy soy yo la que manda.

–De acuerdo, jefa –le dijo, con fingida inocencia.

–Esto va a ser muy divertido –auguró ella justo antes de besarle el cuello.

Bajó por el cuello hasta llegar a la clavícula, donde le dio un suave mordisco, al mismo tiempo que empezaba a desabrocharse los botones del vestido.

Max intentó abrazarla con un rugido.

–¡Esas manos, caballero!

–Maldita sea –protestó él entre dientes mientras veía que la boca de Harper se acercaba peligrosamente a uno de sus pezones.

Por fin lo alcanzó y lo acarició con la lengua, jugueteando con el piercing.

–¿Te gusta? –susurró y, cuando lo vio asentir, agarró el arete entre los dientes y tiró suavemente.

–¡Ah! –gritó Max y después...

La obligó a soltarle el pezón y rápidamente se la echó al hombro. Un segundo después había subido la escalera y estaba depositándola en la cama.

Estaba ansioso por estar dentro de ella, pero al verla tumbada sobre el colchón con esa sonrisa en los labios, lo inundó una ternura tan intensa que le cortó la respiración.

Se sentó a caballo sobre ella y terminó de desabrocharle el vestido para después despojarla de él lentamente, como un niño abriendo su único regalo de Navidad. La observó detenidamente, la suave piel oscura, en contraste con el delicado conjunto de braguitas y sujetador blancos.

–Eres tan hermosa –murmuró justo antes de inclinarse sobre ella para besarla.

Despacio. Con ternura.

Como recompensa recibió un suave gemido que se bebió de inmediato.

Siguió besándola sin prisa antes de lanzarse a recorrer su cuerpo con la boca y con la lengua, desde el cuello, bajando por los pechos, que parecían querer salirse del diminuto sujetador. Admiró la dureza de sus pezones a través de la finísima tela, tan fina que no le impidió meterse uno de esos pezones en la boca y chuparlo como si no hubiera ningún obstáculo. Recibió con absoluto deleite el grito ahogado de placer que salió de la boca de Harper.

Ella arqueó la espalda, apretándole los pechos contra la cara, lo que Max aprovechó para colar las manos y desabrocharle el sostén. Una vez retirada la prenda, siguió chupándole el pezón con mayor deleite.

Con un nuevo gemido, ella metió la mano entre los dos cuerpos y le agarró el pene por encima de los vaqueros. Entonces fue él el que gimió.

—Quiero recuperar el poder —anunció ella al tiempo que lo empujaba para poder levantarse.

Max se dejó tumbar en la cama. Ahora era ella la que se colocaba encima para besarlo. Pero pronto abandonó la boca y bajó lentamente por su pecho y por su vientre. Llevó las manos al botón del pantalón.

Dios, ¿acaso iba a...?

—Dijiste que querías ver cómo mi pelo se enrollaba alrededor de tu...

Sí, iba a hacerlo. Le desabrochó el pantalón y Max levantó las caderas para dejarla que lo liberara de él y de los calzoncillos. Sin el obstáculo de la ropa, la erección parecía salir disparada. Max apoyó los codos en el colchón para poder verlo todo. Ella se echó el pelo hacia delante para dejar que bailara sobre su pene; dos o tres mechones se enredaron al sexo como pornográficos tentáculos.

Su mano siguió al pelo, le agarró el pene con firmeza, tal y como le había dicho que deseaba hacerlo la primera vez que habían hecho el amor. Y, sin soltarlo, levantó la cara para mirarlo.

Entonces abrió los labios y se lo metió en la boca.

Max se quedó sin respiración y subió las caderas involuntariamente, con tal fuerza, que Harper retiró la mano, pero no tuvo tiempo de hacer lo mismo con la boca.

–¡Mierda! –no podía creer que hubiese perdido el control de tal manera. Había sido más delicado a los dieciséis años, cuando Christi Tate se la había chupado por primera vez–. Lo siento mucho, pequeña. Lo siento.

Harper tosió y lo miró.

Volvió a disculparse, pero ella esbozó una sonrisa de comprensión y siguió con lo que estaba haciendo, chupándolo hasta prácticamente la base, con tal maestría que hizo que se le nublara la vista. Intentó no mover las caderas, lo intentó con todas sus fuerzas, pero cuando quiso darse cuenta estaba siguiendo los movimientos de su boca, arriba y abajo, arriba y abajo.

De repente estaba a punto. Le agarró la cabeza suavemente para que no volviera a bajar.

–Sal, sal.

Nunca le había costado tanto decir algo, pero no

iba a permitirlo a menos que ella le dejara muy claro que era eso lo que quería.

Harper levantó la cabeza, pasándose la lengua por los labios, y Max lanzó un gruñido primitivo. Tuvo que echarla a un lado para echar mano de los pantalones y sacar la cartera del bolsillo. Se la pasó a ella.

—Saca un preservativo —le pidió, casi sin voz.

Apenas se lo había puesto, volvió a echarle una pierna por encima, como una motera subiéndose a una Harley, y Max vio con absoluto placer cómo bajaba sobre él y se lo metía en el cuerpo hasta el fondo.

—Ahhhh —gimió ella, cerrando los ojos.

Pero enseguida volvió a abrirlos para mirarlo mientras se retiraba más y más y luego se dejaba caer de nuevo sobre él.

—¡Dios, Harper! —Max la agarró del trasero y volvió a levantarla.

—Es increíble —dijo ella, casi sin voz—. Me llenas de tal manera que es como si tiraras de mí cuando me retiro —lo hizo para demostrárselo y, cuando volvió a bajar, lo miró con los ojos brillantes, las mejillas sonrojadas y los labios hinchados—. Yo estoy a punto, Max. Dios, no puedo...

Max coló la mano entre sus piernas y le agarró el clítoris con dos dedos.

Ella lanzó un grito a la vez que se dejaba caer por última vez, apretándole el pene con los músculos internos.

Y ya no pudo más. No tuvo tiempo de moverse,

apenas sintió la presión de su sexo, estalló dentro de ella con fuerza. Se aferró a sus nalgas con las manos, levantó las caderas y rugió de satisfacción.

Después, cayeron los dos rendidos y, al sentir el cuerpo exhausto de Harper sobre él y su cara en el pecho, Max se dio cuenta de algo inquietante.

El sexo con ella no se parecía a nada que hubiera experimentado antes, pero lo realmente diferente era ella. Su sentido del mundo, su corazón, su... Toda ella. No podía seguir engañándose.

Estaba completamente enamorado de Harper.

Capítulo 19

–¡Pero, por...! –le dieron ganas de tirar algo al oír una vez más el contestador de su madre. La última vez que había llamado había hablado con su secretaria, Kimberly, y sus excusas habían sonado muy poco convincentes–. Es el último mensaje que te dejo, mamá –anunció Harper con una calma que le había costado mucho alcanzar–. Si no sé nada de ti antes de mañana al mediodía, yo misma daré la noticia en Cedar Village.

Se oyó un chasquido que indicaba que alguien había agarrado el teléfono al otro lado de la línea.

–No vas a hacer nada de eso –aseguró Gina categóricamente.

–¿Estabas ahí? No es propio de ti esconderte detrás de tu secretaria y del contestador automático.

Su madre continuó como si no hubiera oído nada.

–No puedes informar a Cedar Village –insistió–. Tenemos un protocolo muy estricto sobre la notificación de las aprobaciones...

–El mismo que dice que se debe informar al receptor de las ayudas inmediatamente después de que yo haya dado luz verde –replicó Harper con firmeza–. Eres tú la que estás incumpliendo el protocolo de la fundación de una manera inexplicable. No yo. Y no solo es indignante, también es muy cruel. Yo... me avergüenzo de ti.

Era difícil de asimilar, pero lo cierto era que se sentía muy defraudada.

–Harper...

–Cedar Village es una organización que funciona de maravilla a pesar de los pocos medios con los que cuentan. No creo que sepan siquiera con demasiada antelación si podrán hacer frente a los gastos del siguiente año. He visto el trabajo que hacen con los chicos y, sinceramente, no comprendo por qué les estás complicando las cosas de esta manera. Tienes que inmediatamente dejar de hacerlo, Gina –nunca había llamado a su madre por su nombre, pero en ese momento le resultaba imposible dirigirse a ella de otro modo–. O les informas tú de que les hemos concedido la ayuda o tendré que hacerlo yo personalmente.

–Escucha, cariño...

–No. Ahora mismo estoy demasiado enfadada. Si tienes algún problema con mi manera de vivir, algo de lo que no tendría por qué darte cuentas a mi edad, págalo conmigo, no con una organización benéfica dirigida por gente honrada que se mata a trabajar para que siga funcionando.

–Por favor, pequeña, déjame que te...

Harper respiró hondo y fingió no haber oído la petición de su madre, ni el apelativo cariñoso.

—No quiero estropear nuestra relación para siempre, así que creo que es mejor que cuelgue antes de que diga algo de lo que tenga que arrepentirme. Pero, por el amor de Dios, Gina. Haz lo que tienes que hacer.

Después de colgar, se quedó mirando a la pared y tratando de respirar con calma. Tiró el teléfono al sofá con toda la fuerza de la tristeza y la frustración que sentía. Después lo agarró y se derrumbó sobre el sofá.

—¡Mierda! —murmuró—. ¡Mierda, mierda, mierda!

Su madre y ella habían tenido numerosas discusiones en el pasado, pero esa vez era distinto.

Tenía la terrible sensación de que aquella podría ser la definitiva. La que terminara por separarlas del todo.

—Su nombre completo es Harper Louisa Summerville-Hardin —anunció la voz brusca de su antiguo compañero de los marines, Kev Conley, al otro lado del teléfono—. Pero parece que siempre utiliza solo el apellido Summerville. No solo en el trabajo que tiene ahora, Sam, sino siempre. Parece una persona honrada... nunca la han detenido, ni se ha metido en ningún tipo de lío. Solo tiene unas cuantas multas por excesos de velocidad, pero todas pagadas.

Eso era bueno. Max apretó la brocha con la que

había estado pintando los marcos de las ventanas cuando había sonado el teléfono y se preparó para hacer la pregunta que no dejaba de atormentarle.

–¿Tiene pareja? –«di que no, di que no, di que no».

–No –respondió Kev–. No parece que haya tenido ninguna relación seria desde la universidad –se oyó ruido de papeles–. Viaja mucho y ha tenido un montón de trabajos temporales de poca importancia.

–Lo sé.

–También recibe un salario de una fundación benéfica llamada Sunday's Child. Muchos de los sitios en los que ha trabajado parecen estar relacionados con la fundación, al menos aparecen en la lista de organizaciones a las que ayudan.

Al oír eso se le cayó la brocha de la mano y manchó de pintura negra el color salmón que habían elegido Jake y él para la fachada.

–Maldita sea –dijo y no precisamente por haber manchado la pared de la casa–. Eso no lo sabía.

–¿Tiene algo que ver contigo?

–Sí, aunque todavía no lo comprendo. El hogar para adolescentes con problemas en el que trabajo como voluntario solicitó una ayuda económica a Sunday's Child.

–Vaya. Parece que vas a tener que preguntarle a la señorita qué es lo que está haciendo allí.

–Sí, eso parece.

Pero no se apresuró a hacerlo nada más despedirse de Kev. Agarró de nuevo la brocha y se dispuso a seguir pintando con la intención de no pensar en nada que tuviera que ver con Harper.

Desgraciadamente, no era tan fácil. Había engañado a todo el mundo desde que había llegado al pueblo. No solo a él, también a Jake, a Jenny, a Tasha y a Mary-Margaret. Por no hablar de los trabajadores de Cedar Village y de los muchachos. Le habría gustado pensar que podía haber otra explicación, pero lo cierto era que no le había dicho a nadie lo que estaba haciendo allí.

Quizá al principio, cuando no se conocían, habría tenido un motivo para ocultarles lo que había ido a hacer, pero después... Se había hecho un hueco en sus vidas sin el menor escrúpulo. Esa mujer era una mentirosa redomada que lo había jodido bien, y no solo en la cama.

Intentó controlarlo con todas sus fuerzas, pero no hubo manera de impedir que se desataran todas las inseguridades con las que llevaba luchando desde niño por sentir que nunca estaba a la altura. Que no le importaba a nadie.

No. Se fue a la cocina hecho un furia, dejó la brocha en remojo y se lavó las manos.

Ya no era un niño y se había esforzado demasiado en superar el pasado como para dejar que ahora ella lo infravalorara así. No podía cambiar el hecho de que Harper le hubiera mentido, pero sí podía hacerle saber que la había descubierto.

Salió de su casa con las llaves del coche en la mano y se puso en camino hacia el hotel. Tenía demasiadas cosas en la cabeza como para recordar qué horario tenía Harper aquel día, pero no le extrañó encontrar su coche aparcado frente al bungaló, pero ni rastro de ella. Seguramente estaría haciendo alguna actividad con los huéspedes.

Aparcó el coche a la sombra, detrás de la cabaña y se quedó esperando apoyado en el capó, con la mirada perdida en el bosque, tratando de no pensar.

Pero no conseguía hacerlo. Decidió esperar quince minutos más y, si no aparecía, se iría al pub a ahogar sus penas en alcohol. Tenía ganas de tomarse unas cuantas, pero esa noche estaba de servicio, así que tendría que conformarse con una sola cerveza.

Quizá se resarciera cuando volviera a casa después del turno.

Fue entonces cuando oyó la puerta delantera del bungaló. Se apartó del coche y respiró hondo varias veces para intentar tragarse la furia que sentía. Debía recordar que era un agente de la ley, acostumbrado a no dejarse llevar por las emociones.

Cuando llegó a la puerta y vio que estaba abierta, tuvo que detenerse un momento para intentar recuperar la compostura. No podía perder los nervios con ella, tenía que estar tranquilo. Movió los hombros varias veces y agitó las manos. Después volvió a tomar aire.

–Tranquilo –se dijo a sí mismo en voz baja mientras subía los escalones del porche–. Pase lo que pase, tienes que estar tranquilo.

Ya desde el porche, la vio al otro lado de la puerta entreabierta. Estaba de espaldas a él, sentada de lado en el sofá mirando unos documentos.

En lugar de la frialdad que se habría apoderado de él unos meses antes, lo que sintió al verla fue que se le aceleró el pulso.

Había sido un error ir a verla. Tenía que largarse inmediatamente. Dio un paso atrás, pero le pegó una patada a una de las mecedoras.

Ella se volvió hacia la puerta y, al verlo, apareció en su rostro esa sonrisa que lo iluminaba todo.

—¡Max! ¡Qué sorpresa tan agradable! No esperaba verte.

¿Cómo podía sentir dos emociones tan dispares al mismo tiempo? Por un lado se le derritió el corazón al ver la alegría que le daba verlo y por otro se le crisparon los nervios.

—Yo también he tenido una sorpresa —le dijo, al tiempo que entraba.

—¿Ah, sí? —Harper dio un paso hacia él—. ¿Buena?

—No.

—Vaya, lo siento. ¿Qué ha pasado?

—Me han dado el informe de las averiguaciones que pedí que hicieran sobre ti.

—¿Cómo? —sus ojos se volvieron tremendamente fríos de pronto—. ¿Has hecho averiguaciones sobre mí?

—Sí. ¿Quieres saber lo que me han dicho?

—Si es sobre mí, probablemente ya lo sepa. Además, aún no me he repuesto de la idea de que te hayas aprovechado de tu trabajo como ayudante del sheriff para...

Max soltó una fría carcajada.

—Eres muy buena dándole la vuelta a las cosas, como si fuera yo el que hubiese traicionado tu confianza. Pero me temo que no he utilizado los recursos de la oficina del sheriff. Llamé a un antiguo compañero de los marines que trabaja para un investigador privado y...

—¿Por qué? —dio un paso más hacia él.

—Porque el instinto me decía que había algo raro, que no eras del todo sincera conmigo. Hacías ciertas cosas que me hacían sospechar.

—¿Qué? —lo miró como si se hubiese vuelto loco.

Esa mirada encendió de nuevo la furia de Max.

—Hagamos un repaso —le dijo en tono irónico—. Colgabas cada vez que te sorprendía hablando por teléfono.

—¡Hablaba con mi madre! —se acercó a él y le dio un empujón, pero al ver que no conseguía moverlo ni un milímetro, resopló con frustración—. ¡Con mi madre!

—¡Has mentido a todo el mundo!

—Porque hace tiempo que comprobé, igual que lo había comprobado ya mi padre, que las organizaciones benéficas a las que tengo que evaluar se comportan de un modo muy distinto con Harper Summerville-Hardin de Sunday's Child y con Harper Summerville, y entonces es más difícil saber cómo son en realidad o si solo han montado un espectáculo para impresionarnos. Colgaba cada vez que aparecías porque yo aprobé la ayuda a Cedar Village la noche del partido de béisbol con los chicos, pero, por algún motivo, mi madre ha estado retrasándolo todo y no me parecía bien decírtelo hasta que recibierais la notificación. Ni discutir con ella delante de ti.

Le golpeó el pecho con el dedo.

–Pero, si mi comportamiento te resultaba tan sospechoso, ¿por qué no me preguntaste qué demonios pasaba? Probablemente te lo habría contado todo.

–Probablemente –repitió él con incredulidad–. O quizá no.

–Supongo que nunca lo sabremos –sonrió con frialdad y tristeza–. En cualquier caso, podrías haberte ahorrado la investigación. Esta misma mañana le he dicho a mi madre que, si ella no lo hace antes de mañana al mediodía, yo misma informaría a Mary-Margaret, y a ti y a Jake y a Jenny y a Tash, y a todo el que le interese.

De repente dio un paso atrás.

–Pero no sé por qué te doy tantas explicaciones. Ahora que lo pienso, vete a la mierda, Bradshaw. No he incumplido ninguna ley, ni he estafado a nadie. Solo estaba haciendo mi trabajo, de la misma manera que lo he hecho siempre con otros solicitantes de ayuda. No te debo ninguna explicación.

Max se frotó el pecho, donde ella le había dado con el dedo, pero se dio cuenta de que el dolor era mucho más profundo.

–No –le dijo, con tensión y frialdad–. Es obvio que nunca he significado nada para ti, señorita Summerville-Hardin, así que supongo que no me debes nada en absoluto.

–¿De verdad piensas...? –empezó a decir, pero de

pronto levantó una mano y señaló la puerta–. Lárgate.

–Encantado. Pero antes... –se acercó a ella y la besó con furia. Después se limpió la boca con el dorso de la mano, como si así pudiese borrar su sabor–. Gracias por los buenos polvos.

Max se arrepintió de pronunciar aquellas palabras tan irrespetuosas prácticamente a la vez que las decía. Y aún más cuando oyó que ella le llamaba cerdo porque sabía que se lo merecía. Pero Harper le había roto el corazón.

Por nada del mundo volvería a pedirle perdón.

Capítulo 20

–¡Cerdocerdocerdocerdocerdo! –Harper agarró uno de los escarpines que se había quitado después de montar en piragua y lo tiró a lo lejos, contra el marco de la puerta.

Era la segunda vez que tiraba algo en lo que iba de día. La verdad era que un objeto tan pequeño y tan ligero como el escarpín no ayudaba a descargar demasiada tensión. No la habría ayudado aunque se lo hubiese tirado a Max a la cara. Se levantó a agarrarlo y, ya que estaba allí, cerró la puerta de un buen portazo para darse una pequeña satisfacción. Estaba furiosa y frustrada, pero estaba intentando no gritar.

¡Max la había investigado! Resoplando como una locomotora, se puso a recoger los papeles en los que había estado trabajando cuando había llegado él. Al oírselo decir había sido como si la golpeara con un bate de béisbol. Había creído que le gustaba... y no solo para el sexo. Pero resultaba que su comportamiento le había parecido sospechoso y había decidido hacer que la investigaran.

Bueno, quizá no había sido del todo sincera con él, ¡pero tenía intención de contárselo! Era un desastre.

Y todo por culpa de su madre. Si Gina hubiese informado a Mary-Margaret en su momento, ella misma le habría contado la verdad a Max.

–Maldita sea –susurró–. ¿Te estás escuchando? –quizá no lo hubiera dicho, pero el resumen de lo que había pensado era que todo era culpa de los demás, no de ella.

«Vete a la mierda, Bradshaw. No te debo ninguna explicación».

Dios, ¿de verdad le había dicho eso? Era cierto que le había ocultado cosas y seguramente también lo fuera que se había comportado de un modo sospechoso cada vez que la había sorprendido hablando con su madre. No habría sido de extrañar que se le hubiese notado lo mal que lo estaba pasando debatiéndose entre lo que quería hacer, contárselo todo, y lo que se suponía que debía hacer por la fundación, que era seguir con la boca cerrada. Además, se había acostado con él y, a juzgar por su enfado, le había hecho creer que sentía algo por él, lo cual era cierto. Solo tenía que ver el daño que le habían hecho sus palabras para estar segura de que sí, sentía algo por él.

Pero también era cierto que en realidad no había hecho nada grave y que tenía todo el derecho del mundo a estar enfadada con él por haberla investigado, que era lo que se hacía con los delincuentes, no con alguien con quien uno se está acostando.

Pero...

Le dio un escalofrío al pensar en lo que significaba la furia de Max. Porque lo conocía bien y sabía cómo lo habían tratado de niño. Era evidente que había pensado que ella también había actuado como si él no existiera.

Así que, a pesar de lo que le había dicho, sí que le debía una explicación.

Y quizá fuera mejor hacerlo cuanto antes. Había pensado terminar de organizar las actividades de los Días de Razor Bay, pero no tenía la menor esperanza de poder concentrarse en ello hasta que se disculpase como debía.

Encontró su bolso bajo los papeles, se lo echó al hombro y salió por la puerta.

Media hora después tuvo que darse por vencida. Max no estaba en casa y no había visto su coche aparcado ni en casa de Jake, ni en la de Jenny. Por lo que creía recordar, no tenía que trabajar hasta la noche, pero quizá se hubiese equivocado.

Podría volver a casa y volver a intentarlo más tarde, pero entonces estaría tan ansiosa y frustrada como cuando había salido. Decidió dirigirse a Cedar Village.

Si su madre aún no había llamado a la directora, iba a hablar con Mary-Margaret personalmente. También a ella le debía una explicación sobre su verdadera identidad, así que quizá le hiciera bien quitarse eso de encima.

Al llegar al aparcamiento de Cedar Village se dio cuenta de que había albergado la esperanza de que estuviese allí Max. Pero por desgracia no era así. Sí tuvo suerte a la hora de encontrar a Mary-Margaret.

—¿Tienes un minuto? —le dijo en cuanto comprobó que estaba en su despacho.

—¡Harper! —exclamó la directora con alegría—. Claro que tengo un minuto. Pasa. Pon en el suelo todo eso y siéntate —Mary-Margaret esperó a que estuviera sentada para seguir hablando—. Hoy he recibido una estupenda noticia —anunció—. ¡Nos han concedido la ayuda de Sunday's Child!

—¡Qué bien! —un peso que se quitaba de encima, pero era uno muy pequeño—. Verás, tengo que decirte algo en relación con eso...

—Tu madre me dijo que tú habías dado la autorización hace semanas y que te prohibió decirle a nadie que trabajabas para Sunday's Child hasta que ella hubiera hablado con nosotros.

Harper se quedó atónita.

—¿Eso te dijo? Por favor, no quiero que pienses que intentaba engañar a nadie.

—¡Por supuesto que no! La señora Summerville-Hardin me dijo que normalmente no pasas más de una semana con las organizaciones, así que me alegro mucho de que siguieras trabajando con nosotros incluso después de haber aprobado la solicitud. Y de que nos hayas dado tantas ideas para recaudar fondos.

–Eso es porque me encanta Cedar Village. Hacéis un trabajo maravilloso con los chicos. Lo que siento es que mi madre haya tardado tanto en deciros lo contentos que estamos de poder ayudaros. Normalmente...

–No tienes que preocuparte por eso, querida. Ya me ha explicado por qué no nos lo dijo antes.

«Entonces ya sabes más que yo».

–... y no puedo culparla por ello.

Habría dado cualquier cosa por saber qué le había contado Gina y le sorprendía mucho que hubiese estado tan charlatana porque, aunque siempre era amable, su actitud era muy profesional.

Pero eso no era lo importante. Lo importante era que por fin lo había hecho.

–Una vez dicho eso –prosiguió la directora–, debo admitir que es la primera vez que respiro tranquila desde hace meses –se echó a reír y meneó la cabeza–. ¿A quién quiero engañar? Desde hace años.

Cuando salió de allí, Harper se sentía mucho más tranquila y pensó que quizá incluso pudiese trabajar un poco al llegar a casa.

Sin embargo, al pasar por The Anchor de camino a la cabaña, vio aparcado el coche de Max. Con el corazón en la garganta, se metió en el aparcamiento del pub.

Tuvo que detenerse en la puerta unos segundos para que la vista se le adaptara a la oscuridad y, cuando vio un poco más, miró a su alrededor.

Pero no lo vio.

Mierda. El centro médico estaba en el edificio de al lado, quizá estuviera allí porque, desde luego, no estaba sentado en ninguna de las mesas del pub.

Fue entonces cuando le llamó la atención un movimiento al fondo del local y vio a Max a punto de lanzar un dardo. Tenía exactamente el mismo aspecto que el día que lo había conocido: alto, fuerte y muy serio. Y su corazón reaccionó también del mismo modo: como un caballo desbocado.

Harper cruzó el local medio vacío entre las mesas, sin apartar la mirada de él salvo para no chocar con las sillas. Lo vio lanzar el dardo y luego dar un paso atrás. Fue entonces cuando vio a la mujer que estaba con él. Una rubia bajita de pechos generosos que sonreía a Max mientras se inclinaba sobre él, apretándole uno de sus pechos contra el brazo.

Harper se detuvo en seco como si acabara de chocar contra un campo de fuerza invisible. Dios. Era una posibilidad que no se le había pasado por la cabeza siquiera y que no sabía cómo afrontar.

Claro que sabía cómo afrontarlo. Tenía que salir corriendo de allí.

Pero del mismo modo que el movimiento de Max había atraído su atención, el brusco parón de Harper debió de atraer la atención de él porque de pronto giró la cabeza y clavó en ella una mirada fría que no decía absolutamente nada. Como habría mirado a un desconocido.

Algo se le rompió por dentro. De repente, volvía

a estar dolida y enfadada, pero se prometió que esa vez no iba a perder los nervios. Esa vez, pensó alzando bien la barbilla y obligándose a mirarlo, iba a actuar con dignidad pasara lo que pasara.

En realidad habría salido huyendo si él no la hubiera visto ya.

Así pues, respiró hondo y habló con calma.

−No quiero interrumpir el juego, pero me gustaría hablar contigo.

−Lárgate.

Aquello aumentó la tensión de Harper, pero se las arregló para mantener la voz tranquila.

−De acuerdo. Antes cuando te he dicho que no te debía nada, estaba enfadada... y equivocada. Sí que te debo una explicación y, cuando tengas un momento para escucharla, me encantaría contarte todo lo que quieras saber −esperó, mirándolo a los ojos, pero nada cambió en su rostro al oír sus palabras.

−Más tarde −dijo la rubia, agarrada del brazo de Max mientras sus pechos amenazaban con desbordarse por el escote−. Ahora estamos ocupados.

Al ver que Max no decía nada, Harper asintió.

−Claro −dijo antes de darse media vuelta y marcharse.

Probablemente debería haberse sentido aliviada de no tener que buscar la manera de explicarle por qué no le había contado la verdad, pero no era eso lo que sentía en absoluto. Una parte de ella deseaba apartar a esa maldita rubia de su lado.

Pero lo que sentía sobre todo era un dolor en las

entrañas aún más intenso que cuando lo había visto salir de su bungaló unas horas antes.

–Pensé que no se iba.

La voz de Rachel acabó con la parálisis que había experimentado Max. Miró a la mujer que se había acercado a él cuando había agarrado los dardos para descargar en la diana la furia que sentía hacia Harper.

La rubia le ofreció un dardo mientras le sonreía, seductora.

–Estabas intentando dar en el blanco y solo te queda una oportunidad. Esta es la definitiva, grandullón, la que separa a los hombres de los jovencitos.

Max agarró el dardo, pero tenía la cabeza muy lejos de la diana. Y muy cerca de Harper.

¿Por qué había tenido que presentarse allí, tan tranquila y elegante? Por un momento, después de recuperarse de la sorpresa de verla aparecer, se había alegrado de que lo viera con otra mujer. Dios, hasta ese momento, había llegado a considerar la posibilidad de llevarse a Rachel a su casa e intentar quitarse de la cabeza a la mujer que realmente deseaba.

Pero cuando había visto el modo en que miraba a Rachel cuando esta había apretado su pecho contra su brazo, solo había querido librarse de ella y había sabido que jamás podría acostarse con la diminuta rubia.

Aun así, se había quedado inmóvil, incapaz de decir ni una palabra. Igual que cuando era niño y su madre había empezado a enumerar todas las injusticias que sufrían. La mayoría de las veces habría querido pedirle que se callara y se olvidara de todo. Pero las cuerdas vocales nunca le habían respondido.

«Por Dios, Bradshaw, ya no eres ese estúpido muchacho».

Lanzó el dardo sin pensar, ni apuntar bien, por lo que aterrizó muy alejado del blanco.

—Supongo que tendré que seguir jugando con los jovencitos —dijo, dando un paso atrás—. Tengo que irme.

Salió de allí a toda prisa y, cuando llegó a la puerta, iba ya casi corriendo. Miró a su alrededor, pero no vio el coche de Harper por ninguna parte. Lo buscó en las dos calles adyacentes, pero no hubo suerte.

—Mierda —pensó mientras se dirigía a su coche. Quizá pudiera llamarla. No, no era eso lo que quería hacer.

Cinco minutos después se alegró al ver su coche aparcado detrás de la cabaña. Cuando subió las escaleras del porche y la vio prácticamente en la misma postura que la última vez, soltó el aire que había estado conteniendo sin darse cuenta.

Harper giró la cabeza hacia la puerta y, al verlo, se dio media vuelta para mirarlo de frente.

—¿Puedo pasar?
—Sí. Claro, pasa por favor —se metió las manos

en los bolsillos del pantalón mientras lo veía pasar–. ¿Quieres beber algo?
—No. Solo quiero la explicación que has dicho que me debías.

La vio hundir los hombros, quizá por la frialdad de su voz. Enseguida volvió a ponerse recta y, si Max no hubiese aprendido a interpretar el lenguaje corporal, quizá habría podido engañarlo y hacerle creer que estaba tranquila.

—Yo sí me voy a servir una copa de vino –le dijo ella y señaló el sofá–. Ponte cómodo, por favor.

Max se dejó caer en el sofá, intentando no pensar en la formalidad de una mujer que rara vez era formal.

Volvió con una copa de vino tinto y se sentó en la mesita baja, frente a él. El último lugar en el que habría esperado que se sentara. Encogió las piernas para no rozarla, pero luego se quedó quieto para no delatar su nerviosismo.

Si Harper se dio cuenta, no lo demostró. Tomó un sorbo de vino, bajó la copa y se la apoyó entre los pechos.

—Antes he ido a buscarte y, al no encontrarte, he ido al centro a hablar con Mary-Margaret. Resulta que mi madre había llamado por fin para comunicarles que se les ha concedido la ayuda.

Max se cruzó de brazos.

—Me alegro.

—Pero no es eso lo que quieres escuchar.

—No, de verdad me alegro –bajó los brazos y, como no sabía qué hacer con las manos, se las apoyó en los muslos–. Nadie merece más la ayuda que ellos.

–Estoy de acuerdo. Pero sé que no es de lo que has venido a hablar –tomó otro sorbo de vino antes de dejar la copa. Respiró hondo y lo miró a los ojos.

Max sintió un escalofrío al notar la energía que le transmitían sus enormes ojos verdes. Había conseguido no reaccionar cuando lo había mirado en el pub, pero ahora estaban mucho más cerca y era más difícil controlar las emociones.

–Cuando llegué aquí no esperaba establecer relaciones tan estrechas con todo el mundo –comenzó a decir con voz ronca–. La mayoría de las organizaciones que tengo que evaluar están en grandes ciudades y solo estoy allí una semana como máximo. Lo paso bien con la gente, pero es una relación mucho más superficial que las que tengo aquí –apartó la mirada un momento antes de volver a clavarla en sus ojos–. En muchos sentidos, no estaba preparada para conocerte –admitió–. ¿Te acuerdas el día que nos conocimos en el parque?

Max asintió una sola vez. Dios, claro que lo recordaba. Le había parecido tan tranquila y elegante como una princesa. La había deseado nada más verla, pero se había quedado mudo en su presencia.

–Mi padre solía decirme que comunicaba más con el tacto que la mayoría de la gente con las palabras –siguió diciéndole–. Seguramente no recuerdes que te toqué el brazo...

–Lo recuerdo –reconoció bruscamente. Como si hubiera algo de ella que no recordara.

–Bueno, pues ese día cuando te toqué... –se pasó la lengua por los labios– fue como si metiera la mano en un calentador. Yo pensaba que estaba apagado, pero en realidad estaba muy encendido –meneó la cabeza–. No... en realidad fue más bien como si agarrara un cable pelado. El calambre me llegó hasta los dedos de los pies –lo clavó en el sitio con la mirada–. Y me sigue ocurriendo lo mismo.

Max cambió de postura.

–Siento algo por ti que aún no puedo definir, pero que está ahí. Sin embargo, debo decirte que llevo años trabajando del mismo modo para Sunday's Child. Es un protocolo que establecieron mis padres y que ha funcionado perfectamente hasta ahora. Me gustaría pensar que si te hubiera conocido y hubiera sabido lo que iba a pasar entre nosotros, habría hecho las cosas de otra manera, pero, sinceramente, no sé si habría sido así. Hago mi trabajo como le gustaba a mi padre.

–Y tú eres la niña de papá.

–Sí –alargó la mano para tocarle la muñeca, pero la dejó caer a medio camino–. Lo único que quiero que tengas claro es que no tenía ningún plan cuando me acosté contigo.

–Lo sé –Max soltó aire–. Lo sabía incluso cuando te he hecho esa broma sobre los buenos polvos. Siento haberte dicho eso; ha sido cruel y grosero, y no me siento orgulloso de haberlo dicho solo para que te sintieras tan mal como me sentía yo.

–Está bien.

–No, no está bien.

—Tienes razón. No está bien —volvió a clavar la mirada en sus ojos—. No deberías haberme dicho algo tan feo.

—Mi única excusa es que estaba muy dolido y creía que habías jugado conmigo. Pero no debería haber llegado a conclusiones apresuradas. Tú has hecho por mí cosas que nunca había hecho nadie, al margen de ayudarme a alimentarme mejor o de tomarte tantas molestias para organizarme una fiesta de cumpleaños. Tú has hecho que me sienta parte de una comunidad como no lo había sentido nunca. Así que quizá... —titubeó un momento antes de tomar aire y lanzarse—. Quizá deberíamos ver qué pasa entre nosotros. Incluso podríamos tener una cita.

Al oírse decir aquellas palabras se dio cuenta de que, aunque habían hecho muchas cosas juntos, no habían tenido ni una sola cita de verdad.

—Me encantaría. Pero antes necesito decirte otra cosa.

Mierda.

—Dime que no vas a contarme que estás casada —no, Kev le había asegurado que no tenía pareja. Meneó la cabeza. Tenía que pensar con claridad.

—No —dijo, sonriendo—. ¿Te acuerdas de eso que te conté sobre dejar de moverse y morir? Sé que suena a superstición, pero de verdad lo creo. Así que la idea de dejar de viajar de manera regular me da escalofríos y creo que por eso cada vez que pienso en tener algo serio contigo, me entra el pánico.

—¿Por qué?

–Porque tú estás muy arraigado en Razor Bay y yo... –lo miró con resignación–. Yo soy el paradigma del trotamundos.

–No estamos hablando de casarnos –aclaró él con una mueca–. ¿Qué te parece si nos limitamos a dejarnos llevar y ver qué pasa? –le propuso, pero sintió una punzada en el pecho.

¿Qué posibilidades tenía con una mujer que siempre quería estar en movimiento?

Bueno, era la antítesis de su deseo de tener una pareja estable con alguien para la que él siempre fuera lo primero.

Capítulo 21

La pizzería estaba tan abarrotada de gente que a Harper le sorprendió que Tasha la viera, pero aún más que interrumpiera su frenético baile entre la barra y el horno para hablar con ella.

−Hola, guapa −le dijo su amiga−. A tu pedido todavía le faltan cinco minutos.

−Sí, por teléfono me han dicho que tardaría veinticinco minutos, pero he venido antes solo para estar un rato por aquí −se apartó un poco para dejar espacio a una madre que intentaba hacer cola y al mismo tiempo controlar a dos niños muy activos−. No pensé que esto fuera a estar tan lleno.

−Es la primera noche del fin de semana del Día del Trabajo y de los Días de Razor Bay −Tasha se encogió de hombros−. Esto va a ir a más.

Harper vio en ese momento al muchacho de Cedar Village que había recomendado Max para que les ayudara.

−¿Qué tal lo hace Jeremy?

–La verdad es que muy bien. Es alto y guapo, así que tenía miedo de que se pasara el rato coqueteando con las adolescentes, pero, a pesar de que a ellas les encantaría que lo hiciera, se limita a hacer su trabajo y lo hace de maravilla.

–Me alegro mucho –titubeó un momento antes de decir–: Escucha, quería pedirte perdón otra vez por...

–Harper, cariño, olvídalo –le pidió su amiga–. Ya te disculpaste y yo acepté tus disculpas. Tampoco es que vinieras al pueblo a robar secretos industriales... o la receta de la salsa de la pizza.

–Jenny y tú habéis sido mucho más compasivas que Max al principio.

–Bueno, es que nosotras no nos acostamos contigo –dijo, riéndose–. Las reglas no están tan claras cuando interviene el sexo.

–Sí, ya lo he comprobado.

–Mira, aquí está tu pedido –Tasha agarró la torre de cajas y se dispuso a dárselas a Harper, pero se quedó a medio camino–. Vamos, te acompaño al coche.

–Estás hasta arriba de trabajo. No hace falta que me lo lleves al coche.

–Quiero hacerlo... así puedo salir a tomar un poco de aire fresco. Oye, ¿te he dicho que ya tengo inquilino para el apartamento de arriba?

–No. Me alegro. Sé que te preocupaba perder el dinero del alquiler –le abrió la puerta para que saliera–. Supongo que será un alivio.

–Lo es. Y ha sido muy fácil porque ha sido el

propio Will, el antiguo inquilino al que conociste, el que me ha traído a su sustituto.

—Qué cómodo.

—Desde luego. Es un tipo llamado Luke... —meneó la cabeza—. Vaya, acabo de darme cuenta de que no sé su apellido. Le mandé un contrato para que Will lo completara con sus datos —se encogió de hombros—. Bueno, ya me enteraré cuando venga. Me basta con saber que es amigo de Will. Parece que ser que fueron compañeros de habitación en la universidad y que acaba de dejar un trabajo para el gobierno y quería venir a visitar a la familia que tiene por esta zona. Además, son solo noventa días.

—¿Y qué te parece eso?

—Preferiría que fuera por más tiempo, claro, pero bueno, ya lo pensaré cuando llegue el momento —habían llegado al coche, así que Tasha dejó las pizzas en el maletero y cerró la puerta—. ¿Entonces Max y tú ya estáis bien?

—Sí. La verdad es que cuando se nos pasó el enfado, solucionamos las cosas bastante rápido. Hasta ha accedido a ayudarme con la fiesta infantil de esta noche.

—¿En serio? ¿Cómo has conseguido convencerlo?

Harper le lanzó una sonrisa de arrogancia.

—Querida, estás ante una persona con grandes habilidades sociales.

—Debes de tenerlas para haberlo convencido de que cuidara de un montón de niños gritones.

—Ah, no, nada de eso. He planeado un montón de

actividades para entretenerlos. Esta noche no va a haber ningún grito.

Max tuvo que levantar la voz para hacerse oír por encima de los gritos de los niños.
—¿Cómo demonios me dejé convencer para venir?
—Gracias a mis habilidades soci... discúlpame un momento.
Dio un paso atrás y tocó un silbato que llevaba colgado al cuello. El ruido sirvió para que los niños se detuvieran donde estaban y la miraran.
—¿Quién quiere pizza? —preguntó y, cuando respondieron a gritos, volvió a silbar—. Mirad a vuestro alrededor, chicos —señaló la sala en la que se encontraban—. Hoy vamos a utilizar la voz de interior —les dijo en esa misma voz—. Porque...
—Estamos dentro —respondieron algunos niños, que todavía no habían aprendido a hacerse los indiferentes.
—¡Exacto! Así que poneos en fila para que podamos repartir la comida. Y nada de empujarse —añadió para los dos preadolescentes que ya habían empezado a hacerlo.
Los dos sonrieron con gesto inocente y se pusieron a la cola. Max meneó la cabeza. Era cierto que tenía unas impresionantes habilidades sociales con personas de cualquier edad.
Habían cenado, jugado a un par de cosas y llevaban unos diez minutos viendo una película de Pixar

cuando le sonó el teléfono móvil y tuvo que responder porque era del trabajo.

—Enseguida vuelvo —le susurró a Harper y se metió en el dormitorio de la suite—. Hola, Amy, cuéntame.

—Acaba de llamar un hombre para pedirme tu número. Ha dicho que era algo relacionado con tu padre.

El corazón le dio un vuelco y por un instante se le quedó la mente en blanco.

—Le he dicho que te llamaría y que, si querías hablar con él, lo llamarías.

—Gracias, Amy. ¿Cómo se llamaba ese hombre?

—De eso se trata, Max. Ha dicho que se llamaba Luke... Bradshaw.

—Ay, Dios.

—Algo parecido he dicho yo. ¿Tienes algún tío o algún primo al que no conozcas?

—Que yo sepa, Charlie era hijo único. Igual que yo... y que Jake —se rio con frialdad—. Supongo que eso lo dice todo, ¿no? Jake y yo podríamos tener por ahí un ejército de hermanos de padre —abrió el cajón de la mesilla y sacó un bolígrafo y una libreta del hotel—. Supongo que te has quedado con su número.

—Sí. ¿Apuntas?

—Dime.

Amy le dictó el número y luego añadió:

—Por lo visto el nombre se escribe Luc —dijo en tono irónico—. Así que debe de ser de un sitio más sofisticado que Razor Bay.

Max le dio las gracias y colgó, pero se quedó allí un rato mirando lo que había apuntado antes de decidirse a marcar el número.

Respondieron a la primera.

—Bradshaw al habla —dijo una voz casi tan profunda como la suya.

—Qué coincidencia —respondió él—. Lo mismo digo.

Hubo un momento de silencio.

—¿Eres Max Bradshaw?

—Sí.

—Bien. Esperaba que me llamaras.

Max decidió ir al grano.

—Me han dicho que llamabas por algo relacionado con Charlie Bradshaw. ¿Qué relación tenías con él?

—Es mi padre.

—Vaya —no tenía motivos para sorprenderse, conociendo la historia de Charlie, pero respiró hondo y se frotó el pecho—. ¿Y tienes más hermanos?

—No, soy hijo único. Al menos eso era lo que yo creía. Mi madre fue su tercera esposa. Tercera y... —se aclaró la garganta—. Escucha, ¿podríamos vernos? No sé si conoces a Jake Bradshaw, pero...

—Sí, lo conozco. ¿Dónde estás?

—Estoy alojado en un hotel de un pueblo llamado Silverdale.

—Está a unos quince minutos de aquí —Max le dio las indicaciones para llegar a Razor Bay, al pub The Anchor—. Voy a buscar a Jake y nos veremos allí.

—¿Él también está en Razor Bay? —preguntó con

evidente sorpresa–. He llamado a la redacción de *National Explorer*, pero no he conseguido que me pusieran en contacto con él.

–Sí, ahora vive aquí.

–Bueno, nos vemos en The Anchor.

–¿Cómo te reconozco? –no debería resultarle extraño no saber qué aspecto tenía su hermano, puesto que hasta hacía cinco minutos ni siquiera sabía que existía.

–Mido un metro noventa y cinco, tengo el pelo negro y llevo una camisa negra y roja.

Max volvió a la sala ligeramente aturdido. Al verlo aparecer, Harper se quedó mirándolo y se levantó enseguida para ir a su encuentro. Max salió con ella al pasillo.

–Tengo que irme –hizo una pausa antes de decirle–: Acabo de recibir una llamada de un tipo que dice que es mi hermano de padre –se frotó las sienes con los dedos–. Otro Bradshaw. No tenía ni idea, Harper. Es cierto que corrían algunos rumores después de que se fuera de Razor Bay. La gente decía que lo había visto con una mujer y con un niño, pero nadie sabía seguro si era él –se encogió de hombros–. Yo todavía estaba en el colegio, así que era muy pequeño.

–¡Dios mío, Max! –le puso la mano en el brazo–. ¿Estás bien?

–Si te soy sincero, no lo sé. Estoy un poco aturdido.

–No me extraña.

–Voy a buscar a Jake para reunirnos con este tipo

en el Anchor –se pasó la mano por el pelo–. ¿Cuántos hermanos más tendré por ahí?

–Tengas los que tengas, solo puedes afrontar la situación poco a poco. Ve a buscar a Jake e id a conocer a vuestro hermano.

–Medio hermano –matizó.

–Eso mismo dijiste de Jake cuando te conocí, pero nunca más te he oído referirte a él de ese modo.

Era cierto que para él ahora era su hermano. Pero...

–Conozco a Jake de toda la vida. Puede que durante un tiempo no nos lleváramos bien, pero nos conocíamos. De este tipo no sé absolutamente nada.

–¿Cómo se llama? –le preguntó ella con suavidad.

–Luc.

–¿De verdad? Tasha me ha contado hace un rato que va a alquilarle el apartamento a un hombre llamado Luc y que venía al pueblo a... –dejó la frase a medias al ver que Max tenía la cabeza en otra parte–. No importa. Ve a darle la noticia a Jake y a conocer a Luc. Supongo que tendrás curiosidad.

–Sí, eso sí –se acercó a darle un beso–. Luego nos vemos.

–Ven a casa cuando termines, o al menos llámame para contarme.

–Lo haré –le acarició la mejilla y se marchó.

Afortunadamente, Jake estaba en su casa, pero cuando abrió la puerta, Max se quedó inmóvil.

–¿Y bien? –le preguntó su hermano–. ¿Has venido a algo, o es que solo querías admirar mi belleza masculina?

Ni siquiera respondió a la broma.

—Hay un tipo en el pueblo que dice ser hijo de Charlie —le anunció sin preámbulos—. Quiere vernos.

Jake se quedó paralizado.

—No sé por qué me sorprende, pero me sorprende.

—Dímelo a mí. He quedado con él en The Anchor. Agarra la cartera porque invitas tú.

Jake nunca hacía nada con prisa, así que tardaron quince minutos en llegar al pub.

—Pelo negro, camisa roja y negra —murmuró Max, mirando a su alrededor—. ¿Ves a alguien más aparte del tipo latino que encaje con la descripción? Espera un momento —el latino lo miró fijamente y le hizo un gesto—. Parece que es él. Qué sorpresa. Me imaginaba otro como tú.

—Perdona, pero no hay otro como yo.

El tipo fue a su encuentro. Su color de piel era parecido al de Harper, llevaba el pelo muy corto y tenía pinta de tener hoyuelos en las mejillas al sonreír. Eso último no pudieron comprobarlo porque los recibió con gesto serio.

—Hola, soy Lucas, pero me llaman Luc —los miró de arriba abajo a los dos, como habría hecho un policía, y luego les tendió una mano.

Max se la estrechó, comprobando que daba la mano con fuerza, cosa que le gustó.

—Yo soy Max y este es mi hermano Jake.

Luc les señaló la mesa y fueron a sentarse, Luc en un lado y Jake y Max en el otro. La camarera apareció un segundo después con una Fat Tire y una Ridgetop para Max.

—Esto es más difícil de lo que me imaginaba —reconoció Luc cuando se alejó la camarera—. Llevo buscándoos desde que murió papá y descubrí que tenía hermanos.

—¿Charlie ha muerto? —preguntó Max, sin saber muy bien qué sentía al respecto. Después de unos segundos llegó a la conclusión de que no sentía nada. Miró a Jake de reojo, pero tampoco vio ninguna reacción en él.

—Sí —respondió Luc—. El dieciocho de abril.

—¿Cuánto tiempo tardaste en enterarte?

—¿Qué? —el nuevo Bradshaw frunció el entrecejo y luego meneó la cabeza—. Me enteré inmediatamente.

—¿Cómo te las arreglaste?

—Pues no sé... soy su hijo.

—Sí, bueno, y nosotros —le recordó Jake—. Y, sin embargo, nos estamos enterando ahora, seis meses después.

Luc volvió a menear la cabeza.

—Me da la impresión de que con vosotros no fue un padre muy...

Max resopló, pero fue Jake el que habló.

—¿Tú crees?

—... pero para mí fue un buen padre.

—¿No os dejó a tu madre y a ti en cuanto se enamoró de otra? —le preguntó Max.

—¡No!

—¿No pasó de ser el mejor padre del mundo a actuar como si no existieras? —quiso saber Jake.

—Madre mía, no —dejó la cerveza y los miró a uno y a otro—. ¿Fue eso lo que os hizo a vosotros? ¿A los dos?

—Sí —dijo Jake con dureza—. Al menos cuando me lo hizo a mí tuvo la decencia de marcharse del pueblo y yo no tuve que verlo con su nueva familia. Max, sin embargo, tuvo que seguir viviendo en Razor Bay cuando Charlie dejó a su madre y se casó con la mía. Conmigo fue un buen padre durante un tiempo, pero era como si Max fuera invisible.

Quizá fuera infantil, pero resultaba reconfortante ver que Jake estaba de su parte. Era como si lo estuviera defendiendo ante un matón. No pudo contener la emoción y le dio un empujoncito.

—Maldita sea, Max, me has tirado la cerveza —protestó Jake, pero le lanzó una mirada de complicidad.

Max miró a Luc y meneó la cabeza como diciéndole, «¿ves lo que tengo que aguantar?». Luego se puso serio.

—¿Entonces, Charlie se quedó con tu madre y te criaron juntos?

—Sí.

—¿Y nunca te habló de Jake y de mí? —eso tampoco le sorprendía mucho.

—No supe nada de vosotros hasta que me puse a ordenar sus cosas —clavó la mirada en la mesa unos segundos antes de volver a mirarlos a los dos—. Mi madre murió hace un par de años —dijo con voz débil–. Yo viajo mucho y a veces estoy bastante tiempo fuera, pero podría haber encontrado la ocasión para decirme que tenía dos hermanos –meneó la cabeza de nuevo–. Nunca dijo ni una palabra.

–Está claro que tú ya existías cuando se fue de Razor Bay –dedujo Jake–. Porque debes de tener mi edad. ¿Eres adoptado?

–No. No sé qué edad tenéis vosotros, yo tengo treinta y cinco.

–Yo acabo de cumplir treinta y cuatro, así que no pasó mucho tiempo entre tu madre y la mía.

–Mis padres siempre hablaban como si lo suyo hubiera sido una gran historia de amor. Parece ser que mi madre se quedó embarazada, pero su padre, que era un argentino muy tradicional, tomó cartas en el asunto. No le dijo a mi padre que estaba embarazada, pero sí que ella no quería volver a verlo y lo mismo le dijo a ella. Entonces papá se casó con otra...

–Con otras –murmuró Jake.

–Luego volvieron a encontrarse cuando papá fue por trabajo a San Clemente, donde yo me crié –se bebió el último trago de su cerveza–. Pero veo que vuestra historia fue muy diferente. Veréis, yo crecí siendo hijo único, sin primos ni nada, así que cuando me enteré de que sí tengo familia, quise conocerla cuanto antes. Comprendo que vosotros no tengáis ningún interés en conocerme –dejó un billete sobre la mesa y se dispuso a levantarse.

–Siéntate –le ordenó Jake–. No te pongas así. Claro que queremos conocerte. Bueno, por lo menos yo. A Max suelen costarle más los cambios.

—¡Oye! —protestó él—. Que he ido a buscarte en cuanto he recibido su llamada. Y eso que sabía que ibas a meter la pata —se quedó mirando a Luc y vio ciertos parecidos con las fotos que había visto de Charlie. Los labios carnosos y la mandíbula eran iguales a las de su padre.

De pronto recordó la estridente voz de su madre, diciendo que se alegraba de que Charlie hubiese abandonado a su pequeño bastardo igual que le había abandonado a él, que era lo único bueno de saber que tenía otra mujer y otro hijo por ahí. En ese momento había llegado a odiar a aquel niño casi tanto como había odiado a Jake. Se preguntó si seguía odiándolo.

No. Al oír a Luc decir la palabra «familia» había sabido que no lo odiaba y que quería conocerlo mejor. Sí, aquel nuevo Bradshaw era familia suya y no estaba tan sobrado de parientes como para rechazar a uno, ni quería perder el tiempo odiándolo como había hecho con Jake. De pronto sintió algo parecido a la impaciencia por entablar una buena relación también con Luc.

—Jake es un tipo fácil —le explicó—. Yo, no tanto. No puedo decir que vaya a estar dispuesto de donarte un riñón pronto, pero, por otra parte... —se encogió de hombros—. ¿Qué demonios? Me parece bien conocerte mejor.

Capítulo 22

–Jenny dice que hace tiempo que deberíamos haber ido a bañarnos desnudas.

Harper trató de prestar atención a Tasha. Se había percatado de que las dos amigas estaban tramando algo entre bromas y risas, pero estaba demasiado absorta pensando en la propuesta que estaba considerando hacerle a Max. De pronto, las palabras de Tasha adquirieron sentido y la dejaron boquiabierta.

–¿Qué? –preguntó.

Jenny se echó a reír.

–Parece que ya tenemos tu atención –dijo, en medio del murmullo de conversaciones que había en la pizzería–. Tenemos que sacar a Tasha de aquí de alguna manera. Lleva todo el verano trabajando casi sin parar y hace siglos que no vamos a bañarnos desnudas.

Tasha asintió.

–Desde el año pasado. No hemos ido en todo el

verano –en ese momento se acercó una camarera a preguntarle algo y tuvo que apartarse.

–¿De verdad os bañáis desnudas? –le preguntó Harper a Jenny.

–¿Es que tú nunca lo has hecho?

–No.

–Yo he perdido la cuenta de las veces que lo hemos hecho Tash y yo. Empezamos el primer año que yo pasé aquí –recordó con cariño–. Teníamos dieciséis años y nos parecía toda una aventura.

–A mí me lo sigue pareciendo –dijo Harper, y era curioso que tuviese tanto que ver con sus elucubraciones.

Últimamente pensaba mucho sobre las raíces, algo extraño, teniendo en cuenta que solo una semana antes habría jurado estar completamente en contra de las raíces y la estabilidad. Porque pararse era sinónimo de... bueno, quizá no de morir...

Sintió un escalofrío. «Vamos, sé sincera contigo misma al menos. Eso es exactamente lo que piensas, que es sinónimo de morir».

Lo que había pensado siempre, especialmente desde la muerte de su padre.

Pero ese tipo de cosas era lo que habían despertado su curiosidad; tradiciones de amigos que se repiten año tras año para disfrutarlas juntos.

Y había empezado a preguntarse qué se sentiría compartiendo algo así.

–¿Entonces te apuntas? –le preguntó Tasha al volver.

Harper había vivido algunas aventuras en su vida, pero siempre con la ropa puesta.

–¿Cuándo pensáis ir?

–Esta noche.

–Lástima, tengo actividad con los huéspedes.

Jenny la miró fijamente.

–Lo has organizado todo para que los huéspedes vayan en las barcas a ver los fuegos, ¿verdad?

–Sí –respondió con inseguridad porque sospechaba que había alguna trampa–. Pero ya sabes que tengo que estar en el embarcadero para comprobar que vuelven todas las barcas después de los fuegos –en cierto modo se alegraba de no poder ir a bañarse desnuda con ellas, pero, por otra parte, la que disfrutaba de las nuevas aventuras y, sobre todo, la que adoraba a aquellas dos mujeres, se sentía un poco defraudada.

–Entonces estás de suerte, guapa –le aseguró Tasha con entusiasmo–. Porque tenemos pensado ir mientras todo el mundo está viendo los fuegos. Cuando acaben estarás de vuelta en el muelle, bien vestida.

–Ah –se limitó a decir–. No tengo escapatoria.

Sus amigas se echaron a reír.

–Yo voy a cerrar la pizzería a las nueve en punto –les explicó Tasha–. Podemos vernos en el embarcadero del hotel a las nueve y media. Lleva el bañador puesto –le pidió a Harper–, porque no nos denudamos hasta que llegamos al lugar elegido. Así corremos menos riesgos de que nos vean.

–No sé si me gusta cómo suena.

–Vamos, pequeña, te va a encantar –le aseguró Jenny–. Te apuesto lo que quieras.

Una hora después, Harper se encontró tirándose al canal desde el embarcadero del hotel al tiempo que el cielo perdía las últimas luces del día. Aquello no era como subirse a hombros de un fuerte caballero en un día caluroso, cuando el frío del agua resultaba gratificante. A medida que se adentraban en el mes de septiembre, los días habían empezado a hacerse más frescos y el agua daba buena cuenta de ello.

Apenas metió un dedo, Harper sintió que se le tensaban todos los músculos del cuerpo, pero al nadar, los músculos fueron aclimatándose y cuando se alejó del muelle, ya ni siquiera tenía frío.

Aún no estaba muy oscuro. Había aprendido que, aún en mitad de la noche, si el cielo estaba claro, tenía un color azul marino oscuro más que negro. Las estrellas iban adquiriendo brillo según iba oscureciéndose y la Vía Láctea se dibujaba en el firmamento. La luna era tan solo una rayita, pero aun así se veían las montañas al otro lado del canal, en cuya agua se reflejaban.

Harper fue la primera en llegar al muelle flotante, por delante de Jenny y de Tasha, y se colocó en el lateral más alejado de las luces del hotel. Una vez allí, se desató el lazo del traje de baño y dejó caer la parte de arriba para después bajárselo por las piernas hasta los pies. Dejó la prenda en el embarcadero y, cuando sus amigas hicieron lo propio, Harper se tumbó en el agua, moviendo las piernas.

Fue entonces cuando descubrió lo distinto que era bañarse desnuda.

–Ah.

Jenny la miró sonriendo.

–¿A que es genial?

–Desde luego. Me encanta.

–Ya te lo dije.

Pasaron los siguientes veinte minutos jugando en el agua como niñas y Harper descubrió la felicidad y la libertad de divertirse con amigas. Tasha y Jenny eran muy competitivas, así que la cuestión era hundir y acabar hundida. Harper hizo todo lo posible por hundir y, aunque muchas veces la derrotaron, se rio de un modo u otro.

De vez en cuando alguna de las tres se subía al embarcadero y se quedaba allí de pie, desnuda, durante unos maravillosos segundos antes de volver a lanzarse al agua. A Jenny le caía el largo cabello oscuro hasta los pechos, mientras que a Harper y a Tasha se les rizaba aún más por efecto del agua.

Las tres se quedaron inmóviles cuando apareció en el cielo el primer fuego artificial. Harper estaba viéndolos flotando boca arriba cuando oyó el ruido que hacían unos remos al golpear el agua.

–¿Oís eso? –les susurró a las otras dos–. Creo que viene alguien.

–¡Madre mía! –exclamó una voz de hombre–. ¿Me engañan los ojos, o eso son mujeres desnudas? –preguntó con ilusión, pero luego añadió con tristeza–: Y yo sin mi cámara.

—Jake Bradshaw —le dijo su prometida en tono estricto—. ¿Qué demonios haces aquí?

—Un poco de turismo. Está todo lleno de barcas, así que nos hemos alejado un poco para ver los fuegos tranquilos.

—¿Estás con Max?

Harper podría haberle dicho que no era él. Sabía que estaba trabajando y, aunque la otra sombra que había en la barca era también muy grande, no tenía los hombros tan anchos como él. Miró a la plataforma flotando, preguntándose si podría recuperar el bañador sin que la vieran los hombres.

—No —respondió Jake en tono bromista—. Estoy con Luc, el nuevo Bradshaw.

Estupendo. Un desconocido. Cada vez se sentía más desnuda y vulnerable.

—Es imposible que nos vean —le dijo Tasha al oído—. Sé que da la impresión de que sí, pero confía en mí. Jenny y yo llevamos años haciéndolo y estoy segura de que ninguna linterna puede iluminar por debajo de la superficie.

Harper le dio las gracias, pues había conseguido que se sintiera más segura.

—Bueno, Jake, da la vuelta a la barca y llévate a tu nuevo hermano de aquí.

—¿Por qué iba a hacer eso, mi amor?

—Porque si no lo haces —lo amenazó Jenny—, me subo a la plataforma para que me veáis bien los dos.

—Es hora de irse, Luc —anunció Jake de inmediato—. Nos vemos en casa, preciosa.

El otro hombre se echó a reír. Harper sintió la tensión de Tasha a su lado.

–¿Qué ocurre? ¿Estás bien?

–Sí. Es que, por un momento el nuevo hermano me ha parecido... –Tasha meneó la cabeza–. No, está claro que ha sido mi imaginación –se subió a la plataforma y se puso el bañador rápidamente.

Después le tendió una mano a Harper para ayudarla a subir. Ella titubeó.

–No te verán aunque miren hacia atrás –le aseguró Tasha.

Jenny fue la siguiente en aparecer en el muelle flotante, así que Harper se atrevió a subirse también. Mientras se ponía el bañador mojado, temblando de frío, pensó con nostalgia en las toallas que las esperaban en el embarcadero del hotel.

Pero miró a sus amigas con una enorme sonrisa en los labios.

–Qué noche tan increíble –les dijo–. Me alegro mucho de haber venido. La última que llegue al jacuzzi tendrá que ir a buscar el vino a mi cabaña –las retó antes de lanzarse al agua y echar a nadar a toda prisa. Lo último que oyó fueron los gritos de entusiasmo de sus amigas.

–Solo tengo unos minutos –anunció Max nada más sentarse en pub frente a Jake y al nuevo Bradshaw.

–¿Por qué estás de tan mal humor?

–No estoy de mal humor –mintió–. Me habéis

llamado y he venido. No habéis dicho nada de que tuviera que venir contento.

—Está bien. ¿Es que estás de servicio mientras los demás andan por ahí divirtiéndose?

—No, acabo de salir —llevaba de un humor de perros casi todo el día y no estaba muy sociable, pero no estaba bien pagarlo con sus hermanos, al menos no más de lo que ya lo había hecho. Seguramente les debía un poco más de amabilidad—. Siento si estoy distraído. Tenía mejores planes que venir aquí con vosotros.

Pero, ¿cuánto tiempo le durarían esos planes?

De eso se trataba. Harper se marcharía del pueblo dentro de poco tiempo... dos o tres días, quizá. Eso no quería decir que hubiesen hecho algo tan maduro como comentar sus planes, pero era lo que Max había deducido y estaba haciendo un verdadero esfuerzo por evitar que le pusiese de peor humor de lo que ya estaba. Sin embargo, no había que ser un genio para adivinar qué era lo que le tenía tan afectado.

Cuando no estaban en la cama, trabajando o en Cedar Village, Harper y él habían tenido unas cuantas citas. Habían salido a cenar a algunos restaurantes de Silverdale, pero, sobre todo, habían charlado de todo lo divino y lo humano. Hasta él se volvía hablador y había llegado a contarle incluso cómo dirigiría la oficina si fuera el sheriff. Y ella le hacía reír más de lo que se había reído nunca con nadie.

De pronto se dio cuenta de que Luc lo observaba. Seguía desconcertándole mirar a la cara de un desconocido y ver tanto parecido consigo mismo.

−¿Tus planes incluyen a una de las chicas desnudas que Jake y yo no hemos conseguido ver?

Max levantó la cabeza, pero a quién miró fue a Jake.

−¿Qué habéis hecho, tío?

−Seguro que puedes dedicarnos diez minutos para tomarte una cerveza con nosotros −afirmó Jake y, cuando lo vio encogerse de hombros, le hizo un gesto a la camarera para que le sirviera−. Luc y yo estábamos hartos de tanta gente, así que decidimos tomar una barca y remar un poco para ver los fuegos desde el canal. Ya sabes lo bonito que es.

Max asintió con impaciencia, instándole a seguir.

−Nos encontramos con Jenny, Tash y Harper, que estaban bañándose desnudas junto a la plataforma.

−Lo que resultó mucho más interesante que los fuegos −añadió Luc.

La camarera le llevó su Ridgetop sin necesidad de preguntar y volvió a irse.

−¿En serio? −les preguntó Max−. ¿Estaban las tres desnudas? Habría pagado por verlo.

−No habrías conseguido mucho porque no les hemos visto más que los hombros −reconoció Luc y luego sonrió−. Eso sí, tendrías que haber visto a Jake cuando su prometida amenazó con subirse a la plataforma para que la viéramos si no nos íbamos. Se puso tan nervioso que llegamos a la orilla como un cohete.

−No me puse nervioso −protestó el aludido, pero enseguida se echó a reír−. Tengo que reconocer que ha sido una maniobra muy inteligente por su parte.

No se me ha ocurrido que fuera un farol. Solo sé que habría tenido que arrancarle los ojos a Luc si hubiera visto desnuda a mi chica.

–Yo os habría disparado si me entero de que habéis visto a Harper como Dios la trajo al mundo –añadió él.

Luc los miró a ambos.

–Debo deciros que es un poco inquietante no saber si habláis completamente en broma o no.

–Claro que es broma –dijo Jake.

–O no –añadió Max.

En ese momento se oyó gente discutiendo en otra mesa y Max se asomo a ver qué pasaba.

–Por el amor de Dios –protestó con furia al tiempo que se ponía en pie–. Estoy harto de Wade... ya va siendo hora de que se haga a la idea de Mindy está felizmente casada con Curt –agarró su cerveza, le dio un buen trago y luego dejó unas monedas sobre la mesa–. Hasta luego. Voy a encerrar a ese pobre loco.

–No estás de servicio –le recordó Jake–. Además, es Wade, ¿crees que vas a conseguir algo?

–Ojalá –se encogió de hombros–. Pero aunque solo sea para concentrarme en algo y quitarme este mal humor de encima antes de ir a ver a Harper.

–Buena idea, hermano –asintió Jake–. Buena idea.

Capítulo 23

El buen humor de Harper no hizo sino aumentar mientras disfrutaba de una botella de buen vino con Tasha y con Jenny en el jacuzzi y continuó después de que los huéspedes volvieran de ver los fuegos artificiales. Ellos también estaban contentos, así que tuvo un par de conversaciones agradables mientras comprobaba que llegaban todos sanos y salvos. Una vez hizo su trabajo, volvió a la cabaña.

Fue entonces cuando vio los pelos que tenía y se dio cuenta de que tenía que darse una ducha para quitarse el agua salada del canal e intentar domar un poco aquellos rizos. Apenas había terminado cuando llamaron a la puerta.

Prácticamente salió corriendo para ir a abrir, cosa que hizo con una enorme sonrisa en la boca, sabiendo que era Max el que esperaba al otro lado. Al verlo, se lanzó a sus brazos y le puso las piernas alrededor de la cintura.

–Hola, grandullón.

—Hola, guapa —la agarró por el trasero y la miró a los ojos—. Te veo muy contenta.

—Lo estoy. ¡Estoy contentísima! ¿Y tú? —le pasó un dedo entre las cejas—. Cuando he abierto tenías el ceño fruncido.

—Sí, llevo de mal humor toda la tarde, pero ahora que estoy contigo me siento mucho mejor. Cuéntame por qué estás tan animada.

—Ay, Max, he tenido una noche muy interesante —le apretó entre los muslos y botó de alegría.

—Eso he oído.

—¿Qué?

—Tengo entendido que Jenny, Tash y tú habéis ido a bañaros desnudas cerca de la plataforma.

—¿Lo dices en serio? ¿La gente lo sabe? —ahora era ella la que fruncía el ceño—. Sé que en Razor Bay no existen los secretos, pero aun así me parece demasiado rápido.

—No lo sabe todo el mundo —reconoció al tiempo que cerraba la puerta e iba a sentarse, sin quitársela de encima—. Me he tomado una cerveza con Jake y con Luc.

—Ahhh —Harper volvió a sonreír—. No han visto nada —aseguró, rezando por que Tasha llevara razón.

Max esbozó media sonrisa.

—Sí, es de lo que se lamentaba Luc.

Se alegró de oírselo decir y, por algún motivo, le dio más confianza para hablar del tema que quería hablar con él. Pero antes...

Se movió sobre él y solo con eso sintió que su pene se ponía duro. Levantó ligeramente las caderas para dejarle un poco de espacio para crecer y luego se sentó de nuevo, de manera que pudiera sentirlo en el sexo, a través de la fina tela del pijama de raso.

Respiró hondo. No necesitaba de preámbulos, estaba más que preparada para pasar directamente a la acción. Max era el primer hombre con el que había tenido tanta intimidad como para sentir algo semejante, el único al que deseaba con solo rozarlo.

Sin apartar las manos de su trasero, Max se inclinó para darle un rápido beso en los labios, después volvió a mirarla fijamente.

—Quítate la camiseta —le ordenó con un susurro.

Harper echó mano del extremo inferior de la camiseta y lo levantó para sacársela por la cabeza. Tenía los brazos levantados y la cara tapada cuando sintió la lengua de Max en un pezón.

Soltó un gemido de placer y él respondió con un gruñido de deseo. Y, aunque lo habría creído imposible, la erección que estaba acariciando con el movimiento de la pelvis, aumentó aun más.

Entonces apartó la boca de su pecho y se puso en pie, pero ella seguía luchando con la camiseta.

—Cuidado —le pidió Max, casi riéndose—. No me gustaría que acabáramos los dos en el suelo.

Por fin consiguió liberarse de la prenda y tirarla al suelo, tras lo cual esbozó una sonrisa de triunfo.

Max se detuvo en medio del salón.

—Dios, me encanta tu sonrisa —le dijo y la vibración de su voz le provocó un escalofrío que le recorrió la columna desde el cuello hasta el trasero—. Me encanta —insistió antes de besarla de nuevo.

Cuando por fin levantó la cabeza, Harper lo miró, aturdida.

–¿Por qué paras?

–Tengo que subir la escalera –anunció y, acto seguido, se la echó al hombro como si fuera un saco de patatas y comenzó a subir los escalones–. Sé que no es muy romántico, pero ya sabes que para mí la seguridad es lo más importante.

Harper se echó a reír y se dejó llevar así hasta la cama, todavía sin hacer. Max se tumbó a su lado y, apoyando un codo en el colchón se levantó a mirarla.

–A lo mejor deberíamos apagar la luz –dijo ella, apartando las sábanas revueltas–. No quiero que veas lo desordenada que soy. Has descubierto mi secreto.

–Sí, no creo que esto pueda durar –bromeó él–. El orden es mi otra gran prioridad.

–Pues es una lástima –Harper se colocó en la misma postura que él y le puso la mano que le quedaba libre sobre la erección.

–Olvida lo que he dicho. No entiendo cómo la gente puede dar tanta importancia al orden –movió las caderas para acercarse aún más a su mano–. A mí siempre me han atraído las mujeres desordenadas.

Harper resopló.

–Eso fue lo que pensé cuando vi el estilo militar con el que haces la cama –meneó la cabeza–. Los hombres sois capaces de decir cualquier cosa con tal de acostaros con una chica.

—Pero en ese momento lo decimos de verdad.

Estaba encantada con su sentido del humor y con ese lado juguetón que jamás habría imaginado al conocerlo, sin embargo tenía algo más importante en mente.

—¿Max?

—¿Si, preciosa? —le apartó un mechón de pelo de la cara.

—Calla y bésame.

—Encantado —se tumbó sobre ella y la besó con la boca abierta.

Apoyó los brazos en el colchón para liberarla de parte del peso, en un gesto de generosidad muy propio de él. El tiempo desapareció en aquel beso y Harper no habría sabido decir cuántos minutos habían pasado cuando levantó las manos hasta los botones de su camisa. Completamente independientes de su cerebro, sus manos adquirieron vida propia mientras exploraban el cuerpo de Max y lo despojaban de la ropa. Una vez abierta la camisa, le acarició el pecho, prestando especial atención a los pezones y sonriendo al ver el modo en que se endurecían con sus caricias.

—¿Te parezco divertido? —le preguntó él al verla sonreír.

—No, es que me fascina la reacción de tus pezones. Nunca había visto nada así en los hombres con los que he estado, aunque no han sido muchos —pasó la mano por uno y otro pezón—. ¿Dónde está el arete?

—O en la mesilla o en la repisa del baño —le acarició la barbilla con ternura.

Una ternura que, sin embargo, bastaba para encender aún más su deseo. De ahí fue bajando la mano por su cuello hasta llegar al pecho y luego a la cinturilla de los pantalones del pijama.

–Date la vuelta –le pidió, al tiempo que se apartaba para que pudiera hacerlo.

Apenas se había tumbado boca abajo cuando sintió que le bajaba los pantalones. Notó que se bajaba de la cama y oyó ruido de ropa. Ya sin pantalones y con el preservativo puesto, volvió a la cama junto a ella y le separó las piernas.

–Me encanta tu trasero –le dijo, con la voz ronca.

Ella miró hacia atrás para sonreírle.

–Eres el hombre perfecto, ¿lo sabías? Siempre he pensado que tenía el trasero demasiado grande.

–¿Estás loca? –le preguntó mientras lo masajeaba como si no diera a basto para acariciarlo–. Tienes esta maravilla y, ¿te gustaría quedarte como esas mujeres sin trasero?

–¿Lo ves? Eres perfecto.

La agarró de las caderas y tiró de ella para colocarla a cuatro patas.

–Tú sí que eres perfecta –le dijo al oído, al tiempo que apretaba el pecho contra su espalda para luego besarle el cuello.

Harper sintió que se derretía en sus manos. Sintió el roce de las sábanas en los pechos, pero sin bajar el trasero para dejarle espacio.

Max coló una mano entre sus piernas.

–Estás mojadísima.

–Lo sé. Estoy preparada para ti, Max. Te deseo... ya.

–Dios, realmente eres la mujer perfecta –repitió justo antes de sumergirse en ella, estirándola y llenándola.

Se quedó quieto un instante para dejar que se adaptara a él y luego empezó a moverse lentamente. Se retiraba muy despacio y luego volvía a hundirse en su cuerpo, agarrándose a sus nalgas.

Apenas hicieron falta unos cuantos movimientos para que Harper sintiera que se acercaba el clímax y tuvo que agarrar las sábanas con fuerza.

En ese momento se oyó a sí misma susurrar.

–Te amo, Max. Dios, cuánto te amo.

De sus labios salió una especie de rugido que no llegaba a formar palabra alguna pero transmitía el placer que estaba sintiendo. Parecía haber perdido el control mientras se movía dentro de ella una y otra vez.

Harper tuvo un orgasmo explosivo durante el que no dejó de moverse, como si se hubiese empeñado en que el de él fuera igualmente mágico.

Si ese era el plan, funcionó a la perfección. Max se sacudió dentro de ella, con su nombre en los labios.

Después no se derrumbó, pero Harper sintió que la tensión desaparecía de su cuerpo y las manos que con tanta fuerza le habían agarrado las caderas ahora la acariciaban.

–Lo siento –le susurró–. ¿Te he hecho daño?

–No, claro que no. Ha sido... maravilloso. Muy bonito.

–Tú eres maravillosa e increíblemente bonita.

Se salió de ella. Harper se tumbó boca arriba y lo buscó con la mirada, pero los ojos de Max parecían rehuirla. Volvió a la cama después de quitarse el preservativo y se tumbó a su lado.

–¿Lo has dicho en serio? ¿O solo ha sido el ardor del momento?

Sí, había dicho que lo amaba en medio de la locura de la pasión. Sin embargo...

Harper examinó lo que sentía y se dio cuenta de que, aunque las hubiera dicho en semejante momento, sus palabras no habían sido producto de la pasión. El descubrimiento le provocó una cálida sensación de fragilidad.

Siempre había sido una persona muy sociable que se llevaba bien prácticamente con todo el mundo, por lo que no le costaba encontrar gente con la que divertirse. Pero con Max era distinto. Max la iluminaba por dentro, la conmovía como nadie, pero lo más importante era que hacía aflorar en ella emociones que ni siquiera sabía que tuviera.

Comparados con él, todos los amigos que había hecho en su vida no eran más que meros conocidos.

Todos aquellos pensamientos le pasaron por la cabeza a la velocidad de la luz, pero seguramente no tan aprisa como él habría querido, a juzgar por la frialdad y la impaciencia que reflejaba su rostro. Harper respiró hondo y le agarró la mano.

–No –le dijo–. No ha sido solo el ardor del momento. No sé cómo ha sido, pero te amo.

En los labios de Max apareció una enorme sonrisa.

–¿Sí?
–Sí –se sentía tímida, pero se atrevió a mirarlo a los ojos–. Desde luego.
–Me alegro –respondió él– porque... –se pasó la lengua por los labios– yo también te amo.
¡Sí! Harper golpeó el colchón de alegría mientras Max se sentaba en la cama para poder tomarla en sus brazos y besarla apasionadamente. Cuando la soltó, apareció en sus labios esa ligera sonrisa que siempre parecía resplandecer más que ninguna otra.
–La vida es maravillosa –murmuró.
–Sí que lo es. Creo que es un buen momento para comentarte algo que quería hablar contigo.
–¿Tengo que ponerme los pantalones?
Harper recibió la pregunta con una carcajada.
–Me gustaría convertir Razor Bay en mi campamento base.
–¡Genial! –exclamó, pero luego se detuvo a pensar–. Define campamento base.
–Ya sabes que mi trabajo me exige viajar mucho –le explicó–. Pero me gustaría volver aquí cada vez que termine un trabajo y, si a ti te parece bien, me gustaría volver a ti y quizá... vivir... juntos cuando esté en el pueblo.
Max la miró unos segundos antes de responder.
–No.
Fue como si se le cayera el corazón a los pies.
–¿Qué?
–No –se levantó de la cama y se puso los pantalones sin molestarse en ponerse antes los calzoncillos–. Por una vez en mi vida quiero ser lo primero

para alguien. No, no quiero ser tu campamento base mientras viajas por todo el mundo –tenía los puños apretados–. Quiero... más. Más de lo que pareces dispuesta a darme.

Bajo sus frías palabras se escondía una amenaza innegable que desató el pánico de Harper.

–Max, llevo años dedicando mi vida a este trabajo y me gusta porque ayudo a la gente. ¿No crees que podríamos hablarlo y llegar a un acuerdo?

–Eso sería lo más maduro –reconoció Max mientras se ponía los zapatos–. Pero ahora mismo estoy un poco alterado, así que creo que tendremos que hablarlo en otro momento.

Se dio media vuelta, salió de la habitación y bajó la escalera.

Unos segundos después se cerró la puerta de la calle.

Capítulo 24

Nada más llegar a su casa, Max sacó la botella de Jim Beam que le había regalado por Navidad el sheriff Neward, se llenó la taza del Coyote y fue a sentarse al salón, frente a la chimenea.

Se despertó a la mañana siguiente en la misma silla, con un tremendo dolor de cuello y con la aterradora sensación de que su negativa a considerar siquiera la propuesta de Harper podría hacer que la perdiera para siempre.

Y eso era algo para lo que no estaba preparado de ningún modo.

¿De verdad le había dicho que la amaba y al segundo siguiente había admitido que quería ser lo primero para ella? No tenía nada de malo. El amor, al menos como él lo entendía, era poner a la persona amada por delante de todo lo demás. Quería que ella lo hiciese así, pero no se había parado a pensar que también él debía ponerla a ella por encima de todo.

Por no hablar de esa barbaridad propia de los años cincuenta de pedirle que dejara su trabajo por él.

−Mierda.

Se levantó de la silla, fue a la cocina a tomarse una aspirina y a preparar café. Después volvió al salón con la taza y la cafetera y se sentó de nuevo frente a la chimenea con la intención de no parar hasta que la cafeína le hubiese puesto en funcionamiento el cerebro.

Después fue a darse una ducha y, cuando se hubo secado y afeitado, ya sabía lo que debía hacer.

Quince minutos más tarde estaba llamando a la puerta de Harper. Parecía que la suerte estaba con él porque, no solo estaba en casa, además al verlo sonrió de una manera tan sincera que le hizo pensar que quizá no lo hubiera estropeado todo.

−Hola. ¿Puedo pasar?

−Claro −se echó a un lado para dejarle pasar−. ¿Quieres un café?

−No, gracias −Max no podía permitirse ninguna distracción−. Escucha, siento mucho lo que te dije anoche.

−No pasa nada −lo miró con curiosidad−. ¿Estás dispuesto a hablar ahora de lo que te propuse?

−No exactamente, pero creo que tengo una solución alternativa.

Se le iluminó la cara al oír eso.

−¿Sí?

−Sí. En realidad es bastante sencillo −Max le acarició la mejilla y sonrió−. Yo te amo y tú me amas a mí. Y también te encanta tu trabajo, lo que significa que tienes que viajar.

Harper asintió.

—Hasta ahí estoy de acuerdo.

—¿Qué te parece si dejo mi trabajo y viajo contigo?

Eso la dejó helada.

—¿Qué?

Bueno, no era la reacción que esperaba, pero se había prometido no llegar a conclusiones precipitadas.

—¿Dejarías tu trabajo? —repitió ella, visiblemente asombrada.

—Sí.

—Pero si te encanta.

—Sí, pero tú eres mil veces más importante —intentó abrazarla, pero ella se apartó—. ¿Harper?

—No puedo dejar que lo hagas. Max, sé la presión que suponía para el matrimonio la infelicidad de mi madre y no quiero hacerte eso. No quiero hacérnoslo a ninguno de los dos. Yo volveré a tu lado siempre, te lo prometo.

Max sintió que algo se cerraba dentro de él. ¿Cuántas veces había intentado ser suficiente para alguien y cuántas veces no había conseguido estar a la altura?

Nunca, no lo había conseguido nunca.

Parecía que había cosas que no cambiaban jamás. Y estaba tan cansado.

—No puedo seguir con esto —anunció, con la mirada clavada en el suelo—. No puedo seguir intentándolo y fracasando –la miró por primera vez desde que ella había rechazado su propuesta y se despidió de ella mentalmente–. Cuando termines el trabajo en el hotel mañana... o cuando sea, creo que deberías marcharte de Razor Bay.

–¿Qué? Max, por... –esa vez fue ella la que intentó agarrarlo.

Y él el que se apartó.

–No quiero una relación en la que me veo relegado a esperar y no puedo pasarme la vida esperando a que vuelvas a jugar conmigo. Así que creo que lo mejor que puedes hacer por los dos es irte –hasta a sí mismo se oía frío y tajante–. Y no vuelvas más.

Necesitaba alejarse de ella, así que se dio media vuelta y salió de allí sin mirar atrás a la mujer que le había regalado los momentos más maravillosos de su vida.

Para luego romperle el corazón en pedazos.

Durante varios minutos, Harper se quedó allí inmóvil, con la mirada clavada en la puerta que Max había cerrado tras de sí. Era la segunda vez en menos de doce horas que le hacía algo parecido. Harper deseaba estar furiosa con él por lo que había hecho y por un instante lo consiguió.

–¡Es mi trabajo, maldita sea –dijo, dirigiéndose a la pared–, no un montón de viajes de placer a los que puedo llevarme a mi novio! ¿Cuánto tiempo tardarías en aburrirte y en querer volver a casa para tenerme embarazada y sumisa, como una buena esposa?

De pronto sintió que le faltaban las fuerzas y tuvo que acercarse al sofá para sentarse. Se abrazó las rodillas y se movió de un lado a otro.

–Dios, dios, dios, dios.

Podría dejarse llevar por la indignación, pero en el fondo sabía que no era eso lo que Max quería. Él no pretendía someterla. Max era la mejor persona que conocía, mucho mejor de lo que debería haber sido, conociendo su pasado. Nunca nadie había hecho nada especial por él, nada que le hiciese sentirse querido.

¿Y ahora quería que se marchase y no volviese nunca más con él? Le dolía tanto pensarlo que le faltaba el aire.

Le había ofrecido dejarlo todo por ella y Harper había sentido pánico, igual que le ocurría siempre que pensaba en dejar de viajar. Si Max lo dejaba todo, acabaría odiándola y reprochándoselo. Y si ella dejaba de viajar... moriría. Dios, ese maldito lema estaba grabado a fuego en su mente.

Pero acababa de darse cuenta de que no había sabido lo que era el pánico realmente hasta que lo había mirado a los ojos y había visto cómo se apagaba la luz que había brillado por ella.

–¿Sabes una cosa? –se dijo, poniéndose recta–. No tiene por qué renunciar a su vida. Y tú no tienes por qué morir.

Su padre nunca había dicho aquel lema en sentido literal, pero ella se había convencido a sí misma de que era una verdad incuestionable. Pero lo que sí era verdad era que podría pasarse la vida entera viajando y no volver a sentir jamás ni una décima de la satisfacción que había experimentado durante los meses que llevaba en Razor Bay. Una felicidad que le había dado el amor de Max y la amistad de Tasha, Jenny e incluso Mary-Margaret.

La decisión fue apaciguando el pánico. Se había comportado como una idiota al presionar de ese modo a Max. Y también él había sido un poco idiota. Pero por nada del mundo iba a dejarlo sin luchar.

Se puso en pie para buscar su bolso.

No iba a perder a Max.

Justo cuando había dado con el bolso bajo la mesa de centro, llamaron a la puerta y ella fue corriendo a abrir, con el corazón lleno de esperanza.

—Gracias a Dios que has... —se quedó paralizada—. ¿Mamá?

Gina Summerville-Hardin, tan alta y elegante como siempre, sonrió a su hija como si no hubiera nada de extraño en que se hubiese presentado en su casa.

—Hola, cariño.

—¿Qué haces aquí?

—No respondes a mis llamadas y no soporto que estés enfadada conmigo, así que he venido a explicarte cara a cara por qué tardé tanto en informar a la directora de Cedar Village de que les habíamos concedido la ayuda —sonrió amablemente—. Y también quería decirte unas cuantas cosas sobre tu padre y yo que creo que no comprendes.

–Mamá, de verdad, en cualquier otro momento me encantaría hablar contigo. Pero ahora...

–Por favor, pequeña. Concédeme diez minutos –le pidió con tanto ímpetu que ella no pudo negarse.

–Está bien –se echó a un lado para dejarla pasar–. ¿Quieres beber algo?

–Un vaso de agua, gracias –dijo, al tiempo que entraba y miraba a su alrededor.

–¿Cómo has llegado hasta aquí, mamá? El aeropuerto de Seattle está a más de cien kilómetros.

–Pero, como en todos los aeropuertos, alquilan coches con GPS.

–¿Has venido conduciendo? –le dio el vaso de agua a su madre–. ¿Tú sola?

–Querida. Llevo toda la vida trasladándome de un sitio a otro y creando un hogar en todos ellos. ¿Qué te hace pensar que no podría conducir durante un par de horas?

Por primera vez desde hacía mucho tiempo, Harper recordó algo sobre su madre que no tenía nada que ver con sus protestas contra los viajes. Recordó su capacidad de organización a la hora de hacer el equipaje y ese don que tenía para que las mudanzas acabaran siendo divertidas.

–Recuerdo que ponías música mientras guardábamos todo en cajas y bailabas de un sitio a otro –la imagen le dibujó una sonrisa en la cara–. Papá decía que bailabas de maravilla.

Gina sonrió también con nostalgia.

–Papá decía muchas cosas. Y, a pesar de lo que pareces creer, éramos muy felices juntos.

–Pero siempre estabas intentando que dejara de trasladarse de un sitio a otro.

–Tanto como siempre... No se lo decía en todos los traslados ni mucho menos. Y él siempre acababa convenciéndome de que me olvidara de mis objeciones.

–¡Pero os peleabais!

–Como todas las parejas. ¿No creerás que las parejas no discuten?

–Claro que no, no soy una niña. Pero tienes que reconocer que era lo único por lo que os peleabais.

–No es del todo cierto, pero casi. A veces me cansaba de ir de un sitio a otro, pero quería a tu padre mucho más de lo que me disgustaba viajar.

–Ay, Dios –de pronto se le llenaron los ojos de lágrimas–. Es lo mismo que dijo Max.

–¿Max? –preguntó Gina–. ¿Max Bradshaw? ¿El ayudante del sheriff?

–Sí. Me ofreció dejarlo todo para viajar conmigo, pero le dije que no podía hacerlo porque le encanta su trabajo, cosa que es cierta –miró a su madre a los ojos–. Y él me dijo exactamente lo mismo que has dicho tú... Te quiero más a ti.

–Entonces... ¿Bradshaw y tú?

–No te preocupes, madre –las lágrimas se esfumaron de golpe–. No va a entrar a formar parte de la familia. Te alegrará saber que me ha entrado miedo y lo he apartado de mi lado.

Gina meneó la cabeza.

–Ya no eres una adolescente, Harper Louisa, ¿no crees que ha llegado el momento de ver las cosas

sin ese dramatismo? Jamás me alegraría enterarme de que sientes pánico. ¿Y por qué crees que me parecería mal que formara parte de la familia?
—Por favor. Siempre estás intentando presentarme a médicos, ingenieros y empresarios.
—Sí —asintió sin rodeos—. Quiero verte con alguien que te adore —le dijo con ternura—. Con un hombre al que tú también adores. Los únicos hombres que conozco que podrían ser adecuados para ti son los hijos de mis amigos. Porque los amigos de tu hermano son demasiado jóvenes y alocados.
Harper sonrió y Gina hizo lo mismo.
—¿Quieres saber por qué tardé tanto en llamar a Cedar Village?
—¡Sí!
—Te cambiaba la voz cada vez que mencionabas a Max Bradshaw.
Harper parpadeó y miró a su madre con asombro.
—¿Qué?
—Que te derretías solo con pronunciar su nombre y quise darte más tiempo para estar con él.
—Pero si ya tenía pensado quedarme hasta la semana que viene.
—Sí, no conté con tu ética profesional —reconoció Gina, encogiéndose de hombros—. Me dio miedo que te entraran las prisas por marcharte a emprender una nueva aventura. Metí la pata, pequeña. Pero te prometo que lo hice con la mejor intención —miró a Harper fijamente—. ¿Entonces, os habéis peleado?

—Sí. Yo también he metido la pata —suspiró con tristeza—. Debe ser genético.

Gina fue directa al grano.

—¿Y qué vas a hacer?

—Estaba a punto de ir a verlo cuando has llegado.

—Entonces corre —le dijo, casi empujándola hacia la puerta—. No te preocupes por mí. Ve a solucionar las cosas y luego tráelo para presentármelo.

Después de marcharse de la cabaña de Harper, Max estuvo conduciendo un rato y luego se le ocurrió que los chicos del centro le ayudarían a distraerse y se fue a Cedar Village.

Pero no funcionó porque no conseguía concentrarse en nada y no le ayudó precisamente que Owen y Malcolm le preguntaran si había visto a Harper.

Tuvo que echar mano de todas sus fuerzas para decirles que estaba ocupada organizando los Días de Razor Bay.

Cuando llegó la hora de las terapias y todos los chicos tuvieron que marcharse, Max se sentó en una silla, apoyó los codos en las rodillas y hundió el rostro entre las manos.

Dios, ¿qué iba a hacer? No podría vivir día tras día con el dolor que sentía en ese momento. Pero ahora tenía que salir de allí cuanto antes, ir a algún lugar que no le recordara tanto a ella. Se puso en pie con un suspiro de dolor porque se sentía como si de pronto tuviese ochenta años.

Algo cambió en el aire y Max supo que ya no estaba solo. Solo esperaba que fuera Mary-Margaret o algún terapeuta y no uno de los chicos.

Al darse media vuelta se encontró con Harper.

Era la última persona que esperaba ver y, al tenerla delante, le flaquearon las rodillas.

—¿Qué quieres? —le preguntó, volviendo a su frialdad.

—A ti —respondió ella, con voz temblorosa—. Te elijo a ti.

—Maldita sea, Harper. ¿No podríamos...? —lo que acababa de oír adquirió sentido en su cabeza, pero tuvo dudas de si realmente lo había dicho—. ¿Qué?

—Que te pongo a ti por encima de todo lo demás —insistió con más fuerza—. Quiero estar contigo. Quiero amarte y vivir contigo.

El corazón le golpeaba el pecho como si quisiera escapársele.

—¿Es una broma? —si se estaba burlando de él y lo que le decía no era cierto... se moriría.

—No —Harper dio un paso hacia él—. Dios, Max, no —y otro más—. Te amo —lo miró fijamente—. Te amo con todo mi corazón.

Levantó la mano para que no siguiera avanzando.

—Quédate donde estás. ¿Entonces quieres que viaje contigo?

—No, yo...

—Me estás volviendo loco —Max se pasó la mano por el pelo y luego se frotó las sienes—. Nunca te he considerado una persona cruel.

—Escucha, no pretendo volverte loco, ni burlarme

de ti –dio otro paso más hacia él, en contra de lo que le había pedido–. Te amo. ¿Me oyes?

Max asintió muy despacio. No se atrevía a tocarla por miedo a descubrir que todo era un sueño.

–Cuando te fuiste me di cuenta de que, por mucho que viajara, nunca me sentiría tan bien como cuando estoy contigo –le pasó la mano por la barbilla–. Aquí, en Razor Bay.

–Parecías muy firme respecto a tu amor por tu trabajo y por los viajes.

–Sí, pero igual que tú, te quiero más a ti. Al principio me dio miedo, pero ahora me doy cuenta de lo que querías decir porque yo también te quiero más que a ningún trabajo. Mucho más. Podría trabajar en el hotel durante la temporada y quizá en Cedar Village a media jornada –se encogió de hombros–. O puedo seguir como voluntaria, si no pueden permitirse contratar a nadie más. Tengo algunos ahorros, así que podría tomarme un descanso.

Por fin dio el último paso y la rodeó con sus brazos.

–Quizá podríamos encontrar una solución intermedia –sugirió él.

–¿Como viajar solo una semana al mes o un mes sí y otro no? –pensó Harper–. Normalmente solo tardo unos tres días en evaluar una solicitud –dejó de hablar y meneó la cabeza–. Da igual, podría seguir viviendo y ser feliz sin volver a hacer ese trabajo. Siempre y cuando te tenga a ti, Max.

No pudo contenerse por más tiempo, bajó la cabeza y la besó apasionadamente. Se tomó todo el tiempo del mundo en saborear su boca para asegurarse de que de verdad estaba allí.

–¿De verdad crees que la fundación podría seguir funcionando bien si solo viajaras una semana al mes? –le preguntó cuando por fin se separó de ella y la miró con una sonrisa en los labios.

–No lo sé –ella sonrió también–. Tendremos que preguntárselo a mi madre –se puso de puntillas para darle un rápido beso en los labios–. Y da la casualidad que está en mi casa.

–¿Tu madre está en tu casa? ¿Aquí? ¿En Razor Bay?

–Sí.

–Dios. Me va a odiar.

–No, te va a querer casi tanto como te quiero yo.

Max resopló, angustiado.

–Te apuesto lo que quieras a que quiere algo mejor para su única hija.

Harper se echó a reír.

–Eso pensaba yo también. Pero resulta que la razón por la que no llamaba a Mary-Margaret para darle la noticia era que quería darme más tiempo para estar contigo.

–¿Cómo sabía que estabas conmigo? ¿Es que se lo contaste?

–No, pero dice que me cambiaba la voz cada vez que hablaba de ti.

–¿Sí?

–Sí y también me ha dicho que lo único que quiere es un hombre que me adore.

La tensión desapareció de sus hombros.

—Ese soy yo.

—Exacto. También quiere que yo adore al hombre con el que esté. Y ya lo hago, Max —le dio un mordisquito en el labio inferior.

Jamás habría pensado que fuera posible pasar del momento más triste de su vida al más maravilloso. Pero eso era lo que había ocurrido y no le importaba en absoluto.

Epílogo

Mientras su madre miraba las toallas, Harper se acercó a Max, que fingía no tener el menor interés por todo aquello.

–Mira –le dijo–. ¿No te parecen perfectas para tu baño de invitados?

–Nuestro baño –corrigió con firmeza. No dejaba de decirle que todo era de los dos, aunque Harper se había mudado hacía solo unos días.

–Está bien, nuestro. ¿A qué son perfectas?

Max echó un vistazo a las toallas y levantó la cabeza de inmediato con cara de horror.

–¡Pero tienen lazos!

–Lo sé, ¿no son preciosas? –insistió, acariciando la tela con la mano–. No son muy llamativos y van de maravilla con la pintura.

–Lazos, Harper. Si los ven mis hermanos, no podré aguantar las bromas.

–Querido, vas a tener que hacer alguna concesión a la decoración femenina ahora que tienes una mujer en casa –le recordó la madre de Harper a la vez que Harper le daba un beso.

–Maldita sea –Max meneó la cabeza–. Primero las velas y ahora esto.

Sus palabras decían una cosa, pero sus ojos decían algo muy distinto porque estaban llenos de alegría, así que Harper le acarició la cara y le siguió el juego.

–Bueno, piensa que al menos no has tenido que acompañarme a comprar maquillaje. Si puedes esperar cinco minutos mientras pago, te invito a un helado.

Lanzó un resoplido mientras dejaba que Gina la llevara a la sección de utensilios de cocina.

Mientras esperaba a pagar, Harper oyó decir a su madre.

–No sabes cuánto os agradezco a Harper y a ti las molestias que os estáis tomando para organizar mi fiesta de despedida –y entonces soltó una carcajada que hizo sonreír a Harper–. A no ser que sea porque estáis deseando que me vaya.

Max se rio también.

–En realidad no quiero te que vayas –le confesó Max–. Si de mí dependiera, tendrías que venirte a vivir aquí para siempre.

Parecía decirlo en serio. Lo de Max y su madre había sido amor a primera vista. Desde el primer momento, Gina se había comportado con él como una madre, como si fuera un huérfano al que había dado refugio, y Max recibía todos sus cuidados con absoluto placer y gratitud.

Era lógico, puesto que nunca nadie lo había tratado así.

Verlos juntos estaba siendo también un descubrimiento para Harper. Se había hecho una imagen tan equivocada de su madre, que le había costado darse cuenta de lo equivocada que estaba y de cómo era en realidad. Pero al verla con Max había recuperado todos los buenos recuerdos que por algún motivo había apartado de su memoria durante demasiado tiempo. Volvía a estar unida a ella y era como si se hubiese llenado un vacío que no sabía que tuviera.

Se acercó a ellos y le dio un abrazo a Gina.

–Voy a echarte de menos, mamá.

Cuando volvieron a casa de... a su casa, su madre la ayudó a poner los toques femeninos y enseguida empezaron a aparecer los invitados de la fiesta de despedida.

–¿Dónde está Tasha? –le preguntó Harper a Jenny poco después, cuando ya había llegado todo el mundo.

–Ah, lo siento. Me pidió que te dijera que tenía un problema en Bella's y que no iba a llegar a cenar. Pero yo te recomendaría que le apartaras un plato porque se pone muy gruñona cuando se salta una comida.

Max había ido a la cocina a buscar cervezas cuando oyó que se abría la puerta del baño y la voz de Jake.

–Max, tío. Tus toallas tienen lazos. Eso no está bien.

–Cuidado, mi amor –le dijo Jenny–. Porque las tuyas también van a tenerlos.

Todas las mujeres se echaron a reír y Rebecca, una habitual de sus reuniones, sonrió a Harper mientras terminaba la ensalada que estaba haciendo.

–¿Qué se siente estando retirada?

Una nueva tanda de carcajadas, dejó a Rebecca algo despistada.

–Va a seguir trabajando en el hotel el verano que viene –explicó Jenny.

–Y trabaja a media jornada recaudando fondos para Cedar Village –añadió Mary-Margaret.

–Además de hacer algunas evaluaciones para la fundación –concluyó su madre–. Pero lo que realmente espero es que se haga cargo de todo cuando yo me jubile.

–Mamá, solo tienes cincuenta y cuatro años –le recordó que no iba a dejarse engañar–. No te imagino cediéndole el puesto a nadie hasta dentro de mucho tiempo.

–Puede que te dé una sorpresa, querida.

–No lo dudo, pero no creo que sea tu jubilación. De todas maneras, Sunday's Child está muy lejos de aquí y, ahora que por fin tengo un hogar, no pienso moverme de aquí. Claro que siempre podrías trasladarte tú aquí.

–Puede que lo haga –dijo Gina–. Sobre todo si me dais nietos.

Harper soltó una risa nerviosa.

–Max y yo todavía no llevamos viviendo juntos ni una semana. No creo que estemos preparados todavía para niños –nunca había considerado la idea de tener hijos. Sin embargo...

La idea de tener algún día en brazos un mini Max le despertó un extraño deseo. Y sabía que Max sería el mejor padre del mundo.

Cuando Max y ella subieron al dormitorio después de que se hubieran marchado los invitados, volvió a surgir la idea.

–¿Alguna vez has pensado tener hijos? –le preguntó mientras le veía quitarse los pantalones y la camiseta de seda que le había regalado Jake por su cumpleaños.

Max se detuvo en seco y la miró.

–¿Estás embarazada, preciosa?

–¿Qué? ¡No! Hoy mi madre me dijo algo sobre nietos y me di cuenta de que nunca me había parado a pensar en ello.

–¿Eso quiere decir que no quieres tenerlos?

–No lo sé. Sinceramente no he pensado nunca en ello, pero no es algo que descartaría directamente –lo observó unos segundos–. Tú sí quieres tenerlos, ¿verdad?

–Sí. Algún día. Seguro que tendríamos unos niños preciosos –esbozó una sonrisa–. Pero podemos hablarlo cuando llevemos juntos por lo menos... un mes o así –hizo una pausa antes de darle una noticia como si no tuviera ninguna importancia–. Por cierto, esta mañana el sheriff Neward me ha confirmado que se jubila en junio.

—¿Te vas a presentar? —le preguntó, entusiasmada—. Serías perfecto para el trabajo.

—¿Tú crees?

—No es que lo crea, es que lo sé. Tiene muchísimas ideas.

Max parecía contento, pero inseguro y, de pronto, ella también se sintió insegura.

—Dios mío, Max. ¿Es por mí? ¿Crees que yo supondría un obstáculo para conseguir el puesto de sheriff?

—¿Qué? —durante un instante se quedó realmente perplejo—. ¿Por tu color de piel? —le preguntó entonces, boquiabierto, y soltó una carcajada que retumbó en toda la casa—. ¡Madre mía, no! Estamos en el estado de Washington, preciosa. Yo creo que aquí la gente ni se fija si una pareja es mixta —meneó la cabeza—. Pero si eres tú la que has hecho que conozca a más gente y tenga más amigos que nunca en el pueblo.

—Eso no es cierto. La gente te quiere y te respeta de toda la vida.

Max esbozó una tierna sonrisa.

—Puede que me respetaran, pero no le gustaba a mucha gente hasta que llegaste tú.

Parecía convencido de ello, pero no molesto, así que Harper lo dejó pasar. Mientras se ponía la camiseta y el pantalón del pijama, se sintió profundamente feliz. Max se metió al baño a lavarse los dientes y no tardó en volver.

—Oye, ¿qué le pasaba hoy a Tasha? —le preguntó Max—. Dijo que estaba bien, pero no me ha parecido que tuviera buena cara.

Harper levantó la mirada de la crema de manos que se estaba poniendo y se encogió de hombros.

–A lo mejor tenía una bajada de azúcar. Jenny dice que se pone de muy mal humor cuando se salta alguna comida.

–Pero eso no explica lo de Luc. Yo no pensé ni que se conocieran, pero los vi discutiendo en el patio.

–No sé más que tú. Sé que llegó tarde porque había surgido un problema en la pizzería, así que puede que estuviera preocupada. Pero tienes razón, no parecía la misma de siempre. Le oír decir algo de que Luc no era Luc, sino alguien llamado Diego.

Por un momento le pareció que Max ponía cara de desconfianza, pero cuando lo miró detenidamente, lo único que vio en sus ojos fue deseo.

–Debí de entenderlo mal porque no tiene ningún sentido –dijo, encogiéndose de hombros.

–Tampoco podríamos hacer nada al respecto, al menos esta noche –señaló Max, metiéndose en la cama–. Pero acabamos de conocer a Luc, así que mañana me aseguraré de que es sincero –decidió–. Ven a la cama.

–No sé... –dijo, fingiendo reticencia–. No es tarde y la verdad es que no tengo sueño. ¿Qué podemos hacer hasta que me entre sueño?

–Déjamelo a mí –le dijo entre besos y caricias que la obligaron a concentrarse para prestar atención a sus palabras–. Tengo algo que va a hacer que duermas como un bebé.

Harper sonrió al sentir su erección en el trasero.

—Eres demasiado bueno para mí.

—Ay, preciosa —le bajó el tirante de la camiseta para cubrirle la piel de besos antes de darle la vuelta y mirarla a los ojos.

En los suyos vio esa luz que había llegado a temer no volver a ver y la invadió por dentro una cálida sensación que nada tenía que ver con el sexo.

—Aún no has visto nada —le dijo Max—. Lo nuestro acaba de empezar.

ÚLTIMOS TÍTULOS PUBLICADOS EN HQN

Perseguida de Brenda Novak

El anhelo más oscuro de Gena Showalter

Provócame de Victoria Dalh

Falsas cartas de amor de Nicola Cornick

Aquel verano de Susan Mallery

Cuatro días en Londres de Erika Fiorucci

Sin salida de Brenda Novak

La misteriosa dama de Julia Justiss

Solo un chico más de Kristan Higgins

Difícil perdón de Mercedes Santos

Promesas a medianoche de Sherryl Woods

Noches perversas de Gena Showalter

La caricia de un beso de Susan Mallery

Una sonata para ti de Erica Fiorucci

Después de la tormenta de Brenda Novak

Noche de amor furtivo de Nicola Cornick

www.ingramcontent.com/pod-product-compliance
Lightning Source LLC
LaVergne TN
LVHW030339070526
838199LV00067B/6352